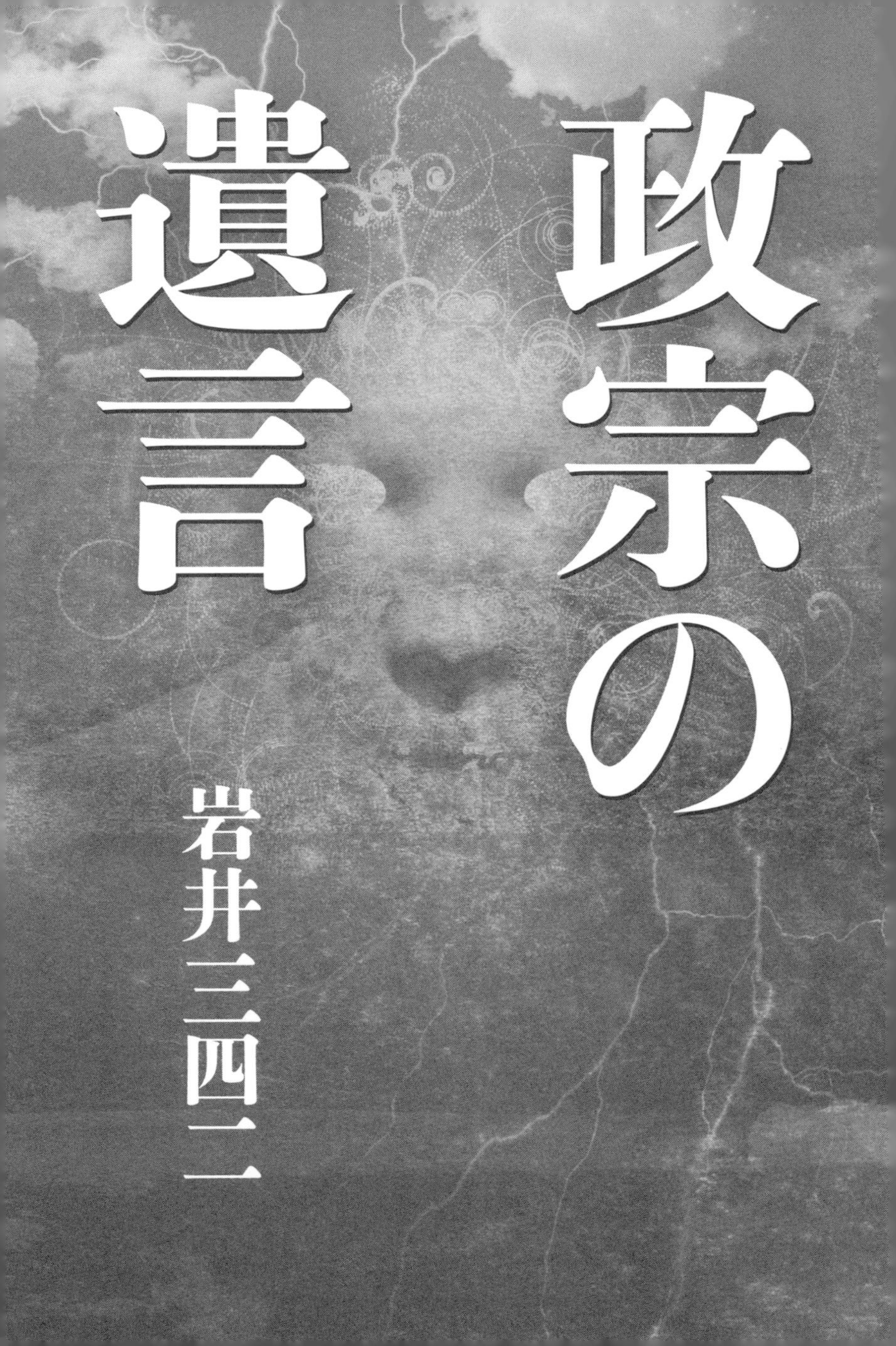
政宗の遺言
岩井三四二

政宗の遺言

装幀　幅雅臣

政宗の遺言

目次

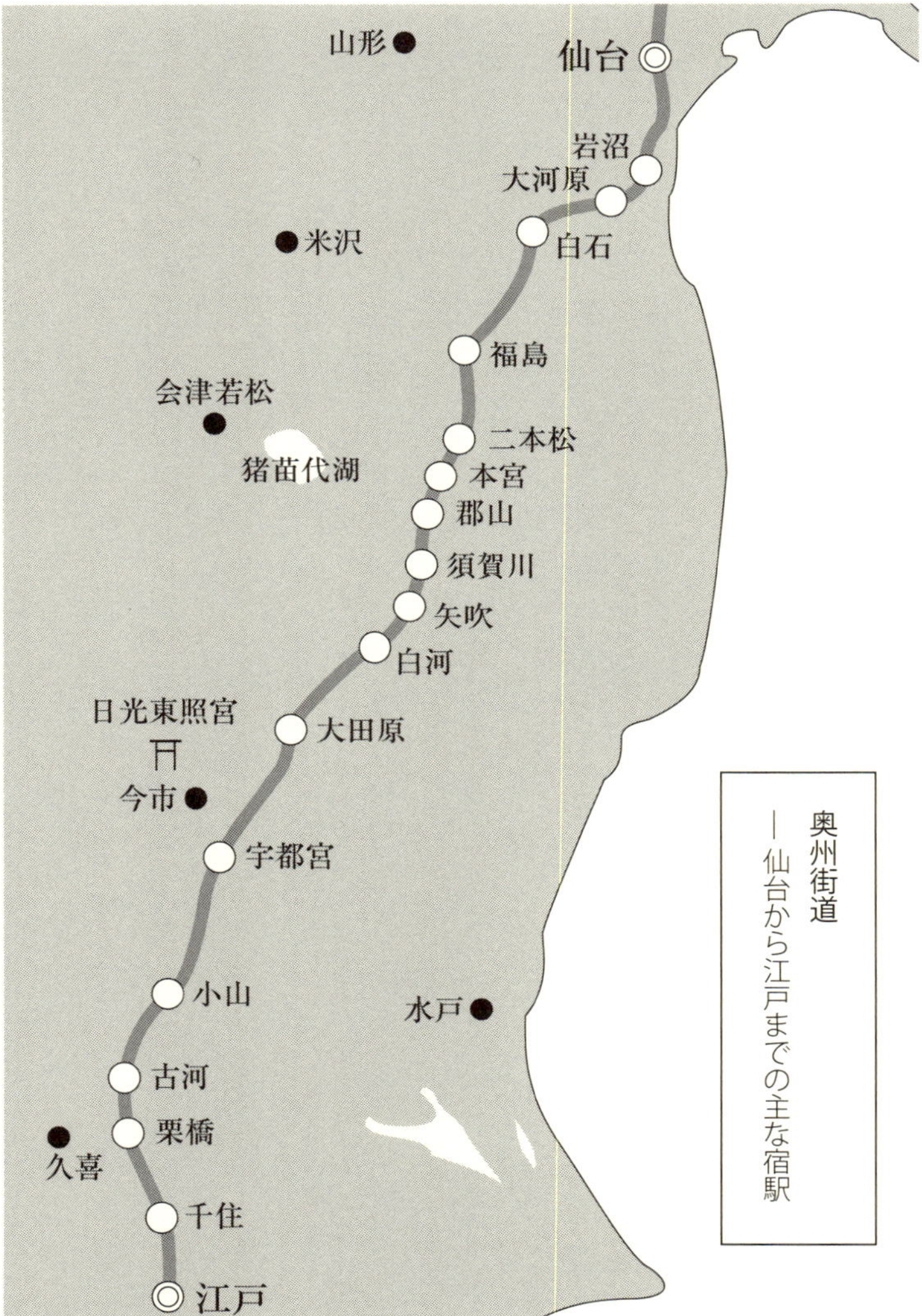

奥州街道
―仙台から江戸までの主な宿駅

伊達政宗の合戦概念図
―二大合戦と葛西・大崎の乱

第一章　不如帰の声

一

灰色の雲におおわれた空の下、四方の山々からほう、ほうと獲物を追う声が聞こえる。

早朝から山の中にはいっていた勢子《せこ》たちが、旗の合図を見て声をあげ、獲物を追いはじめたのだ。

追われた鹿や兎、猪などが、近習や旗本の侍たちが待つ中心部の野原に向かって逃げてゆく。

寛永《かんえい》十三（一六三六）年一月、仙台六十二万石の藩主、伊達政宗《だてまさむね》の主従は、仙台の城下から十五里ほど北東にある桃生郡《ものうごおり》の十五浜《じゅうごはま》という在所の島に、鹿狩りに来ていた。

大名にふさわしく勇壮な巻狩りで、勢子をふくめた総人数は五千人にものぼる。

桃生郡は陸奥国《むつのくに》の海側にあるので、北国といってもさほど雪深い地ではないが、この年末に少し雪が降り、さらに二、三日前にも降った。そのため野山は一面、五寸ほどの雪におおわれている。

葉が落ちた山中には隠れる藪が少なく、雪の上には足跡がつくので、勢子が獲物を追うのはたやすい。追われた獲物が野原に姿を見せるのを待ちうけ、侍たちは弓や鉄砲で仕留めるのである。

狩りはもちろん楽しみのために行うものだが、大坂の陣が終わって以来二十年以上も合戦のない世の中では、武者たちにあっては武芸鍛錬、物頭たちにはいくさ場の進退を稽古する場でもある。みな主君の前でおのれの腕前を見せようと張り切っていた。

その日の伊達政宗のいでたちは、鷹野《たかの》小袖といって馬に乗るために膝切りにした小袖に、木綿広袖の胴服《どうぶく》を重ねて、袴の裾は藁《わら》で編んだ雪沓《ゆきぐつ》でかため、頭には政宗笠と呼ばれる小さな編笠をのせる、といったものだった。

三尺ほどの竹鞭を手に、政宗は山中の道を登ってゆく。

小姓衆は先に立ち、藁沓《わらぐつ》で雪を踏み固めて道を作る。近習衆は政宗の前後左右をかため、油断なくあたりに目を光らせていた。

「ここがよい。ここに床几《しょうぎ》をすえよ」

獲物を追い込む予定の窪地が見える高台につくと、政宗はそばにいた小姓、南次郎吉に命じた。次郎吉はすばやく床几をおいた。

葉の落ちた木々のあいだを吹き抜ける風が手足を凍らせる。

勇ましい衣装とは裏腹に政宗の顔色は悪く、歩くのも大儀そうに見える。

「こたびでこの島ともお別れ、名残《なご》りの狩りとなろう。わしにかまわず、みなで狩りを楽しめ。勢子どももふるって奉公せよ」

床几に腰を下ろすと、政宗は周囲をとりまく近習や侍たちにそう言った。

言外の意味に気づいて、近習たちは声もなくその場で膝をついた。

政宗は当年七十歳という高齢である。ここまで幾多の合戦をくぐり抜け、何度か重病にも見舞われたが、そのたびに回復して長寿を保ってきた。

しかし二年ほど前から食後に必ず吐き気をおぼえるようになり、江戸から国許へもどってきた昨秋あたりからは、体調の悪さをうかがわせる日も多くなっている。

それでも政宗は弱音を吐かず、むしろここまで年齢など忘れたかのように元気にふるまってきた。こんな寒中に狩りに出てきたのも、自分はまだ大丈夫だとみなに知らせるつもりだったのかもしれない。

そこにいま、弱音とも本音ともとれる言葉が出たのだから、周囲の者たちは敏感に反応したのである。

そう遠くない日にあるじ、政宗の死に立ち合うことになる。いまのうちにその覚悟を固めておかねばならない、と。

十七歳の小姓、瀬尾《せのお》鉄五郎も神妙にすわってこの言葉を聞いた。だが小姓としてはもっとも新参のためか、さほど胸に響かなかった。

ちらと隣にいる同僚の津村伝助を見た。

唇がわなないている。

それがおかしくて、思わず「むはっ」と吹き出し、あわてて口に手をあてた。そして伝助を肘で小突いた。

伝助も肘で小突き返してくる。今度は強く突いてやった。すると拳骨が返ってきた。つい叩き返した。大柄で腕っ節も強い鉄五郎の一撃に、優男《やさおとこ》の伝助は頭をかかえた。

「こら、おまえら、静かにしろ！」

背後から押し殺した声とともに首筋をつかまれた。

小姓頭の浜田半兵衛である。ふたりは静かになった。

――老いれば死ぬのは当たり前だ。

たしかに政宗は威厳がある。失礼なことをした小姓など、手打ちにする恐ろしさもある。だがそれと人の寿命は別だ。人が死ぬのは自然なことで、親兄弟でもなければ悲しむことはない、と鉄五郎は思っている。

しかし多くの小姓たちは政宗の死が悲しいようだ。長く仕えると、情がうつるのだろうか。

陽が高くなるとともに、狩りはすすんだ。

朝五つ半（午前九時）には兎や狐などが野原に姿を見せるようになり、小手試しの矢や鉄砲玉を浴びた。そして四つ時（午前十時）には猪の親子があらわれ、政宗の目の前を駆け抜けて、仕留めようと追う侍たちとのあいだでひとさわぎあった。

床几に腰掛けた政宗は、つぎつぎにあらわれる獲物を見て、侍たちにあれを追えとか、鉄砲をもって撃ち留めよと命じたりしていたが、自身で獲物を追うことはなかった。

狙った獲物、鹿が姿を見せるようになったのは、勢子たちの輪がちぢまった四つ半（午前十一時）あたりからである。

身軽に跳びはねる鹿たちは、捕まえにくい。せっかく追い込んだのに、右に左にと跳びはねて勢子たちをかわし、山中へ逃げこんだりした。

侍たちは弓や鉄砲で獲物を狙い、政宗の目の前で腕前を披露しようとするが、なかなか当たるものではない。

それでも朝のうちに鹿を十数頭、兎や雉にくわえて猪も数頭を仕留めた。まずまずの猟果だった。

獲物を地面にずらりとならべ、撃ち留めた者どもに政宗が言葉をかけていたときである。

右手の林がさわがしくなったと思ったら、勢子たちが鹿を追ってきた。

大小三頭、それも中の一頭は白い鹿だ。

「これは珍しい獲物じゃ。それ生け捕りにせよ！」

政宗が下知するまでもなく、侍たちが走る。その足音におどろいたのか、鹿たちは跳びはね、前後左右に激しく走りまわった。それを勢子たちが侍のほうへと追うが、鹿もわかっているのか、思うようには走ってくれない。

とうとう二頭は勢子たちのあいだを駆け抜けて、山中へと姿を消してしまった。

残ったのは白い鹿一頭である。よく見れば葦毛《あしげ》の馬のように青白い毛並みの大物だった。

追われて野原の中をぐるぐるとまわっていたが、やがて気がついたのか、二頭のあとを追って勢子たちのあいだを走り抜けようとした。

「鉄砲を」

政宗は立ち上がり、小姓の加藤十三郎から鉄砲をうけとると狙いをつけた。

どん、と発砲音がすると、白い鹿は小さく跳ねてから倒れ伏し、足を硬直させて、そのまま動かなくなった。

「お見事にござりまする！」

小姓たちが声をあげる。

政宗は鉄砲を下ろすと、大きく息をついて天を仰いだ。ひと息あって、

「白き鹿とは、この山の神の使いかもしれぬ。それを撃ち留めるとは、これは瑞兆《ずいちょう》かそれとも凶兆か。そのほうども、どう思う」

ふり向いて近習たちに問うたが、咄嗟《とっさ》のことで答える者はいない。

政宗は片頬をゆがめると、皮肉っぽく言った。

「いずれとも見分けがつかぬか。まあよい。この島にももう来ることはあるまいから、凶兆で

あったとて、神の怒りに遭うのは他のやつらじゃ」

二

翌日は朝から雪まじりの冷たい雨が降り、狩りは中休みとなった。

政宗は山麓の寺を本陣と称し、小姓や近習たちをしたがえて滞在している。

外に出られないとあって、小姓や近習衆は自然と庫裏《くり》の囲炉裏端にあつまってきた。政宗を中心に酒を酌みかわしながら、静かに咄《はなし》をして一日をすごすかまえである。

政宗はこざっぱりとした鉄色の小袖に褐色《かちん》の小袴をつけ、寒さしのぎに紫練貫《ねりぬき》地に丁字文《ちょうじもん》を染め抜いた胴服をはおっていた。若いころから身だしなみには人一倍気を使ってきたせいか、近臣たちしかいない場であっても手を抜かない習慣がついている。

「さても、よう降るものよ。昨日の白い鹿は、やはり神の使いであったか」

鹿の一類がわれらに狩られぬよう、雨を降らせたもうたのか、などと軽口をたたく政宗は、いくらか疲れているように見えたが、それでも昨日よりは調子がよさそうだった。

政宗の後頭部には灰色の小さな髷《まげ》があるが、頭頂部は禿げあがって艶光りしている。それでなくても額が張り出して大きな頭をいっそう大きく見せ、高い知性の持ち主であるとうかがわせる。

高く隆起した形のよい鼻と大きな眼窩――幼時にわずらった疱瘡の毒により失明したため、右目は白く濁っている――、薄い唇といった顔立ちは高貴な血筋を思わせるが、一方でがっしりとした顎は強い我執を匂わせている。

しかし頬にはいくつか染みが浮かび、手の甲の皮膚は細かい皺におおわれていて、重ねた歳月を感じさせる。

高齢にもかかわらず、政宗は隠居せずに仙台藩六十二万石の当主の地位を保っていた。

そのためいくらでもお手元金があり、大勢を動員した狩りもできるのだが、一方で藩主の責務として一年おきに江戸在府と帰国を繰り返さねばならず、昨夏に江戸から仙台へもどってきたばかりなのに、今年も五月に江戸へのぼるという多忙さだった。

側仕《そばづか》えの近習や小姓たちは、もちろん狩りへも江戸へも同行する。

いま囲炉裏近くにすわっているのは十四、五歳から二十歳過ぎの小姓たち十名あまりと、近習の若侍たちである。

近習たちは分厚い上体に手首も太く、いかつい顔に髭も濃くていかにも兵法の使い手といった者ばかりだが、小姓衆は色白で顔立ちの整った者が多い。

政宗は若いころ衆道《しゅうどう》も好んだので、いまだに見目のよい若者を側におく癖が残っているのである。

お気に入りの小姓ふたり、南次郎吉と加藤十三郎は、二十歳過ぎというのに前髪を残し、いつも色目鮮やかな小袖を着て伽羅《きゃら》の香りをさせている。

一方、瀬尾鉄五郎は父が江戸屋敷詰めだったので、伊達家中の組士《くみし》にもかかわらず江戸で生まれて育った。一昨年に元服してのち江戸屋敷で奉公していたが、昨年六月に小姓となり、政宗が下国するのにともなって仙台へ来たのだった。

下国するにあたって父親からは、

「殿さまの側近くに仕えるとは名誉なことじゃ。裏表なく一心に奉公して、早く殿さまから信用されるようにせよ。さすればそなたの将来も大きく開けよう」

と言われていた。鉄五郎がなんの疑いも抱かずにその言葉を胸に刻んだとき、

「それとな」

と父は声をひそめて言葉を継いだ。

「小姓とはいえ、あるいは黒脛巾《くろはばき》組としてのはたらきを求められるかもしれん。その覚悟はしておけ」

鉄五郎はおどろかない。さもありなんと思っていた。

父は伊達家中では下士にあたる組士という階級に属している。仕事はおもに門や庭の警備だが、それは表向きで、まことの仕事は「草《くさ》」だった。

すなわち間諜《かんちょう》、忍びである。

家中でこの仕事をする者は、裏で黒脛巾組と呼ばれている。

黒脛巾組は、戦国の世では隣国にひそんで敵勢の動きを監視し、うわさを流して敵勢を牽制するなどのはたらきに任じていた。合戦ともなれば、敵陣に忍び込んで火をつけたり馬の手綱を切るなどして、敵を攪乱《かくらん》するのが役目だった。

いまの江戸にあっては、幕府の動きや諸藩邸の人の出入りを監視するほか、伊達家にかかわりのあるうわさ話をあつめたりしている。時には金を使って幕府重臣の家人に取り入り、必要な話を聞くこともある。

鉄五郎もやがては父と同様、そうした仕事につくのである。小姓のかたわらにはたらけと言われて、拒むわけにはいかない。

鉄五郎は鼻筋が通り目が切れ長で、眉目秀麗《びもくしゅうれい》という点ではほかの小姓衆にも劣らない。その上、肩幅が広く腕の太いところは近習衆にも負けていない。兵法の鍛錬は子供のころから行っていて、それなりの自信はある。

だがいまのところ、政宗の周辺はのどかなものだ。

政宗の咄は狩りの作法からはじまり、幾度か来たこの島の思い出話から、いくさ場の心得といった話題に移っていた。

「そなたたち、もし父親が敵に捕らえられ、目前で連れ去られようとしたら、いかがする」

近ごろいくさがなくなり、若い者たちの鍛錬の場がなくなっていると嘆いたあと、政宗はそんなことを言いだした。

小姓たちは目配せをしあった。うなずく者がいるのは、以前にこの話を聞いたことがあるせいだろう。

江戸で育ったせいか、鉄五郎は知らない。仲のよい津村伝助に聞こうとしたが、その前に声がかかった。

「鉄五郎、どうじゃ」

小姓の中では新参の鉄五郎をためそうというのか、政宗は話をふった。

「は、されば」

鉄五郎は頭を巡らせた。父親は敬《うやま》わねばならず、さらに孝行を尽くすものと教えられている。ならばこうするしかない。

「父のかわりに自分をつれてゆけと、かけ合いまする」

「たわけ。そんなことを敵が聞くものか。たとえ敵が聞き届けたとしても、息子を質にとられたら今度は父が困るであろう。解決にならん」

言われて鉄五郎は詰まった。それを見た政宗は、

「父親が敵に連れ去られるなど、あり得るものかと思う者もおろう。しかしな、これはまことにわが身に降りかかった災難なのじゃ。まあ聞け」

と静かに語り出した。

三

「若いころ、わしは米沢の城におった。さよう、伊達家の発祥の地は陸奥国伊達《だて》郡じゃが、そのころはほかに信夫《しのぶ》、置賜《おきたま》と三つの郡を支配しておった。そして相馬《そうま》どのと争っておった伊具《いぐ》郡もおよそ手に入れ、あたりの諸侯を圧しておったわ」

政宗は十一歳で元服、十五歳で初陣をかざった。初戦の相手は当時、伊具郡をめぐって合戦をかさねていた相馬氏である。

伊達領の南東に本拠をもつ相馬氏とは、政宗の父、輝宗《てるむね》の代から争っていた。

当初は伊達家の旗色が悪かった。

伊具郡を奪われただけでなく、本領の伊達郡まで攻め込まれるなど苦戦していたが、政宗が元服したころから輝宗は反攻をはじめる。政宗の初陣以降は父子で出陣をつづけ、数年の戦いをへて伊具郡をほぼ回復するまで勝ち進んだ。

そして政宗十八歳の夏には相馬氏と和睦がなり、伊具郡も伊達家の手に帰したのである。

これでいったんは南奥羽の地に平和がおとずれた。

伊達家から見て北の山形に盤踞《はんきょ》する最上《もがみ》氏とは和議がなっており、北東の大崎氏は弱体化して恐るるにたらず、さらにその東に位置する葛西《かさい》氏とは友好関係にあった。

南の方を見れば、会津黒川城《あいづくろかわ》による蘆名《あしな》氏やその東方にある二階堂氏とも小康状態にあったし、田村郡三春《みはる》城の田村氏からは政宗に妻、愛姫《めごひめ》――いま家中では御上《おうえ》さまと呼ばれている――をめとっており、同盟を結んだも同然だった。ほかの畠山、大内といった小大名は風向きを見るばかりで、争いになる恐れはなかった。

ここで輝宗は四十一歳という若さにもかかわらず、政宗に家督をゆずり、隠居する道を選んだ。

相馬氏との戦いをへて政宗の器量をみとめたこともあるが、政宗の弟の小次郎を家督に推す勢力も家中にあったので、先手を打つという意味合いもあったのだろう。

家督を襲うには若すぎるとして、政宗は一度は辞退したが、一族と老臣衆の強いすすめもあってこれを受けた。

こうして十八歳の冬、父の輝宗から家督を相続した政宗は米沢城主となった。輝宗は城外の館山《たてやま》に移り住み、若い政宗を後見するようになる。

「父上はのう、慈悲深いお方でな」

政宗の口調はしんみりとしたものになった。

「わしにはまことによくしてくれた。慈悲ばかりか、思慮も深いお方であったぞ」

六歳の時、虎哉《こさい》和尚という傑物を三顧の礼で迎えて師につけてくれたという。

「和尚に教えられて、わしは和漢の書を自在に読むことができるようになった。いま世間で伊達は能筆といわれるのも、和尚のおかげじゃ。それに守《も》り役につけてくれた片倉小十郎《かたくらこじゅうろう》も、長じて大きな支えとなったしな」

みなはしんとして政宗の咄を聞いている。

「しかも、伊達の家はそれまで父と子の争いがつづいておってな、父上も祖父《じい》さまと戦ったし、その祖父さまも、曾祖父《ひいじい》さまと戦っておった」

大名の家は広い領地をもつ上、親類縁者が多いので、父と子とて縁者に引きずられて利害が食いちがい、争いになることはよくある。鎌倉以来の名門、伊達の家も例外ではなかった。

「わしも先行き、父上と戦うようになるのではと恐れておったが、父上は先手を打って隠居なされた。それもわしの身を案じてのことじゃ」

そうした父子の仲のよさと戦略の冴えでもって、しばらくは伊達の家も安泰だった。

しかし平和は長つづきしなかった。

「きっかけは、大内備前《おおうちびぜん》よ」

いま大内家は伊達家に帰参し、家中では一族衆というあつかいになっていて、小姓衆の中にも血筋の者がいるはずだが、遠慮もなく政宗はその名を出した。

「大内家は当時、わが家と蘆名家とのあいだをふらついておって、敵味方定かではなかった。ところがわしの家督相続を祝うとて米沢城へやってきて、今後は心を入れ替えて奉公するので、米沢に屋敷を賜りたいと申してな」

大内備前は小大名ではあるものの、いくさ上手で知られており、自身、十文字槍の名手でもある。味方になるというのなら拒む理由はない。

また当時、大内氏は小浜城にいて塩松という地域を支配していた。これは伊達領と政宗の岳父、田村氏領の中間にあたるので、そこを押さえることができれば、伊達家にとってもまことに都合がよい。

すぐに米沢に屋敷を手配した。

だがこれが、のちにつづく騒乱のもとになる。

大内備前は年明けまでは米沢にいたものの、正月に小浜城へ帰ると、その後、米沢にはもどってこなかった。

米沢の南の会津を本拠とする大大名、蘆名氏に説得されて伊達家を裏切ったとも、最初から米沢城下や伊達家のようすを視察するのが目的だったとも言われるが、真相は定かではない。

とにかく政宗は裏切られ、顔に泥を塗られたのである。

当然、怒った。

だが、ただ怒っただけではない。これを機に領地を広げようとした。

もともと伊達家は曾祖父と祖父の代に、時の将軍から奥州探題《おうしゅうたんだい》に任じられていた。

父輝宗の代にはもはや幕府が崩壊していたのでその称号はなかったが、伊達家は幕府から任じられて奥州を仕置きする家柄である、との思いは政宗ももっていたのである。

探題ならば、言うことを聞かぬ大名たちを討伐するのがあたりまえだ。
「わしは家中の老臣たちをあつめ、いくさ評定《ひょうじょう》もそこそこに打ち立った。されど父上が危なく思われて意見され、ひとまずは馬を納めた。大内を攻めれば蘆名、佐竹といった大名衆を敵にまわすのは必定。いまだ二十歳にもならぬわしがふたつの敵を作るのはいかがかと言われてな」

政宗を抑えておいて、父の輝宗は使者を出し、大内備前の説得をこころみた。だが大内備前は応ぜず、逆に使者に罵声を浴びせる始末だった。
「父を侮辱されてはだまっておれぬ。そこでわしは今度こそ大内退治を宣言し、首を軍門に掲げると誓った。されどしばらく考えて、小大名の大内を討っても仕方がないと思い至った。大内は、どうせ蘆名の手引きで動いておるものじゃ。いっそ蘆名を討てば大内など吹き飛んでしまおうものを、とな」

そこで腹心の原田左馬介《さまのすけ》と片倉小十郎、それに親族で一歳年下の伊達成実《しげざね》を召し寄せて合議した。

まともに蘆名を攻めても、手間ばかりかかってはかどらぬのは目に見えている。武略をめぐらさねばならない。蘆名の一味から寝返る者を見つけ出して、そこを突破口にして攻め込む手はないか、と検討した。

すると原田左馬介が、蘆名の浪人を知っていると言いだした。さっそく使者を遣わして交渉し、その手引きで蘆名氏の本拠、会津黒川城の北方に領地をもつ柴野弾正《しばのだんじょう》なる者を味方につけることに成功した。

「それで勇んで軍勢を動かしたわい。夏のことであったか。原田が大《おお》峠、わしが檜原《ひばら》峠を越えて会津へなだれ込む算段よ」

　米沢と会津のあいだは十里ほどだが、吾妻山《あづまさん》、飯森山《いいもりやま》、それに磐梯山《ばんだいさん》などの山塊でへだてられている。攻め込むには大峠や檜原峠など険しい峠を越すしかない。

「ところがこれが大失敗でな」

　頼みの柴野弾正は城ももたぬ小身の者で、味方の人数はいくらも増えず、しかも手引きした蘆名の浪人は最後に心変わりして蘆名方につく始末。

　蘆名の反撃にあって、大峠の原田勢はさんざんに打ち負け、一方の政宗は檜原峠を越えたところで孤立してしまった。

　しばらく檜原で滞陣しつつ、伊達成実を通して蘆名の大身与力である猪苗代盛国《いなわしろもりくに》という者へも調略をこころみたが、盛国は味方につけたものの息子が蘆名を裏切らず、成功しなかった。

　結局、政宗は檜原に砦を作っただけで兵を引くしかなかった。

「わしが家を継いで初めてのいくさは、かくて何の得るところもなく終わった。なにしろ十九歳じゃ。若気の至りよ。見通しもなく武略、武略と唱えてな。まったく恥ずかしい限りよ。ところが、これがつぎの合戦を呼ぶことになったのじゃ」

この政宗の失敗を見たのか、ひと月ほどすると、大内備前が田村氏へ戦いを仕掛けてきた。そして田村氏が敗れ、領地を侵される事態となった。

これは見捨てておけない。

田村氏は政宗にとって岳父にあたる。ただでさえ大内の裏切りを許せないのに、岳父まで攻めるとはなにごとか。しかも蘆名家が裏で糸を引いているのは明白だった。

「妻をめとって九年目にして、はじめて義父上《ちちうえ》にお会いしたわい。そしてふたりして大内備前を討つと決めてな、小浜城を攻めることにした」

とはいえ容易ではない。小大名とはいえ一郡を支配しているので、大内備前は主城の小浜城のほか、いくつかの支城を抱えている。

「そこでまた武略よ。成実に命じて大内の家中から寝返る者をさがした。すると青木修理《しゅり》が大内備前に見限りをつけてな、わが方についた。それでまずは成実を出陣させ、ついでわし自身も兵をひきいて川俣というところまで出てのう」

青木修理に大内領の絵図を描かせ、それを見つつ成実と検討して、まずは小手森《おでもり》という支城を攻めると決めた。

最初に会津へ向けて兵を出したのは、蒸し暑い五月雨の時節だったが、小手森に向けて出陣したときには秋風が吹いていた。

城の前まで軍勢を詰めて見れば、小手森城は小高い丘の上に本丸が築かれており、尾根づたいに曲輪《くるわ》がいくつもならぶかなりの規模の城だった。大内備前も助勢に駆けつけて籠もっているという。

付近の村人たちは城内へ避難したらしく、周辺は無人となっている。

そこへ会津の蘆名、それに二本松城の畠山という大内家の親族大名が、援軍を出して城兵を助けようとした。

戦端はまず、援軍として来た蘆名、畠山勢とのあいだで開かれた。

両勢に城からも少しばかりの兵が加わり、伊達勢に向かってくる。

伊達勢には鉄砲が多い。領内で採れる金を使って、上方から買い上げてきたのだ。

政宗は旗本の侍衆ばかりでなく、不断衆《ふだんしゅう》——つね不断に政宗の下に奉公している下士——たちにも鉄砲を持たせている。

こうした者たちに数百丁の鉄砲をつるべ撃ちに撃たせて、蘆名、畠山勢をたちまちのうちに攻め崩した。

初戦は、二百以上の首級をあげて伊達勢の大勝に終わった。

だが城はまだ無傷のままだ。伊達勢の勢いを見て、打って出てもかなわぬと思ったか、栄螺《さざえ》が殻を閉じたように城内に閉じこもってしまった。

ここで伊達成実が一計を案じ、二日目の朝、小手森城と主城である小浜城との通い道にある竹屋敷という地を取り仕切るように陣を張った。

これを見た政宗も本隊を城へ近づける。伊達勢は小手森城をびっしりと取り囲む形になった。

すると城の大手門が開き、中から男が小旗をふりつつ出てきた。

なにごとかと成実が人をやると、小浜との連絡を絶たれてはもはや勝ち目がないので、降参して城を明け渡したいという。

成実はよろこんで政宗に注進した。だが政宗は慎重で、助けてほしいのなら城兵はすべてこちらの味方になるべし、と条件をつけた。

しかし敵勢は、城を出たあと大内備前の小浜城へ——前日に大内備前は城を抜けて小浜城へ逃げ帰っていた——入り、そこで討死するつもりだという。

それでは小浜城の兵力がふえて攻めにくくなってしまう。ならぬと断って交渉が長引くうちに、面倒になった政宗は全軍に総攻めを命じた。

兵たちが城へいたる坂道を遮二無二駆けのぼり、鉄砲を雨あられと撃ちかけ攻めたてる。すぐに大手門を打ち破った。山腹にある曲輪のひとつを奪いとった成実が火をかけると、やがて火は本丸まで燃えうつり、敵兵たちは逃げまどった。

ここで政宗は配下の者に「撫《な》で斬《ぎ》り」を命じた。

城にいる者は男女を問わず、それどころか命あるものは牛馬にいたるまで斬れというのだ。

下知によって荒れ狂った兵たちにより、この一日だけで城内にいた者がすべて斬られた。

その数は八百人にものぼった。

「なあに、脅《おど》しのためよ。大内備前を討つには、まだいくつも支城を落とさねばならぬ。ならば、逆らえば皆殺しにすると示しておけば、恐れて逃げる者もふえよう。われらは城を落とす手間がはぶけ、先々かえって人を殺さずにすむと思うてな」

それまでの奥州の合戦は生ぬるいもので、勝敗の行方が見えるやどこかから仲裁が入って和睦して終わることが多く、一城を丸ごと滅ぼすような激しい戦いは滅多になかった。

政宗はそういった戦い方を拒否し、滅亡か繁栄か、ふたつにひとつという激しさをこの地に持ち込んだのである。

これは効きめがあった。

小手森城が落ちると、撫で斬りの惨状におどろき、おなじく小浜城の支城、新城と樵山城の敵勢は、その夜のうちにみずから城を焼いて落ちていった。

翌日、政宗はもうひとつの支城、築館《つきだて》をめざしたが、軍勢が城攻めの陣場をさがしているうちに敵勢はこの城も捨てて退いたので、政宗は一戦もせずに入城することができた。

やはり撫で斬りのうわさが敵を恐れさせたのである。

だが小浜城の支城はまだいくつも残っているし、大内備前には蘆名や畠山の加勢もついている。支城から退いた敵兵は小浜城へ入ったので、その守りは堅くなっているはずだ。まだまだ油断はならなかった。

築館では一度、小競り合いがあったが、互いに足軽ばかりを出しただけで、大きな合戦には発展しなかった。

ここでひと月ほど人馬を休めたあと、政宗は田村領内に兵をすすめた。岳父の田村氏と相談の上、まずは小浜城と畠山氏の居城、二本松城との連絡を絶つことにしたのである。

狙ったのは、二本松城と小浜城との通路の南にある岩角《いわづの》という山だった。

政宗は小勢をひきいて岩角山を見回りに出かけた。

周囲を一望する小高い丘で、名のとおり巨岩が山肌に露出して奇怪な様相を呈している。修験の山でもあって、麓には古刹、岩角寺《がんかくじ》があり、山中には僧坊も建っていた。

ここを占拠してしまえば二本松城と小浜城のあいだの通路は丸見えになり、行き来をたやすく封じることができる。

政宗は山と寺を下見して、明日にも本陣を移す算段をし、その日はひきあげた。

するとその夜、小浜城の方角で火の手があがるのが見えた。

なにが起きたのかと警戒していると、翌早朝、小浜城から一騎、降参したいと陣に乗り付けてくる者がある。その者が、

「大内備前は小浜城に火を放ち、逃げた」

と告げたので、昨晩の火の手の正体がわかった。

「どうやらわしが岩角山を見回ったのが小浜城にも知れたようでの、蘆名から助勢に来ている

者たちが、二本松城との行き来を妨げられてはかなわぬと言いだして、大内備前に城を捨てて逃げるよう進言したのじゃ。大内備前も心細く思っていたので、蘆名がこの身を引き受けてくれるならと、夜のうちに城に火をかけて逃げ出したのよ」

こうして小浜城もあっけなく落ち、九月二十六日に政宗は焼け跡の小浜城に入った。

目論見どおり大内家を成敗したのだが、これでまた戦局がうごく。

大内備前に逃げられて、ともに戦っていた二本松城の畠山氏は、さぞ首筋が寒くなったのだろう。成実の父、伊達実元《さねもと》に降参を申し入れてきた。

実元は政宗の曾祖父、稙宗《たねむね》の三男で、伊達一族の重鎮である。病中とあって家督をせがれの成実にゆずり、一線を退いていたが、二本松城と境を接する八丁目城に住み、畠山氏を牽制する役目を負うてきた。

そこに隣郷のよしみで畠山氏が泣きついてきたのだ。

畠山氏ははるか昔、足利尊氏から奥州管領《かんれい》に補任《ぶにん》された畠山高国《たかくに》の末裔で、南奥州の武家では名門中の名門なのだが、このころは衰微し、小大名として伊達家についたり蘆名家についたりしていた。当主の畠山義継《よしつぐ》は大内備前の息子に娘をめあわせた間柄だったので、伊達家にさからって小浜城に助勢を送っていたのである。

畠山義継は実元の許へきて訴えた。

当家は田村氏とのあいだで争いがあって大内備前に味方したものの、伊達家とは長く昵懇《じっこん》であり、先年、相馬氏との戦いにも参陣して奉公したのだから、その褒賞として今回ばかりは許してくだされと。

実元はこれを聞いて哀れと感じ、助けてやりたいと思ったが、小手森城を撫で斬りにした政宗の気性では助命嘆願など取りあわないだろうと察して、ひとまず政宗の父、輝宗にとりついだ。

これが悲劇のはじまりとなる。

輝宗は隠居とはいえまだ若い。政宗を支えるために出馬し、小浜城より南に半里ほどにある宮森《みやのもり》という館に入っていた。

輝宗はおだやかな気性の持ち主である。はじめは隠居の身で口出しをしてはと取り持ちをしぶっていたものの、やはり畠山義継に同情し、政宗に助命を考えてはどうかと伝えた。

政宗ははじめは取りあわず、尋常に合戦におよぶべしと突き放した。

しかし輝宗にいさめられて考えなおし、息子を人質に出すことと、領地のうち五か村を残してみな没収するというきびしい条件を出した。これを呑むのなら助命しようというのだ。

あまりにきびしい要求なので、畠山義継はためらい、条件をゆるめてくれるよう輝宗に泣きついた。せめて家臣たちにはいままでどおりの領地を与えて召し抱えてくれ、などと訴え、何度か使者が宮森と二本松を行き交ったが、政宗の要求は頑として変わらない。

政宗としては中途半端に許すより、後腐れのないよう攻め潰してしまう魂胆だったから、条件をゆるめるつもりは毛頭なかったのだ。
それを察したのか、義継は思い切った行動に出る。供もつれずただひとり宮森の館へ駆け入って、輝宗に降参を告げ、よきよう計《はか》らってほしいと頼み込んだのだ。

大将がひとり敵陣に駆け入って詫《わ》び言をするのは、古くからある降参の作法である。そこまでされては輝宗も動かざるを得ない。さっそくその夜、政宗のいる小浜城に行き、家老たちに政宗を説得するよう命じた。

家老たちの中から成実が選ばれ、宮森へ行って義継の覚悟を再度たしかめた。義継が、
「この身を輝宗どのに預けた上は、降参が認められなければ自害する」
と言うので、成実は小浜城へもどってその旨を政宗に披露すると、政宗もさすがに態度をやわらげた。

父上が仲立ちに入っているのに許さぬとなれば外聞も悪いとして、息子を人質にする一箇条だけですませることとしたのである。

義継はよろこび、政宗と和睦の対面をすませると、さっそく申し合わせのとおり息子を差し上らせるとて、二本松城へもどっていった。

翌日、義継は仲立ちをしてくれた輝宗への礼として、酒肴をもって宮森の館をたずねた。今度はひとりではなく、家老衆に供侍、荷を担ぐ中間など五十人ほどの一団である。

伊達家の家老衆も、二本松が手に入ったお祝いを輝宗に言上しに宮森へ来ていた。そこへ義継が来たので、輝宗が応対し、家老たちとともに広間で対面した。

たまたまその日は朝から裏山に猪が出たと足軽たちが騒いでおり、若い者たちが弓や鉄砲をもって館を出ていったが、それがちょうど館に来た義継の一行と行き違いになった。弓鉄砲をもって裏山へ入ってゆく者たちを、義継の一行は不審げに見つつ門をくぐったのである。

対面そのものはなごやかに行われた。

表の広間に成実など家老衆がならび、輝宗は上座にあって義継と差し向かい、

「今後はご昵懇、互いに如在《じょさい》あるまじき」

などと話をしてもてなす。

そのとき、台所で大きな音がした。

戦場のことで膳棚がととのわず、お膳をずらりと縄で吊ってあったのだが、その縄が切れ、お膳が下に積んであった皿や鉢の山にあたってくずれ落ち割れた音だった。女たちがわめき、下男も叫んでちょっとした騒ぎになった。

これが表の間にも聞こえ、義継がおやという顔をした。

控えの間にいた義継の供侍たちも不審に思ったらしい。ひそひそと話をかわすと、ひとりが広間に顔を出し、義継を呼んでなにごとか耳打ちする。

義継はうなずくと、上座の輝宗に向き直り、急用が出来《しゅったい》いたしたゆえこれにて暇《いとま》を、と告げた。

「これはまた忙《せわ》しなきお帰りかな、名残り多いことゆえ、いましばらくお待ちなされ」

と輝宗は止めるが、義継が帰るとしきりにいうので、やむなく輝宗も見送りに立った。

ふたりが広間から玄関へ出て、式台の上で互いに一礼したときだった。

先に出ていた義継の供侍たちが目と目をあわせたと見るや、輝宗をあっという間もなく取り囲んだ。

輝宗は刃を突きつけられ、脇差を取りあげられてしまった。供侍たちは、

「情けなきお仕掛よな、二本松への帰り道にわれらを討たんとする企み、歴然じゃ！」

とわめきながら、輝宗を捕らえたまま門へと向かう。輝宗の刀持ちをつとめる朽木《くつき》という小姓が輝宗の袖にすがりついたが、供侍たちは面倒とばかり、ふたりいっしょに大勢の中に包み込み、一丸となって逃げはじめた。

突然のことで、伊達家の家老衆も侍たちもなすすべがない。門を閉じよと叫んだが、間に合わなかった。

館を出た義継主従は、輝宗を引き立てつつ早足で二本松城へ向かってゆく。義継は左の手で輝宗の小袖の胸をつかみ、右手にもった脇差を喉元に突きつけている。

輝宗が捕らわれているので、宮森にいた者たちは手出しできず、ただただあとを追ってゆく

ばかりだった。

急報が政宗のいる小浜城へ飛んだ。

一大事とばかり鉄砲をもった兵が駆け出してゆく。政宗は鷹狩りに出ていたが、その場からあわてて馬を飛ばした。

義継の供侍たちは、弓をもった者が二、三人いるほかは刀しかもっていない。みなその刀を抜きつらね、輝宗と義継を中に取り巻き、一団となって街道を二本松城に向けてすすんでゆく。

政宗と小浜城の兵が追いついたときには、宮森から一里半ほども離れ、すぐそこに見える阿《あ》武隈《ぶくま》川を渡れば二本松領、というところまで来ていた。

家来たちが義継主従のあとさきに馬を乗り回し、なぜこのようなことをするのかと一行に理由を問うが、答えはない。

政宗もしばらくは呆然とこれを見ていた。

義継を討たんとすれば父も討たれる。しかし放置すれば父が人質となってしまう。

どうすればいいのか。

家人たちが政宗の下知を待っている。だがここでどんな下知が出せるというのか。

輝宗と義継の一団が、阿武隈川の近くまできたときだった。輝宗は叫んだ。

「かくなったのはわが運の尽き、われをかばい立てするうちに川を越されては人質となる。しからば無念の次第、かくなる上はわれを捨てよ、われを捨てよ！」

繰り返し叫ぶ声が政宗にも聞こえるが、そうは言われても父親を捨てられるものではない。

政宗も家老衆も手を下せず、いらだちながらあとを追いつづけた。

そのまま川べりの、高田ガ原という地まで来た。対岸には知らせが飛んだのか、畠山勢があつまっている。

「ここまで来てはじめて、成実ほかの家老衆がわしの馬前にあつまってな、言うのじゃ。この上は是非もなし、捨て奉《たてまつ》るほかなし、とな」

その場にいた一門衆、家老衆がみな輝宗ともども義継を討つよう進言したのである。

これを聞いて兵たちも鉄砲をかまえ、義継主従を取り巻いて政宗の下知を待った。

十九歳の政宗はためらった。父をこの手で殺せとは、とても命令できない。

そのうちに運命は非情なほうへと回った。

行く手をふさがれた義継は、はじめて逃れられぬと覚悟をきめたようだ。

従者がみなその場に折り敷く。義継がなにか叫びながら、もっていた脇差で輝宗を滅多突きにした。たまらず倒れた輝宗をかばうように小姓の朽木が抱きつくと、その上から従者が幾度も刀を突き立てる。

これを見た政宗はついに、

「放て。ええい、放て！」

と命じた。

幾十もの雷鳴が川べりを震わせる。

さんざんに鉄砲玉を浴びせたあと、みないっせいに声をあげて義継主従に襲いかかった。

五十人あまりの主従を一人残らず斬り殺したあと、みなが義継に一太刀ずつ浴びせた。そのため義継の死骸はずたずたに切り刻まれた。

「あとで義継のかけらをひろいあつめ、藤蔓《ふじづる》で縫いつけて人の形にし、その場に磔《はりつけ》にしてさらしてやったわ。しかし、どうしても父上は帰らぬ」

義継裏切りの理由は、のちにさまざまに取り沙汰され、こんなうわさも立った。

小浜城下に宿をとった伊達勢の小者たち十数人が、車座になってふざけ合いながら刀を研いでいるところに、輝宗の小者が通りかかった。楽しそうにやっているので、どうしたのかと尋ねると、知らぬのか、明日これにて二本松衆を斬り刻むのよ、とおどけた。

これを二本松衆のひとりが偶然聞き、義継に告げた。そのため義継は明日、おのれを殺す企みがあると察し、先手を打ったのだと。

「戦国の世では、どんなことでも起こりうるものよ」

と政宗が語り終わると、小姓たちはしんとしてしまった。

その中で鉄五郎は、顔がほてるのを感じていた。父親が目の前で殺されるとは。そんなことがもし自分の身に起こったらと思うと、動悸が速くなって膝が震えてくる。

父母ともに鉄五郎にはやさしかった。

十二歳で重い流行病《はやりやまい》にかかったときには、父母が交替で寝ずに看病をしてくれて、そのおかげで助かったのだった。父母には、よくしてもらった思い出しかない。

その母は一昨年、別の流行病にかかって身罷《みまか》ってしまったし、兄弟も幼いころに亡くなっているので、父に万が一のことがあったら、自分はこのひろい世の中でひとりになってしまう。

そんなことは耐えられない。

太平の世に生まれたのは、ありがたいことだと思う。

「いずれにせよ、父上は四十二歳を一期としたが、わしはすでに七十の声を聞いた。そろそろ寿命であろう。まだ馬にも立派に乗れるのに、公方さまの役にも立たず、むざむざと畳の上で死ぬのは口惜しきことぞ」

と政宗はため息をつく。小姓、近習たちは声もない。

「そうじゃ。みな聞きなされ。末期が近くなれば、遺言や辞世を残すものと聞く。わしには近ごろ気になる歌がある。これが辞世ともなろう」

そう言うと政宗は筆と紙をもってこさせ、その手でさらさらと書きつけると、小姓の次郎吉に渡した。

くもりなき心の月をさきだてて
浮世のやみをはれてこそゆけ

小姓たちはみな次郎吉の手許をのぞきこみ、この歌を口の中でつぶやいた。だが周囲の者にとってはその意味よりも、政宗が辞世を詠んだということ自体が重いのだった。

四

十五浜の狩りから仙台の若林城《わかばやし》――主城である青葉城は山城ゆえ上り下りがきついとして、八年ほど前に郊外に一城を構えていた――へもどった政宗は、自分の死期を悟り、旅立ちの支度にかかったようだった。

自分が取り立てて家中で重きをなしている者たちには、用事がなくとも側に立ち寄るように言い、そうした者たちと歓談に日をすごすことが多くなった。

一方で近くの観音堂原《かんのんどうばら》というところに名取《なとり》川から水を引いて蓮池を作り、別邸を建てようとして縄張りまで決めたのに、もはや用無しとして取りやめた。

若林の城も自分の死後は取り壊し、薬園にでもするがよい、などと言う。

近習や小姓たちにも、政宗のそうした思いは伝わる。みなどことなく所作が慎ましやかになってきた。

だが、それは単に悲しいからではない。

政宗の死は、ひとり政宗だけの問題ではないのである。

六十二万石の太守、それも戦国の世を生き抜き、一時は天下をも望んだほどの男がこの世に別れを告げるとなれば、石垣の中の大石が不意に抜け落ちるようなもので、あたりの力関係が激変する。周辺の小石は支えを失って落下したり、転がる大石の下敷きになって潰されたりと、影響をうけるのは必至である。

しかもここから先、政宗のもらす一言半句が遺言となって、取り消しの効かぬものになるかもしれない。

六十二万石の遺産を継ぐ政宗の子供たちなど一族衆のほか、家中の老臣たちも、藩の先行きやわが身の行く末を心配し、身構えているのだ。

しかし小姓の中ではもっとも新参の鉄五郎は、そんな浮き足立つ周囲をよそに、淡々と日々のつとめをこなしていた。

小姓は、当番となれば四六時中、政宗の側に詰めることになる。いま鉄五郎は、同僚の伝助とともに雪隠《せっちん》の前で膝を折って控えていた。

政宗の日常はまことに規律正しい。

朝は六つ（午前六時）に起きることが多いが、政宗の寝所の外には時指《ときさ》しの札といって、暮れ六つより明け六つまでの時刻を書いた札と竹串が置かれてあり、起きようとする時刻に刺して示すことになっている。

竹串が七つ半（午前五時）や八つ（午前二時）に刺してあれば、それを不寝番の坊主衆が見て小姓衆や女中衆に伝え、時刻がきたら起こすのである。

起きると政宗は、ほどいてある髪を一本にたばね、手水《ちょうず》をすませてから雪隠に入る。

この雪隠は二畳敷きで、火桶や刀掛けのほか三段の棚があり、硯《すずり》や料紙、書物などが置かれている。政宗はここで用を足すだけでなく、半刻から一刻もこもることが多かった。中で届けられた書状を読み、指図も出すのだ。

「あ、紙を折られた」

黒脛巾組の者として鉄五郎は耳を鍛えているので、壁のむこうで紙を折るかすかな音でも聞き分けられる。

鉄五郎がつぶやくと、雪隠の壁にある五寸四方ほどの木の蓋がひらき、中から料紙が出てきた。

鉄五郎が立ち上がるより一瞬早く、伝助が動いた。

「津村伝助、うけたまわりました」

四つ折りの料紙を手にしながら、伝助は大声を出した。中から「頼んだぞ」と政宗の声がした。

開いてみると、ある藩士への伝言であった。明日九つ過ぎに御座の間へ来るように、というのである。

藩士は城内に詰めているはずだった。藩士を探すべく、伝助はきびきびと立ち去った。

しばらくするとまた料紙が出てきた。すばやく受けとって見ると、夕餉《ゆうげ》の献立が書いてある。

これは台所へ届ければよい。

「瀬尾鉄五郎、うけたまわりました」

と告げ、早足で台所へと向かった。政宗の言いつけを実行している、というだけで誇らしい気持ちになるから不思議だ。

雪隠でひと仕事終えたあと、政宗は行水して衣装を着替え、御焼火《おたきび》の間へ出る。

朝餉《あさげ》である。

朝餉にはいつも、お相伴《しょうばん》の家臣たちが数名呼ばれる。

政宗は上座に敷かれた毛氈《もうせん》に着座し、当番の小姓衆のあいさつを受けたあと、控えている今朝の相伴衆を呼ぶ。いちいちあいさつを受け、左右の着座も指定する。

侍衆なら領地のこと、医者なら医道の話など、ひとりずつ話をし、ひととおり終わったところで、

「時分はよし、料理をつかまつれ」

と命ずる。すると御膳番衆が出て膳をくばる。

今日の料理は、鰈《かれい》の刺身の酢かけ、独活《うど》と青菜をあえたものを向付《むこうづけ》とし、鶴と焼き豆腐の汁、平皿にはかまぼこと長いも、卵焼きなどだった。政宗は美食を愛し、みずから料理をするほど

なので、毎度の食事にも凝ったものが出てくる。

配膳が終わったのを見届けてから、鉄五郎たち小姓衆も朝餉となる。御焼火の間では酒が出るし、最後に薄茶もふるまわれるので、食べ終わるまで優に半刻はかかる。当番の小姓衆には息抜きができる貴重な時間だった。

鉄五郎も台所で膳の前にすわった。御焼火の間とはちがい、かて飯に味噌汁、それに小鰈の焼き物と簡素である。

「ところで」

と鉄五郎は、となりで味噌汁に口をつけている伝助に話しかけた。

「十五浜で狩りのときにお話された殿のお父上の話、あれは真実なのか」

伝助はいぶかるように眉根を寄せた。

「いや、ちと引っかかってな」

「どこが」

「川の前にきてわが軍勢に前をふさがれたとき、畠山義継がお父上を刺し殺したとおおせだが、仮にもこちらの陣所にきてお父上を誘拐奉るという大胆な策に出たのに、さようにたやすくあきらめるものかな。しかも川向こうには畠山の軍勢がきていたのだろう。あと少しではないか」

「なんだ。殿さまがいつわりをおおせだと申すか」

「いや、そうは言わぬが……」

「言うておるぞ。この罰当たりめが」

罰当たりと言われて鉄五郎は口を閉じたが、どうも納得できなかった。あの話では、義継の態度が不自然だと思うのだ。

「ま、さまざまに言われておるのは承知しておるがな。考えてみれば五十年も前のことだ。細かいことなど忘れられてはっきりせぬ」

「やはり言われておるのか」

どういうことかと尋ねたが、それ以上は教えてくれなかった。おそらく言うを憚《はばか》る内容なのだろう。

そこで肩をたたかれた。

「そなたらふたり、当番が明けたら、ちと顔を貸せ」

浜田半兵衛だった。

「なんでしょうか」

「来ればわかる。忘れるな」

新参の鉄五郎は、上司である小姓頭になにかと叱られている。また叱られるのかと、伝助と顔を見合わせた。

当番が明けて伝助とともに半兵衛をたずねると、「ついてこい」と言われて、城内でももっとも静かな米蔵の裏手へつれていかれた。

これはやはり叱られるのかと暗い気持ちでいると、半兵衛は真面目な顔で言った。

「いや、そう恐い顔をするな。今日は頼みがあってきてもらった。それもほかへ漏らせぬ頼みでな」

小姓は許しがない限り外へ出られないし、小姓頭といえど自分の部屋はもっていないので、内緒話をするにはこうしたところしかないのである。

「おまえら、近ごろご家中がおかしいのは感じているだろう」

最初に伝助がうなずいた。鉄五郎は何のことかわからずためらったが、鈍いと思われたくなくて、小さくうなずいた。

「殿さまが亡くなられるとあれば」

と半兵衛は当然のように言った。

「さまざまな動きがあろう。中にはお家の大事にいたる不埒《ふらち》なことをなそうとする者も出てこよう」

鉄五郎はじっと半兵衛を見た。なにを言いだすのかととまどっていた。

「われらはそれを止めねばならぬ。殿のお近くに接している以上、当然のつとめだ」

おやと思った。小姓のつとめは殿さまの身の回りの世話や、命じられた用をこなすことではないのか。家中の不埒な動きを止めるなど、家老の役目だろう。

「それは、どのような動きでしょうか」

伝助が訊いた。不埒なことといっても、どんなことなのか見当がつかないという。

「それこそそなたが探ることよ。敵は多いぞ」

「敵とは……」

「まずは家中の者。ご嫡男の忠宗《ただむね》公へ家督を渡すまいと、ご子息の方々が謀叛を考えておるかもしれぬ。他家の者もこの際、伊達家の力を削ごうとしておろう。そして幕府も、わが家のような外様の家を取り潰す材料を鵜の目鷹の目で探しておる。敵だらけじゃ」

「ああ！」

伝助はわかったようだが、鉄五郎はまだ狐につままれたようだ。

「不思議そうな顔をしておるな」

半兵衛が鉄五郎に顔を向けて言う。

「それが小姓の役目でしょうか」

疑問をぶつけると、半兵衛は首をふった。

「小姓の役目ではない。だがな、黒脛巾組の役目だ」

あっと声を出すところだった。

ということは、半兵衛も伝助も、黒脛巾組の者だったのか。

「そなたには初めて知らせるな。そうだ。小姓衆の中ではわれら三人が黒脛巾組よ」

半兵衛は目を細めた。

「すると……」

「さよう。これは殿さまお直《じき》のお下知である」

鉄五郎はうなった。父が言っていた話はこれか。

「しかし家中のことまで、なぜわれらに」

「他家や幕府を相手にするのはともかく、ご次男以下のご一門衆の動きも見張らねばならぬが、小姓や近習にもご一門衆の息がかかった者は多い。色がついていないのは、黒脛巾組のわれらくらいということだな」

なるほど、そういうことか。であれば自分の仕事だ。ご次男以下の方々、隣藩の者、幕府と、鉄五郎は頭に刻みつけた。

「では、たとえばどのような動きに気をつければよいのでしょうか」

「家中の謀叛の動きは、人のあつまり具合やうわさで察せよう。他家や幕府ならば、隙をつかれてはならぬ」

「隙をつかれるとは？」

「つまり、家中の内情にふれた書状や、漏らしそうな人物に気をつけることだ。どさくさまぎれに、そんなものが幕府や他の家に握られたら一大事だからな」

その日以来、鉄五郎の世を見る目は一変し、多くの者が敵に見えはじめた。

四月にはいると、江戸参府を五月から四月二十日に早めるとの意向が明らかになった。

それを聞いた側近の者たちは、みな心配した。

「あれほどお悪いのに、なぜ早めるのか。むしろ延ばすべきであろう。いや、いっそ参府など取りやめてしまえばよかろう」

伝助が言うのは、小姓たちの総意でもある。夜昼となく身近に接している小姓たちには、政宗の体調が誰よりもよくわかっていた。

年が明けてからは気分がすぐれず、十五浜の狩りからもどってのちは食欲も失せていた。さらに肥前瘡《ひぜんがさ》という皮膚病も患って、政宗はまさに病人の様相を呈していたのである。

「江戸へは暇乞《いとまご》いに行かれるというが、それにしても病が一段落してからでよかろうに」

同僚の小姓、南次郎吉が言うのを、鉄五郎はうなずきながら聞いていた。

――江戸まで駕籠にゆられて行くあいだに、病は確実に悪くなる。

とはいえ、肉体と心持ちとは別のものらしく、政宗は病人のように寝つくわけでもなく、日中はこざっぱりとした身なりで常のように執務もこなしている。鉄五郎は、そこに畏敬の念を抱きながら側に仕えていた。

「それにしても、今年はホトトギスの声が遅いのう」

四月も半ばになると、政宗はそんなことを言いだした。

毎年、ホトトギスの初音《はつね》を聞くのを楽しみとし、四月になってホトトギスの声を聞いたというわさを聞けば、小姓をやってたしかめ、たしかに鳴いたとなればみずから足を運ぶほどの入れ込みようだった。

今年は江戸参府もあり、なんとしても国許でせめてひと声でも聞きたいと言い、病身にもかかわらず小姓衆を引きつれてあちこちの山へ出かけていった。その執心ぶりは鬼気迫るものがあった。

そして二日後に江戸へ発つという十八日にも、政宗は亡母の菩提寺、保春院《ほしゅんいん》の落成を祝って参詣したのち、ホトトギスの初音をもとめて青葉城の近くの林へ出かけ、越路《こえじ》の山のあたりで弁当をつかった。今朝、そこでホトトギスの声を聞いたという人の話があったのである。

それまでしても結局、ホトトギスの初音は聞けなかったが、よほど景色が気に入ったのか、

「ここは下に川あり、仙台と若林を目の下にして海も見え渡り、景色がよい。わしが死んだらここに葬れ。忠宗にも必ず伝えよ」

と命じた。そのあとで、

鳴かずとも何か恨みんほととぎす
　時も未来の夕暮の空

と一首詠んで若林へ帰った。

二十日の明け方、政宗主従は若林城を発った。

小姓衆もみなお供をする。見送りの侍たちが並み居る中、政宗は駕籠に乗って行列の中心にあり、鉄五郎はその前を歩いた。

街道へ出て一里ほど歩いたとき、突然、キョッキョ、キョッキョと短く鋭い鳴き声が聞こえた。

ホトトギスだ。

あたりを見回すと、腹に縞模様のある小さな鳥が、路地の柳の枝にとまっていた。

「おお、お望みのホトトギスが、門出の祝いに駆けつけてくれたわい」

半兵衛などは白い歯を見せ、手をふらんばかりにして空を見上げている。行列の侍たちも喜び顔だ。声をあげる者もいた。

駕籠の戸をあけて見ていた政宗も、笑顔になっている。

みなが見上げる中、ホトトギスは政宗の駕籠が通ると飛び立ち、行列を先導するかのように十四、五間の先を飛びながら、一町あまりにわたって鳴き声を聞かせ、そして東の空へ飛び去っていった。

「近々と初音を聞かれ、お仕合せのよいことにござりまする」

と家老のひとりが朗らかにあいさつしたが、政宗は早くも真顔にもどっていた。

「そうは申すがな、不如帰《ふじょき》、不如帰と鳴く鳥ゆえ、旅人の門出には忌むそうな。仕合せがよいかどうかはわからぬ。なあに、別に気にかけておるわけではないがな」

政宗の声を聞き、家老がはっとした顔になるのを見ながら、鉄五郎は確信した。

政宗はただ暇乞いのためだけでなく、何か別の思惑を抱いて江戸へ向かおうとしている。だから出立を急いだのだ。

何をしようとしているのだろうか……。

鉄五郎の疑問をよそに、行列は街道をしずしずと南へとすすんでいった。

第二章　苦しむ馬

一

政宗の行列は、奥州街道を南へと向かった。

前方に見える蔵王《ざおう》の山並みにはまだ点々と白い雪が残っているが、初夏の奥州路は心地よい風が吹き、新緑が萌えて爽やかだった。ところどころに薄紅色のつつじ花も咲いていて、旅の辛労を忘れさせてくれる。

一泊目の宿は、領内にある白石城《しろいし》である。

城下へ入る前に、白石川を渡らねばならない。河原の渡し場では政宗の駕籠を渡し舟にのせるべく、人々が走りまわっている。

「それにしても、なぜこう急ぐのかな」

土手下で人々の輪から少しはなれた鉄五郎は、横に立つ伝助に話しかけた。

「病を治してからでも、遅くないと思うが」

「なにかが江戸にあるのだろうな」

　伝助はわけしり顔に言うが、

「江戸になにがあるんだ」

　と聞いても首をひねるばかりだ。

「出立前は少々、おかしかったな。御座の間でおひとり、なにやら考え込んでおられたようだったし、ご容態が悪いようなら出立を日延べしてはと、浜田さまが申しあげたら、急がねばならぬと叱られたとか」

　鉄五郎は嘆息した。

「まだまだ、わからぬことばかりだな」

「なにが？」

「いや、殿さまの心中もそうだが、ご家中にしても、だれがだれとつながっているのか、だれがどんな思いで殿を見ているのか、まるでわからん」

「それはそなたが未熟だからよ」

　伝助の憎まれ口に思わず手が出そうになるが、そのとおりだと思い、こらえた。江戸屋敷で育った鉄五郎は、家中の事情にうとい。

「それ、われらも渡らぬと」

　政宗の駕籠が舟の上に乗せられ、船頭が竿をあやつって舟が川中へ出たのを見届けてから、小姓頭の浜田半兵衛が声をかけた。供の者たちは、袴を脱ぎ小袖を尻からげして、少し上流にある浅瀬を渡るのだ。

冷たい水に膝の上までひたりながら、鉄五郎らは対岸へ渡った。足をぬぐって土手の上にあがれば、目の前に小山があり、白石城の大櫓が見えた。

すでに陽は西に傾き、出立のために夜明け前から駆け回っていた人々の顔には疲れの色が見えている。

城下町のはずれまで城主が迎えにきていた。その名を片倉小十郎という。五十絡みの偉丈夫で、端正な顔立ちをしているが、どことなく疲れて見えた。

簡単な挨拶ののち、駕籠は大手門から城内へ入った。

だが、どうもようすがおかしい。

伊達家中の城だから、泊まるのになんの遠慮もいらぬはずなのに、お供の侍たちは緊張しているのだ。まるで敵地に乗り込むように表情はけわしく、あちこちに目を配りながら歩いてゆく。

小姓衆の中でも古株の者は、刀に手をかけながら城内へと入っていった。

「なにごとでしょうか」

鉄五郎が浜田半兵衛にたずねると、

「なに、ちと用心しているだけよ。心配ない」

と言うのだが、その半兵衛も目つきがおかしい。気をつけて見ていると、迎える城内の者たちも、どこかおどおどしているようだ。こちらから言葉をかけられるのを、避けているような感じだった。

さらに本丸御殿に着いてからひと騒動あった。駕籠から出た政宗が、よろけてまともに歩けない。一日中駕籠でゆられて疲労困憊したようだった。

ただちに夜具がのべられ、横たわった政宗を医師が診察する。結果、ただの疲れだが、ひと晩安静にすべしとの診立てが下された。

用意された夕餉もとらず、政宗はそのまま寝入った。

これで城内の雰囲気はますますおかしくなった。城主の小十郎は、

「それがしが用意した夕餉も召しあがらぬとは、なんとしたことか」

とあわてている。どうやら、毒を盛ると疑われたかと心配しているようだ。

小姓たちは交替で寝所の前に詰める。鉄五郎も夜五つ時（八時）から二刻（四時間）のあいだ番をした。政宗はただ昏々と眠っているが、なぜかみな緊張している。

――やはり無理がある。

鉄五郎の疑いは深くなった。これほど無理をして江戸へ行く政宗の目的は、なんだろうか。命がけの暇乞いをする意味はどこにあるのか。

その上、この城内のおかしな雰囲気。おなじ家中とは思えないほど、互いによそよそしい。

のか。

伊達家の南の要《かなめ》の城がこんなことでいいのだろうか。これも政宗の江戸行きにかかわりがある

鉄五郎にはわからないことばかりだ。

翌朝、政宗はいつもどおりに六つ前に起きた。どうやら疲れはとれたようで、朝餉は召しあがるという。小姓たちはみなほっとした顔になった。

本丸の書院で片倉小十郎に目見えしてのち、朝餉となる。仙台にいたときのようににぎやかではなかったが、城主の片倉小十郎以下、白石城の者たちが相伴した。

「さて、どんな話をなさっているのやら」

鉄五郎が台所近くの広間でほかの小姓たちと朝餉を食べていると、ひそひそ話の話題は城主片倉小十郎のことに集中した。

政宗の一の重臣として伊達家中ではならぶ者がないほど高名で、その名が天下にも響きわたっている家臣だが、政宗と数々の合戦をくぐり抜けてきたのは先代の備中守《びっちゅうのかみ》で、いまの小十郎はその息子である。

備中守はその昔、太閤秀吉から独立の大名として取り立てられようとしたほど実力をうたわれていた。そのおかげで一国には一城しかゆるさないという天下の定めがあるにもかかわらず、白石城は片倉家の城として特別に認められ、伊達家は領内にふたつの城をもつ——若林城は、表向きは城ではなく「屋敷」とされている——ようになっている。

いまの小十郎が成人したときすでに戦国の世は終わっていたが、大坂の陣では後藤又兵衛を討ちとるなど活躍し、「鬼の小十郎」といわれたほどの名声をあげた。父に劣らぬ知勇兼備の猛将なのだが、家中ではあまり評判がよくない。

知勇兼備ゆえか態度に傲《おご》りがみられ、周囲の者たちに煙たがられて、政宗に仕置きをねがう目安《めやす》をつけられるなど、重臣の中では浮いているのだ。あまりしつこく目安が出されるので、少し前までは政宗の御前への出入りを差し止められていたほどだった。

小姓衆は当然、そのあたりの消息に通じている。鉄五郎もある程度は聞いていたが、御前への出入りを差し止められていたことは知らなかった。

——それで城内の者の態度がよそよそしかったり、重臣たちが緊張して城に入ったりしたのか。

鉄五郎にもようやくわかってきた。要するに、伊達家中も一枚岩とはいかないのだ。

「ここで殿さまがどうするか、見ものだな」

と伝助は言う。下手をすると片倉小十郎が成敗される。そこまで行かずとも伊達家中で浮いたままとなってしまうが、それでいいのかというのだ。

「いろいろあるものだな」

頭に入れておかねば、と鉄五郎は思った。

なんといっても片倉小十郎は天下に名を知られ、伊達家にとっては兜の前立のように目立つ存在だ。そんな者が家中に不満を持ち、政宗の死をきっかけに暴れ出すようなことがあれば、お家の大事となる。死を覚悟した政宗が恐れているのは、そうしたもめ事だろう。

しかも城で夕餉も召しあがらなかったのは、まずい。ふたりの不仲を言い囃《はや》されそうな行為だ。このままでは世間にあらぬうわさが広がるだろう。

「いやいや、殿さまは考えておられるにちがいない。そこはぬかりのないお方ゆえ」

といつの間にか話にくわわっていた半兵衛がしめくくったが、病身の政宗に手だてがあるのだろうか。

みなが緊張しているうちに、出立となった。

城内の者が総出で見送りにたつ。お供の衆とのあいだには、まだなにかかみ合わぬ空気が漂っている。

玄関前におかれた駕籠に乗り込んだ政宗は、式台にかしこまっていた六、七歳と見える子供をよんだ。

三之助といって、小十郎の孫である。男児のなかった小十郎は娘の産んだ三之助を養子にし、跡取りとしているのだ。

三之助は城内の者に手を引かれ、ちょこちょこと駕籠の前へ歩いた。

城内の者、そして供の者みなが見ている前で、政宗は腰に差していた脇差をぬくと三之助に手ずから与え、

「みなの者、よくうけたまわれ」

と、凜とした声を張りあげた。

「昔、備中守はいまの小十郎というよき子をもち、大坂の陣このかた世上に名を広めた。小十郎も果報者にて、利発なる孫を跡継ぎにとりたてた」

なにを言いだすのかと、みなは耳をそばだてる。政宗はつづけた。

「みな心して、この子に馳走を過ごすな。小十郎の子には武芸のほか芸能はいらぬ。闇夜をいやがらぬように、野へも山へも連れ歩き、雨の降るときは裸足にして駆け歩きさせよ。よき者をつけて、息災に育てるがよい。それが一番のお家への忠義と心得よ」

これを聞いた片倉家中の者どもはおどろいたようだったが、そのおどろきはすぐに喜びに変わった。

出入り差し止めの一件もあって、小十郎が政宗から疎《うと》んじられていると思っていたところに、この思いやりあふれる言葉だ。片倉家は、まだまだ大切にされていると感じたのだろう。みな、政宗に手を合わせんばかりにして礼を返してきた。

「さすが殿さま、見事ななされようだな」

伝助が言う。鉄五郎も感心した。自分に子供があって、あるじからこういう言われ方をすれば、大いに感じ入るにちがいない。政宗は人使いのツボを心得ていると思った。

三之助がかしこまると、政宗は駕籠の中の人となり、行列が城門を出る。

そのまま大手道をすすみ、町外れまできたとき、駕籠が止まった。

なにごとかと思ううちに、政宗は駕籠を下におかせて扉を大きく開き、見送りについてきていた小十郎を招いた。馬に乗って先を行っていた重臣たちを呼びよせた上で、小十郎の手をとって半身を駕籠の中まで引き入れ、周囲に聞こえるように言った。

「その方のことは目安で悪しざまに申す者があったが、詮索《せんさく》してみればいつわりばかりじゃった。細かいことはいろいろあろうが、そなたを頼みに思う気持ちは変わらぬ。心安くしておれ」

小十郎の端正な顔におどろきが広がる。無理もない。最後の最後で、待ち望んでいた言葉を聞いたのだ。

「されどおのれを恃《たの》む心が強すぎてはならぬ。傲《おご》ることも、あってはならぬ。世を渡るにはその心得が必要よ。わかるな」

小十郎はこっくりと頭を下げた。政宗はうなずき、小十郎を見詰めて言った。

「なあ、明日にも天下に大事が起きるかもしれぬ。そのときにわしが先駆けを承って敵に向かうとなれば、その方に敵の先陣を蹴散らさせ、成実に一方の軍配をとらせよう。三人心を合わせるほどならば、時ならぬ花を咲かせられようものを、と思うぞ」

「は、もったいなし」

と小十郎は幾度も頭を下げている。政宗はその肩に手をおくと、つづけた。

「ぜひとも体に気をつけてな。国の留守はまかせるぞ。この身は日増しに病が重くなるようじゃ。今後、会えぬことも……あろう」

言葉の最後のほうは涙声になっており、実際に政宗は涙を流していた。

小十郎も声をあげて泣いた。周囲の者ももらい泣きしている。

道端に立ってこの光景を眺めながら、

——殿さまは、うまくなされたな。

と鉄五郎は感心していた。

政宗はもっとも効果のあがる時と場所をえらび、家中の者と相手の心に残るよう、芝居がかったやり方で自分の思いを伝えたのだ。

これで家中の心配事をひとつ解決したことになる。

あるいは江戸でも似たような心配事があって、その解決のために急いでいるのだろうか、とも思った。

そののち行列は道中を急ぎ、福島まで足を伸ばして宿をとった。

宿につくと、小姓たちは自分の荷物をおく間もなく、政宗の世話に走りまわらねばならない。今回は駕籠から出ても歩けないほどではなかったが、政宗の体調はやはり思わしくない。宿へ入っても夕餉をとらず、茶湯ばかりを飲んでいる。

さらに肥前瘡も悪化した。医師のすすめにしたがって、あらかじめ近くの「しのぶの高湯」という温泉から湯を取り寄せてあったので、夕餉もとらずにその白く濁った湯につかり、長いあいだ出てこなかった。

そのあいだに小姓たちは、急いで夕餉をとることになった。

せまい宿では重臣たちと隣り合わせになったり、部屋が重なることもある。

鉄五郎が湯屋から母屋にもどり、広間で夕餉の席につくと、すでにほとんどの者が食べ終えたあとで、部屋はがらんとしていた。中にひとり、膳を前にしてもくもくと箸を使っている家臣がいる。かなりの年配らしく髷も鬢も白くなり、顔には皺が多い。

「お小姓どの、これからか」

と声をかけてきた。はい、と返事をすると、

「どうせじゃ。こなたへ来られよ。飯もひとりで食うと気ぶせりでいかん」

と招く。断る理由もないので、誘われるままに膳をもってとなりへ行った。しきたりの厳しい城内では重臣と食事をするなど、まずないことだが、道中では身分の差もぐっと縮まるようだ。

「殿は、湯浴みか」

「はい。ゆるりとつかっておられまする」

「あの湯は効く。わしも何度も助かった」

助かった、という言葉にひっかかった。老人だが、それほど病弱には見えない。

「湯治に来られたのですか」

「おうさ。いくさで疵《きず》を負うたびに、養生にな」

疵を治しにわざわざこんな遠いところまで、と考えていると、老人はつづけた。

「といっても昔の話でな、関ヶ原よりもっと前のことよ。伊達のお家はこのあたりを領しておった。しきりに合戦をして領地を広げたのよ。わしの家も、この近くに領地をもっておった。さあ、四十年以上も前になるかな」

「……米沢にお城があったとか」

「おお、そのとおり。仙台に移ったのは、太閤秀吉さまの御代《みよ》じゃ。その前は、このあたりでずいぶんと合戦をした」

そう言って老人は遠くを見る目になり、ついで声をひそめた。

「じゃから、殿さまもこのあたりでは具合が悪くなるわ」

どういうことか。首をかしげた鉄五郎に、老人はつづけた。

「合戦をして、殿さまはこのあたりでたんと敵味方の兵を殺しておるからな。そう、白石城でも、関ヶ原のころにずいぶんと敵を討ちとったしな。通るたびに死霊に苦しめられても不思議ではないってことよ」

「死霊……ですか」

おどろおどろしい話になってきたようだ。

「見ておれ、この先、本宮《もとみや》から須賀川《すかがわ》のあたりまでは調子が悪かろうが、そこを越えればするっと治りなさるぞ」

ひひ、と老人は笑った。見れば前歯が一本もない。それで食べるのに手間がかかっているらしい。

「本宮と須賀川で、大きないくさがあったのですか」

福島からかぞえて八つ目の宿場が本宮である。昼すぎには通りすぎるだろう。

「ああ、あった。ことに本宮では苦しい戦いでな、殿さまも疵を負われたほどよ」

「どんないくさだったのでしょうか」

「聞きたいか」

「はい。ぜひお聞かせくだされ」

伊達家の昔を知りたいと思っていた鉄五郎が箸をおいて姿勢を正すと、

「ほう、殊勝なことじゃな。されば聞かせて進ぜよう」

と言って老人は語り出した。

二

その戦いは、政宗が父、輝宗の初七日《しょなぬか》を終えた直後にはじまった。

父、輝宗を拉致しようとして失敗し、挙げ句に殺した憎き畠山義継は政宗の手で討ったが、その居城、二本松城と家臣団は無傷で残っている。

二本松城を落としてその領地を奪わねば、父の弔い合戦をしたことにはならない。政宗は当然のように二本松城へ兵をすすめた。

「お家の軍勢をこぞってな、そう、兵は一万を超えておったかな。十月半ばの寒い日であったと憶えておるぞ。わしは近習のひとりとして、殿さまの馬廻りをかためておった」

二本松城は白旗峰《しらはたがみね》という小高い山の頂上に本丸をおき、その南北の尾根に二の丸、三の丸を配していた。山の形は馬蹄のように曲がっているので、馬蹄の真ん中と左右の端に曲輪があることになる。

「畠山家中ではな、われらの軍勢を見ると、義継の遺児国王丸《くにおうまる》をあるじとし、一族の新城弾正《あらきだんじょう》なる者を大将にたてて籠城し、降参をすすめても頑として応じなんだ。そこでわれらは城攻めをはじめたが、これが堅い城でな」

大手口は南にあるが、登り口に深い堀切があってなかなか越せず、本丸下の谷間から攻め上ろうとしても、前と左右の曲輪から矢や鉄砲弾が飛んできて前へ進めない。

城の北側へまわった伊達成実の手勢と城兵とのあいだで小競り合いがあったほかは、さしたる戦いにもならない。するとその夜に風が吹きはじめ、ついで雪が降ってきた。

っていた。雪はその夜から十八日まで四日間、昼夜をとわず降りつづけ、積もった雪で馬も走れなくなってしまった。

やむを得ず政宗は兵を引き、南方にある小浜の城にもどった。

「これで城攻めは来春までおあずけかと、わしらは思うておった。せいぜい付け城を四方に築き、城方の出入りをふさぐのが関の山かとな。ところがそうはならなんだ」

政宗の兵が引いたあと、救援を依頼する使者が二本松城から四方へ飛んだ。するとこれに応じて、日ごろから伊達家の膨張を苦々しく思っていた近隣の領主たちが、二本松城の後巻《うしろま》きにと立ち上がったのだ。

ひと月ほどすると、常陸国《ひたちのくに》の佐竹氏を中心に、蘆名、二階堂、岩城《いわき》、白川、相馬という六人の将が兵を挙げ、二本松城から十里ほど南の須賀川の城にあつまった。

その兵数、なんと三万余り。

政宗の手勢の三倍にもなる。

「小さな城ひとつを落とすつもりが、これまでにない大敵を呼びこんでしもうた。藪をつついて蛇を出したとは、このことかのう」

政宗は窮地におちいった。

「しかしな、殿さまは強気なお方じゃ。敵を前にして逃げるわけもない。ただちに兵を発して小浜から岩角の城へとすすみ、そこから先手の者を本宮と高倉の城へ遣わしたわい」

本宮は阿武隈川のほとりにある城、高倉は本宮からさらに半里ほど南にあって、どちらも畠山一族の庶流が小山の上に城を築いていた。両家とも二本松城の畠山宗家に逆らって政宗の味方をしていたので、敵の来襲にそなえて、政宗は援軍を送ったのである。

須賀川にあつまった敵は、数日して北上し、前田沢《まえたざわ》という城に入った。本宮からは一里半ほど、高倉とは一里とはなれていない。

物見の報告では、敵は高倉城へ攻めかけるようすを見せているとのことだった。政宗は本隊を岩角から本宮へすすめ、さらに本宮の城から南下して、観音堂山《かんのんどうやま》という小山のふもとに陣を敷いた。

政宗自身は小山の上にあがり、周囲の形勢を一望のもとにおさめる。敵が高倉城へ攻めかければ援軍を送り、まっすぐ北上してくるのなら、本隊を前に押し出して応じようというかまえだ。

なにしろ敵は三倍の兵力をもっている。しかも政宗は手勢の一部を二本松城のおさえに割かねばならず、動かせる兵はさらに減って数千にしかならない。

「とはいえ敵は三万というのは、合戦が終わったあとでわかったことでな、槍をもって駆け回っているわしらには、敵は多勢でこなたは無勢《ぶぜい》としか伝わっておらなんだ。敵が三倍、いや、二本松城のおさえに回した分、わが手勢が減っているのを考えれば四倍になるかな。敵は四倍と聞いておれば、戦うのをやめて逃げ出したかもしれんて」

冗談めかして言うが、当時の伊達家にとっては笑ってすむ話ではなかっただろう。

敵は前田沢城に入った翌日、大軍を三手にわけて進軍をはじめた。一手は高倉城へ、もう一手は西側の会津街道の方角へ。そして佐竹家と蘆名家の本隊は中央を押し通り、本宮城へ攻めかけようとしている。

「殿さまは、どんなご様子でしたのでしょうか」

「なあに、泰然としたものでな。小山の上の本陣で敵勢が迫ってくるのを見て、成実に前へ出よと伝えよ、小十郎を西へまわせと、落ち着いてお下知なされておった。十九歳とは信じられぬ大将ぶりよ」

戦端は、まず高倉城の近くで切られた。大軍が政宗のいる本陣に向かっているのを遠望した高倉城の一手が、横合いから馬を入れて進軍を留《とど》めようと、手近に迫ってきた岩城、白川家の軍勢に突っ込んだのだ。

しかし多勢に無勢でかなわず、伊達勢は多くの手負い死人を出してしりぞく結果に終わった。おなじころ、政宗も本陣から兵を繰りだす。瀬戸川という細い川を越えてその南側に本隊を折り敷かせる一方、泉田安芸《あき》らを右陣に、成実を左陣において敵を待ちかまえた。

昼前には両軍の主力が激突した。

瀬戸川の南には青田原という原野がひろがっていて、大軍の進退にも不自由はない。伊達勢の四倍の大軍勢が押し寄せてくる。

「なにしろ広い野原での合戦じゃ。お味方は敵にうしろへ回り込まれまいと横にひろがって、まずは鉄砲、ついで弓矢をはなって数で勝る敵を寄せつけまいとする。敵も鉄砲、弓矢をはなつと、人数にものを言わせてお味方のかまえを破ろうと、ひとかたまりになって突っかけてくる。お味方は、薄い陣を破られては一大事と、槍をかかげてこれをふせぐ。その繰り返しでな」

伊達勢はしばらく持ちこたえていたが、あとからあとから湧き出る敵勢を押さえかねて、じわじわと後退をはじめた。

「瀬戸川というのは、ごく細い流れでな、防ぎの要害にもならぬ小川じゃ。しかしな、これを越されたら御大将の御陣に敵が攻めかかる、そうなればいくさは負けとみなが思い、なんとか踏みとどまって戦ったものよ」

とはいえ、いくら奮戦しても押し寄せてくる敵勢は減らない。伊達勢はとうとう打ち負けて、敵勢が瀬戸川を越えるのを許してしまった。

茂庭左月《もにわさげつ》という伊達家の老臣も、この小川をめぐる乱戦で、家来衆百人あまりとともに討死した。

勝ち誇った佐竹、蘆名の主力が、観音堂山一帯に布陣した政宗の本陣に攻めかかる。

すると政宗はみずから四、五十騎の手勢をひきいて先陣に出た。戦い疲れた先陣と旗本勢を入れかえたのだ。

「そのあたりに小さな橋がかかっておってな、小川ゆえに川の真ん中に丸太を二本打ち込み、そこへ板を架けわたしただけの名もない橋じゃ。どういうわけか、その橋のまわりが戦場になってな、橋をとりつとられつして、みなは戦ったものじゃ」

新手が入った伊達勢は勢いを盛りかえし、敵を瀬戸川の向こうへ押しもどす。すると敵も新手を繰りだし、また伊達勢を川向こうへ追い払う。

敵味方が入り乱れての大合戦となり、多くの者が討たれて小川は血に染まった。

政宗もこの橋を幾度となく行き来し、采配をふるった。

馬は白い汗をかき、動きが悪くなる。あまりのことに馬を川に入れて水を飲ませていると、そこへ鉄砲弾が飛んできて九八《くはち》という馬の口取りの者にあたり、川に沈んだ。政宗の甲冑にも、いくつもの鉄砲弾や矢がかすめた。

まさに伊達勢の敗勢というべき状況だったが、旗本勢や伊達一族衆の懸命のはたらきで、大崩れにはならずに陣をもちこたえた。

そのうちに日が暮れ、あたりが薄暗くなると、勝手を知らぬ敵地にとどまるのを不利とみたか、敵勢が引いてゆく。

「小さくなる敵勢の姿を見て、われらは勝ち鬨《どき》をあげたものよ。といっても、一日じゅう戦い疲れた兵どもが、追い討ちもままならず、泣くような声をあげただけじゃがな。勝ったどころか大負け寸前だったが、ともかく一日、陣をもちこたえたのじゃ」

日暮れに助けられた政宗は、兵を各城に配った上で岩角城に引きあげた。

だが敵勢は、近くに野陣を敷いて夜を明かす気配だ。明日こそは本宮城に寄せてくると思われた。

間者を敵陣にはなってさぐらせると、やはり軍議の席にて、本宮へ軍勢を寄せ、二本松城の兵を救うとの評定がなされたという。

政宗はその夜のうちに、成実のほか政景《まさかげ》など一族衆に対して、籠城してでも本宮城を守りきるよう指図をする。

「しかしな、われらは一日のいくさに疲れ、籠城といっても支度もかなわぬ。そのうえ敵は大軍じゃ。ここでいくら踏ん張ったとて勝てるとは思えなんだ」

伊左衛門は苦々しげな顔になる。

「殿さまは若いゆえに前へ進むことしか知らず、緒戦は負けなかったものの、かえってあとで大負けに負けるのではないかと、不安になったものよ。とはいえお下知には逆らえぬ。わしらは夜明け前に本宮城へ向かった」

そして城の前に陣を敷いて敵を待ちうけたが、待てど暮らせど敵の姿が見えない。

「なぜ来ぬのか、物見をもっと出せと話すうちに、敵陣の方角で煙があがった。すわ敵が陣触れしておる、まもなく攻め寄せてくるぞと言い合っておったところに、物見の者がもどってきてな」

伊左衛門はそこで思わせぶりにひと息入れた。そして声を張りあげた。

「なんと、佐竹、岩城らが野陣を引き払い、退散していったというではないか」

敵勢の主力だった佐竹勢が最初に引きあげ、それにつれてほかの軍勢も陣を払ったようだった。

これを知った政宗は、自身で本宮城へ馬をすすめて敵情をさぐっていたが、敵勢が前田沢からもしりぞき、それぞれの国へ帰ったのが確かめられたので、城内で首実検など合戦の後始末をしてから岩角城へもどった。

「勝利を目の前にした敵が、なぜ引きあげたのか、さっぱりわからなかったものよ」

岩角城でさらに二日ほどようすをうかがったのち、もう敵の軍勢がもどってくることもないと確信したのか、小浜城へひきとった。そして年明けまで滞在することになる。

「こうして四倍の敵を相手にした大いくさは終わったのじゃ。このいくさ、瀬戸川にかかる橋の周囲で多くの人が討ち取られたので、橋が『人取橋《ひととりばし》』とよばれるようになってな、合戦も『人取橋の合戦』とよばれておる」

老人は語り終えると同時に、夕餉も平らげていた。端座して聞いていた鉄五郎は、まだ膳に箸もつけていない。

「でも、どうして佐竹ら敵勢は一日で引き払っていったのでしょうか。お話だと、敵は多勢、お味方は無勢で、あと二、三日も合戦がつづけば敵が勝ったのではありませぬか。なぜみすみす勝ついくさを放りだしてしまったのか、納得できませぬ」

　鉄五郎の問いに、老人は白湯を飲みながら答えた。

「それはな、あとでわかったことじゃが、佐竹の本国に北条方や安房《あわ》の里見《さとみ》などが攻め込んだらしいの。それで佐竹があわてて兵を引いたというのじゃ。敵の中で一番多い軍勢をもつ佐竹が引いたので、ほかの面々もやむなく引きあげた、というのが真相じゃ」

「まことに！　だとしたら殿さまは、なんとご武運のお強いこと！」

　鉄五郎が感嘆すると、老人は首をふった。

「いや、武運なものか。武略よ、武略」

「は？　武略とは……」

「佐竹の領地に北条方や里見家が攻め込んだのが、偶然だと思うか？　そんなに都合よくゆくものかな」

「それは……」

「いや、まことに偶然かもしれぬ。殿さまのご武運が強かっただけかもしれぬ。真相はわからん。じゃがな、そのころ、みなが言い囃したうわさがあってな」

「どのようなうわさでしょうか」

「黒脛巾組の名は聞いておるな」

　鉄五郎は思わず息をのんだが、すぐに表情を殺してうなずいた。

「さよう、草の者よ。殿さまにお直に仕えておる。いくさ場では敵陣のようすをうかがい、物見や夜討ちをはたらく。草のあいだに伏せて、通りかかる敵を襲うこともある」

老人は気持ちよさそうに言う。

「いくさのないときでも、敵の城下に何食わぬ顔をして住み着き、敵情を殿さまに知らせる。これを軍《いくさ》ことばで『草を臥《ふ》す』というが、まあそんなはたらきをする者じゃ」

白湯を一口飲むと、老人はつづけた。

「その黒脛巾組の者が、須賀川にあつまった佐竹や岩城らの軍陣に忍び込んでな、さまざまな流言《りゅうげん》蜚語《ひご》を流したそうな」

たとえば佐竹家の陣では、石川や相馬は伊達家に恨みもなし、親族でもあるので、ここまで出てきても伊達とは内通していると言い触らした。

また蘆名の陣中では、本国を留守にしているあいだに伊達との境目にある諸城の将が逆心して、伊達の兵を領内に引き入れる相談をしていると流言をひろめた。

逆に白川や相馬の陣中では、蘆名や佐竹が内通を疑っているので、こちらの陣に蘆名や佐竹の軍勢が押し寄せてくるぞ、とうわさを流すなどしたのだ。

「それゆえ陣中はさわぎたち、六人の将は互いに疑心暗鬼におちいり、連絡もままならぬようになったというぞ。そこへ佐竹の本拠が攻められた、という話が伝わったからこそ、六将の連合軍はくずれ、一日の戦いで退いていったのじゃな」

「黒脛巾組のおかげで、殿さまは助かったというのでしょうか」

「ああ。ま、わからんがな。あの時はそういううわさが流れたものよ」

年代からすると、あるいは家のじいさまが活躍したのかもしれない、と鉄五郎は思った。黒脛巾組の仕事は一切口外無用とされ、家族の中でも話すことはないので、家の武勲は伝わっていないのだ。

「さて、長居しすぎたかな。では達者でやれ」

そう言って老人は席を立った。気がつけば広間にはだれもいない。鉄五郎はあわてて冷めた夕餉をかき込んだ。

三

政宗は福島の宿を出立するときも体調が回復せず、医師が薬を差し上げて、

「道中、そろそろと行くがよろしかろう」

と薦めるほどだった。いまのように一日に十里も行くのではなく、病人らしくもっと駕籠をゆっくりとすすめたほうがよいと言うのだ。

だが政宗はこれを拒み、

「もっともなことだが、一日も早く江戸に上りつきたい。身がこれ以上弱らぬうちに、公方さ

まにお目見えせねばならぬ。そのあとはのんびりするしかなかろうがな」

と言って、ふだん通りの日程で行列をすすめさせた。

街道を行くと、老人の言ったとおり、本宮のあたりから政宗はさらに具合が悪くなってきたようだった。食事もすすまず、ふさぎ込んでしまって言葉数も少なくなった。

やはり死霊が祟っているのか。

鉄五郎はついあたりの空間を凝視してしまい、伝助らに不思議がられたりもした。

しかし夕方に郡山《こおりやま》の宿につき、夕餉をすませると政宗は、

「明日は矢吹原《やぶきがはら》で道すがら鷹野《たかの》をするぞ。朝餉は途中でとるから、そのつもりでおれ」

と言いだした。

矢吹原というのは、須賀川宿より南にあり、阿武隈川の西側にひろがる荒涼とした原野である。老人が言ったように、須賀川をすぎれば元気になると、政宗自身もわかっているのだろうか。

周囲の者に聞いたところでは、人取橋の合戦のあと二、三年してまたいくさがあり、須賀川では多くの敵を撫で斬りにしたのだそうだ。さぞたくさんの死霊が政宗を待ちかまえていることだろう。

翌朝、郡山の宿を発って街道を南に向かう行列は、須賀川のさびしい宿場町を足を速めて素通りした。

「よし、朝餉とせよ」

どうやら政宗も体調がよくなり、食欲が出てきたらしい。老人の言ったことがぴたりと当たっている。

鉄五郎は思わず笑いを漏らしてしまい、半兵衛ににらまれた。

行列を解いて野陣を敷き、火をおこして弁当をつかった。

朝からいくらか風があって、空は灰色の雲におおわれている。陽射しがなくてしのぎやすいが、風がこれ以上強くなると、鷹狩りには都合が悪い。もっとも、さほど長時間の狩りはしないはずだ。

このあたりは水の便が悪いようで、水田が見当たらない。そのせいか人家も少なく、宿場町を出ると街道の左右に見えるのは、雑木林と原野ばかりだ。

水場が少ないため鴨《かも》や鷺《さぎ》は狙えない。狙うのはもっぱら鶉《うずら》である。

鷹場にはいった一行を、政宗の鷹匠がみちびいてゆく。

こぶしに据えているのは、鶉狩りを得意としている小柄なハイタカだ。政宗は元気をとりもどしたようで、駕籠から下りて笠をかぶり、野袴姿で歩いてゆく。

馬上の侍たちや近習、小姓衆が四方に散る。鶉を探しもとめ、見つけたあとは勢子となって藪から追い出すのだ。

こういうことに慣れていない鉄五郎は、政宗のそばにいるように命じられた。下手な者が鶉を逃がしてしまわないように、という小姓頭の配慮だ。

見ていると、政宗の顔に少しだけ血の色がもどったようだ。杖をつき、ゆっくりながら自力で歩いている。

「やあ、殿さまが元気になられた」

と伝助がうれしそうに言う。

小半刻ほどで小姓のひとりから注進があった。鶉を見つけたという。

その場に向かうと、鷹匠から政宗にハイタカが渡された。政宗がかわいがっており、命のつぎに大切というほどの逸物である。よく馴れていて、政宗が頰ずりしても逃げないほどだ。

そのとき、鉄五郎は不穏な音を聞いた。

大岩が転がるような音が、遠くから響いてくる。

遠雷だ。

見上げれば、雲の流れが速い。先刻より風も強くなっているようだ。西のほうには黒雲がわき、それが急速に近づいてきている。

だが、みな鷹狩りに集中しており、天候など気にしている者はいない。

政宗の用意ができたのを見て、近習たちが鶉を追い出しにかかった。

時ならぬ蛮声と、藪を叩く音におどろいた鶉が二羽、高々と飛び上がった。政宗はすかさず腕を振り、ハイタカを合わせた。

上空の茶色い点となった鶉に、ハイタカがぐんぐん近づいてゆく。懸命に羽ばたき、横にそれて逃げようとする鶉に、ハイタカが爪をかけそうになった。

その瞬間、上空のハイタカへ、黒いなにかが矢のようにまっすぐ向かってゆくのが見えた。カラスだ。

ハイタカより大きなカラスが、あたかも鶉を守ろうとするように、ハイタカに突っかけていったのだ。

政宗の一行が見守るうちに、二羽はからみ合うようにして高みへ昇ってゆき、あっというまに視界から消えた。

鷹匠があわててハイタカが消えた方向へ駆けだしていった。ホー、ホーと呼び声をかけるが、もどってくるようすはない。

あまりのことに、一行は呆然として上空を見上げている。

だがその戸惑いも、長くはつづかなかった。

ひと筋の稲光が、西の空を明るくするほど光った。と、すぐあとに雷鳴が轟《とどろ》いた。

気がつけば、空の半分ほどが黒雲におおわれている。しかも雲の流れは速く、すぐにも頭上にまで達しそうだ。

ぽつり、と顔に雨粒が落ちてきた。さらに稲光が原野を照らし出す。腹にこたえる雷鳴が響きわたり、冷たい風も吹いてきた。

「これは……、くるぞ」

半兵衛がつぶやいた直後、ひときわ大きな雷鳴が耳を打った。一行からおどろきの声があがると、間をおかずに大粒の雨が隙間もないほど降りかかってきた。

天が覆ったかのような豪雨が、たちまち野原一帯をおおい尽くした。

「駕籠、駕籠をもて！」

「殿、まずはその木立の下へ！」

小姓頭が叫ぶ。

一時は混乱したものの、侍たちはすぐに立ち直った。豪雨の中、一行は来たときのように行列をつくると、整然と鷹場をあとにした。

——命のつぎに大切な鷹を失い、しかもこんな雷雨に見舞われるとは、なんの兆しだろうか。

雨に打たれてずぶ濡れになりつつ、鉄五郎はそんなことを考えて駕籠のうしろを歩いていた。

四

鉄五郎に人取橋の合戦のようすを話してくれた老人は、佐伯伊左衛門《さえきいざえもん》といって、若いころは小姓をつとめ、その後は大番士として政宗の警固にあたる百石取りの侍だった。

長く政宗の側に仕えてあらゆる合戦に参加した上、記憶にすぐれ話し上手なため、政宗の語《かた》り部《べ》をもって任じているという。

「殿さまは奥州の地に生まれた一代の英傑じゃでの、語り甲斐があるというものじゃ」

と意気軒昂である。

政宗もこれを認めて、遠出の際には連れ歩くことが多いらしい。鉄五郎がひと目見て重臣かと思ったのは、警固役にしては歳をとりすぎているからだが、そういう事情で行列に加わっているのだった。

鶉狩りをした翌日、四月二十四日は大田原《おおたわら》に泊まったが、そこで鉄五郎ら小姓衆が伊左衛門を取り囲み、話をせがんだ。伊左衛門も満更ではない顔を見せる。

「これから殿さまは日光へ参拝されるそうじゃが、日光に祀られた家康公と殿さまとは、生前にさまざまなお付き合いがあっての、わしがこの目で見たり漏れ聞いたりした話は、語りきれぬほどある。聞きたいか」

小姓衆はみなうなずいた。

「よしよし。ではとっておきのをひとつ、話してみようかの」

伊左衛門はにんまりとし、語り出した。

「昨日の鶉狩りは雨に打たれてさんざんじゃったが、家康公も鷹狩りはお好きでの、関東一円に鷹場をもっていなさった」

晩秋になると、家康は三日とあけずに鷹狩りに出たという。

「関東の忍《おし》なるところにも家康公のお鷹場があってな、一方で殿さまはその近く、久喜《くき》にお持ちじゃった。ある日、殿さまが久喜に鷹狩りに出たはいいが、獲物が見当たらぬ。鷹の餌にする鳥すらおらぬ。あちこち探しまわるうちに、家康公のお鷹場へ入ってしもうた。なにせ忍と久喜は近いからの」

だいたい話の先行きが想像できた。小姓衆らはもう薄笑いを浮かべている。

「するとそこに鶴《つる》と雁《かり》がおってな、鷹を合わせてようやく獲物を得た。これを鷹に食わせておると、われらの鷹場である久喜のほうから、鷹狩りの一行が近づいてくるではないか」

伊左衛門は手を額にかざして遠見のふりをする。顔も真剣そのものだ。

「われらの鷹場でなにをしておるのかと怪しんだが、なにしろ殿さまも家康公のお鷹場に忍び込んでおる。下役人に言いつけられても外聞の悪いことじゃ。人馬ともに竹藪に隠れ、在家の陰に隠れて逃げ出した。さて林の中まで行き着き、相手はと見ると、なんと、家康公じゃ」

伊左衛門の声に、笑い声がもれる。

「しかし家康公も、他人の鷹場にあっては外聞が悪いと思われたか、人馬を古城跡の空堀に招き入れて隠しながら、急いで去っていかれた。こちらへは来なかったので、これ幸いとわれらも逃げ出したものよ」

とうとう笑い声が破裂した。

「しかも、これには後日譚があってな」

と伊左衛門の話はつづく。

「のちに江戸で登城したとき、東西の諸大名が着座する場で、家康公が殿さまに謝られたのじゃ。政宗の鷹場へ盗み入り、鷹を鳥にひとつふたつ合わせたところで見つかって、空堀に隠れて懸命に逃げたと。以後はかようなことはせぬゆえ許したまえ、とおおせでな」

小姓たちはにやにやしながら聞いている。

「殿さまは、いやいやそれがしこそお鷹場へ盗み入り、御成を見て逃げ出しておりました、と申しあげたのじゃ。すると家康公はおどろき、そなたも盗み入っておったか、ならば引き分けにしたものを、竹藪より見られたと思って息が切れるほど逃げたのじゃ。盗みは息の切れるものよな、と笑ってござった」

小姓たちは感嘆の声をあげた。諸大名が居ならぶ晴れの場で、殿さまが家康公を相手にして、少しも引けをとらず話のやりとりをしたというのだ。

まるで舞台の上の役者のようではないか。

「家康公は、気さくなお方であられたのでしょうか」

小姓のひとりから質問が飛んだ。伊左衛門はうなずきながら答えた。

「大きなお方であった。天下人でありながら、大名の鷹場に入ったことを謝るなど、よほどの度量がなければできぬことよ」

それはそうかも知れないと鉄五郎も思う。

「さあ、明日はその家康公の墓所へ参るのじゃ。粗相のないようにせねばならんぞ」

伊左衛門はそう言って話をしめくくった。


翌早朝、出立のため、暗いうちから大田原の宿は騒がしくなっていた。

今日は忙しい。大田原から十里ほどもある日光へ明るいうちに着き、参拝してから、さらに二里進んでその日の宿、今市《いまいち》まで行くのである。

病身なのだからまっすぐ江戸へ行けばいいと鉄五郎は思うのだが、幕府への忠誠を示すためには、家康公をまつる日光東照宮への参拝は欠かせない儀礼なのだそうだ。

鉄五郎は、伝助ら小姓たち五人と一緒の部屋で、眠い目をこすりながら荷物をまとめていた。自分用の衣類などを行李《こうり》に入れていると、いきなり障子を開いて入ってきた者がいる。何かと思う間もなく、肘をつかまれて力まかせに廊下に引きずり出された。

「なにをする！」

つかまれた肘を振りはらうと、その場にいた数名に取り囲まれた。

「取り調べじゃ。ここにおれ」

聞きおぼえのある声は、小姓頭の筆頭、太宰《だざい》小三郎《こさぶろう》だ。

「取り調べ？　なにを調べるので」

「だまって立っておれ」

太宰小三郎が顎をしゃくると、部屋に残っていたふたりも連れ出され、小三郎がつれてきた小姓が鉄五郎の荷物を調べはじめた。

「さきほど加藤十三郎が訴えてきた。寝ているあいだに何者かに荷物を探られ、小袖二枚と路銀を盗まれたとな。外から盗人《ぬすっと》が入ったようすはないので、調べておる」

盗人あつかいとは、人を馬鹿にしている。腹が立ったが、小姓頭には逆らえない。

せっかくまとめた荷物をすべて開かれてしまったが、当然ながら盗品は出てこない。

「よし、邪魔したな」

小三郎らはあやまりもせず、風のように去っていった。

「下士の出だからといって、盗人あつかいはあまりではないか」

初夏の陽射しに照らされて行列の中ほどを歩きながら、鉄五郎は伝助にこぼした。

「おなじ小姓でも、御一族衆などから出ている者は調べられなかったというな」

伝助も小声で話す。

「それがおかしい。疑うならみな疑えばよいのに、われらだけとは……」

気分が悪いだけでなく、実際にほかの者たちからおかしな目で見られている気がする。大身の者なら盗みはしないとは、言い切れるものではないはずだ。

伊達家中は、家臣を「御一門衆」、「御一家御一族衆」、「侍衆」に大別していて、それぞれ扱いがちがう。

「御一門衆」は伊達家の分家筋か、戦国時代に大名だった由緒をもつ家柄で、最上級の家格ながら藩政にたずさわることにない。家臣と主家の中間のような立場である。

「御一家御一族衆」は古くからの伊達家臣や早い時期に分かれた分家などで、奉行や若年寄《わかどしより》など藩の要職につく。

そして「侍衆」はもっとも多い家格で、要職につく家もあるが、多くは知行が百石に満たない平士である。

政宗の側近くに仕える小姓を出す家は「侍衆」が多いが、「御一家御一族衆」からもまた出ており、小姓頭の多くを占めている。

「それより聞いたか。加藤どのがなにを盗まれたか」

伝助がたずねる。

「小袖二枚と路銀だろう。それしきで同僚を盗人あつかいするとは……」

「いや、実はそんなものではないとのうわさもある」

「ああ？　では一体、なにを盗まれたんだ」

「殿さまの書状」

「なに？」

「その書状が、殿さまの遺言状ではないかともいうな。万が一のときのために加藤どのに託しておかれたそうな。それを盗まれたとか。いや、あくまでうわさに過ぎんが」

「いや、それはおかしかろう。遺言状のような重大なものを、いくら信用しておるといっても小姓に託すのは、ちと考えられんぞ」

「だから、うわさだ。大きな尾ひれがついておるかもしれん。そのままは信じられんが、あるいはと思わせる点もあるからな」

「そんなものを盗んで、どんな得がある？　盗まれたとわかれば書き直すだけだろうし、これが殿さまの遺言状だといって披露したら、自分が盗人でございと申し出るようなものではないか」

「そなたは頭のめぐりが悪いな」

伝助はあきれたように言う。

「なに？　じゃ、どんな得がある」

「いろいろ考えられる。まず、中味をたしかめて殿さまの意図を知りたいという者は多いだろう。もし自分が不利になるとわかれば、殿さまにはたらきかけをして、変えてもらおうとするだろうな」

「誰がそんなことを！」

「わからんのか？　少しは頭を使え」

このままゆけば伊達家の家督は嫡男の忠宗に移り、領地もすべて忠宗が相続する。

だが政宗は十男四女をもうけた。相続権がある者は忠宗だけではない。生き残っている男子だけでも、長男ながら側室の子のため跡を継げず、宇和島藩十万石の藩主となった秀宗《ひでむね》、江戸にいる四男の宗泰《むねやす》、そして伊達成実の養子となっている九男の宗実《むねざね》がいる。

「秀宗さまなど、一度は跡取り扱いされたお方だからな、いまだ本家の仙台に帰ることを夢見ておるかもしれぬ。宗泰さまも、幕府から領地をいただこうとしてずっと江戸に詰めておられるが、一向に領地は拝領できずに宙ぶらりんのままだ。宗実さまも分家の養子とはいえ、本家から領地を分けてもらえぬかと考えているだろう」

さまざまな事情で、政宗の子供たちはみな政宗の遺産に関心を持たざるを得ない。

「そして小姓の中には、そうした御曹司とつながりの深い者がたくさんいる。疑おうと思えば疑えるぞ」

そうは言われても、鉄五郎には誰が誰とつながりがあるのか、さっぱりわからない。

「ま、おいおいと教えてやる」

浜田半兵衛が近づいてきたので、伝助は口を閉じた。


日光東照宮は、太古からの深い森の中に鎮座していた。

着いたのは昼すぎである。行列は大きな石の鳥居をくぐって境内に入ると、参道横の表番所の前で一服した。

仁王像が置かれた表門が見える。あの門から内へは、政宗と小姓衆だけしか入れない。

境内では駕籠に乗れず、しかも階段も多い。政宗が歩き通せるかどうか危うく思われたので、小姓衆が政宗の横にはりつき、支えることになった。

お気に入りの加藤十三郎と南次郎吉が政宗の両脇につく。残りの小姓衆は前後をかためて万が一に備えた。

鉄五郎は伝助とともに最後尾を歩く。

政宗の前だけに、みなひと言も発しない。

この小姓衆の中にも、さまざまな派閥があると聞いてはいたものの、これまでさほど意識することはなかった。しかし今後は頭に入れて動かねばならない。

たとえば今朝、鉄五郎らを盗人扱いしてくれた太宰小三郎は、江戸にいる政宗の四男、宗泰の配下の家から出ている。小三郎に従う者も二、三人いるから、それなりの力をもっていると見るべきだろう。

伝助が言うには、政宗の両脇をかためる加藤十三郎と南次郎吉は政宗と衆道の契《ちぎ》りをむすんでおり、どこの派閥とも関係ないようだが、ほかの小姓衆は、多かれ少なかれ政宗の御曹司たちの息がかかっているという。

気の休まらないことだと思う。

表門をくぐった先の境内は、見るからに新しい感じがした。

今年は家康公の二十一年忌にあたり、三、四年前から東照宮の改築がすすんでいたそうで、公方さまこと家光公が、数日前に参拝したばかりだという。

参道をすすみ、金色に輝く陽明門をくぐった。

さまざまな彫刻がほどこされ、およそこの世のものとも思えない凝った造りの門だが、ゆっくり眺めている暇はない。できるだけ手短に参拝をすませ、政宗の体調を回復させるのが第一だ。なにしろ今日はこれから、今市の宿まで行かねばならないのだから。

本殿の前には敷舞台が造られ、能が演じられていた。本日は公家門跡衆御社参《くげもんぜきしゅうごしゃさん》の日なのだそうで、舞台前にすわりこんで見ている人も多い。

一行は先を急ぐ。さらに唐門をくぐって拝殿の前に着くと、神官たちが神楽を奏していた。

拝殿へすすむ。束帯姿の老人がこちらへ歩み寄ってくる。それを見た政宗が深々と礼をした。

「天海大僧正《てんかいだいそうじょう》なるぞ」

という声が聞こえたので、小姓たちは膝をついて頭を垂れた。家康公が帰依した僧として高名で、いまもなお幕閣で隠然とした力を持っているのは、鉄五郎も知っていた。

「内陣へ御太刀、折紙《おりがみ》を供《そな》えて三拝なされ」

大僧正はそう言って大きな御幣を政宗の頭上で三度ふった。

言われたとおりに太刀と折紙を供えたのち、政宗は御酒をいただいた。その土器《かわらけ》は内陣にまつられたご神体近くに置かれる。家康公に、政宗が来たと伝えたのである。

これで参拝は無事に終わった。政宗の体調も悪くはないようだ。

ほっとして拝殿から出てくると、そこに裃《かみしも》姿の武士が立っていた。伊丹播磨守《いたみはりまのかみ》と名乗った武士は、家光公より政宗が来たら東照宮の中を案内するよう申しつけられて、自分はわざわざここに残されたのだと説明した。それゆえ、

「ご病気の時分、ご大儀にござれども」

境内をご案内つかまつる、と言ってさっさと歩きはじめた。

小姓たちは一瞬ざわついた。政宗が病気と知りつつ境内を引き回すとは、どういうつもりなのか。しかも体調もたしかめずに案内をはじめるとは、幕府は敵意があるのか。

小姓たちのざわめきを抑えつけるように、政宗は頭を下げて播磨守のあとにしたがった。幕府には逆らわぬという姿勢を、率先して示したのだ。

「されば、案内願いあげる」

やむをえず小姓たちもついてゆく。

播磨守は、今回の造替《ぞうたい》で新しくなったところを見せてゆく。家光公がいかに祖父の家康公を崇拝しているか、と縷々《るる》説明する。政宗の体調を気遣うわけでもなく、一方的に話をし、段差のある境内の中を足もゆるめずに歩いてゆく。

政宗はついてゆくだけで精一杯で、呼吸が荒くなりはじめた。ついに両脇の小姓衆にもたれるようになった。

小姓たちの顔が険悪になってゆく。

「では、これより奥の院に案内つかまつる」

と播磨守が言ったとき、小姓たちは叫びだしそうになった。奥の院までには石段を登らねばならない。それも百段どころではきかないだろう。いまの政宗に登れるのか。播磨守にはその配慮がまったくない。

「かたじけなし。参ろうか」

播磨守にというより、暴発寸前の小姓たちに言い聞かせるように、政宗は言った。

怒りを抑えた小姓たちに抱えられるようにして、政宗は奥の院をめざした。

折れ曲がって上へとつづく長短の石段を登り、やっと奥の院の鳥居が見えたとき、「あっ」

という声が聞こえた。

政宗が石段につまずき、のめったのだ。

左右の小姓が支えて倒れはしなかったが、手をつき、親指が切れて血が出てきた。

押さえた懐紙が赤く染まる。一行は石段の半ばで立ち止まった。

「いかがなされましたか」

すでに石段を登り切った播磨守が、のんびりとした声でたずねる。返事をしないでいると、
しばらくして、播磨守が石段を下りてきた。

「これまでの案内、まことにかたじけなし。厚く御礼申しあげる。公方さまには、江戸にて改めて御礼を申しあげる所存」

政宗は言った。

「われら、これより心静かに拝し、下りてゆきまする。貴殿は先に下りてくだされ」

「しかし……」

「先に、下りて、くだされ」

言葉は丁寧だが、端で聞いていた鉄五郎がぞっとするような迫力だった。これが戦国を泳ぎ切った大名の気迫だろうか。

「さ、さようでござるか。ならば」

播磨守は気迫に押されたように小声になり、さっさと石段を下りていった。

政宗はしばらくのあいだ、周囲を見まわしていた。小姓衆は声もない。播磨守の姿が見えなくなると、政宗は言った。

「もう奥の院には参らぬ。こんなところで倒れ、血が出てしもうた。ここでよいとのお告げじゃろう」

そう言うと、感極まったように涙を流した。鉄五郎も粛然としてしまった。

政宗は涙を拭くと、その場で奥の院に向かって三拝し、石段を下りた。

あたりはすでに薄暗くなっている。そろそろ宿へ急がねばならない。

そこに馬をあつかう伯楽方《はくらくかた》の頭がやってきた。小姓のひとりになにやら相談している。

「いま志賀栗毛《しがくりげ》が倒れました。それまで元気だったのに、日光山のほうに向かって二、三度いななくと、身震いしてどっと倒れ、息も絶え絶えになっております。どういたしまするか」

志賀栗毛は政宗の愛馬である。小声で話していたのだが、政宗に漏れ聞こえたらしく、

「志賀はくたびれておらぬか。いくさになれば乗る馬じゃ。念を入れて面倒を見よ」

と言うので、伯楽方はあわてて走り去った。

浜田半兵衛に目配せされて、伝助と鉄五郎もついてゆく。表門から出たところに供の衆の輪ができていた。志賀栗毛はその中で横倒しになり、足を振りあげてもがいている。その姿は、なにか見えない強い力に押さえつけられているようだった。伯楽方が混乱したのも、無理はないと思われた。

「なあに、暑さにやられたのよ。ここは仙台より暑いからな」

と伝助が言う。これまでも仙台の馬が江戸に上ると、こうしたことはあったと言う。

「水をかけて冷やしたらどうか」

と言っているうちに水桶が届き、桶二杯分の水がやさしく志賀の体にかけられた。もうひとつの桶が志賀の顔の前に差し出されると、志賀は頭を突っ込んで水を飲みはじめた。

「水を飲むようになれば、もうよろしい。すぐ元気になりましょう」

と伯楽方の者が言う。どうやら空騒ぎに終わったようだ。

鉄五郎は、本殿の背後にある山を見あげて思った。

――鷹狩りの際の雷雨といい、殿が石段でころんだことといい、志賀の騒ぎといい、なにか

あるのではないのか。

これほど重なるとなれば、江戸へ行くことそのものに、天が警告を発しているのではないかと思うのだ。いま行ってはいけない、危ないと。

だが鉄五郎がなんと思っても、政宗が上府を止めることはない。

政宗が駕籠に乗ると、元気になった志賀栗毛をつれ、行列は薄暗い中を今晩の宿、今市をめざして進みはじめた。

第三章　江戸の霧

一

千住《せんじゅ》をすぎたあたりから、街道を通る人馬が多くなった。

寛永寺《かんえいじ》の鬱蒼とした森を右手に見ながら馬をすすめると、田畑より人家が目立つようになってきて、神田ではもう家並みしか見えなくなる。路上に落ちている馬の糞も多く、空気もどこか埃っぽい。

「いやあ、帰ってきましたね」

なにしろこんなに長く江戸を離れたのは、生まれて初めてである。つい先を行く加藤十三郎に声をかけてしまい、鉄五郎はすぐに自分のうかつさを後悔した。

帰ってきたと思うのは、江戸育ちの鉄五郎ばかりである。仙台育ちの十三郎にとって江戸は、騒がしい異郷にすぎない。

案の定、馬上の十三郎は、ちらとふり向いただけだった。

鉄五郎は加藤十三郎とともに、伊達家の江戸屋敷へ到着の先触れに遣わされ、早朝に馬で宿を出たのだった。

政宗たちの一行は、すでに栗橋《くりはし》の宿まできている。日が暮れても今日のうちに着くから、支度をしておくようにと屋敷に注進するのが、ふたりの役目である。

十三郎は鉄五郎より四つ五つ年上で、政宗の信頼がもっとも厚い小姓のひとりである。今日のこの役目も、まず十三郎が政宗から命じられ、あとひとりを誰にするかという段になって、小姓頭の半兵衛から鉄五郎が推薦されたのだった。

「お屋敷についたら、お役目の報告は頼みます。わたくしはすることがありますから」

お濠にそって日比谷の門前にきたとき、十三郎は不意にふり返って言った。

「それがしが報告いたすのでしょうか……」

「ええ、そのように」

ふつうは、おなじ小姓でも先輩である十三郎の役目だろうと思うが、そう言われたのでは仕方がない。

到着の時間、政宗の容態、医師から頼まれている薬の手配など、報告すべきことは多い。文句を考えているうちに、見覚えのある屋敷の門が見えてきた。

伊達家の江戸上屋敷はお城の南側、外桜田《そとさくらだ》にある。濠端から少しはなれており、すぐ隣が毛利家である。

南北におよそ二町、東西一町半の広大な敷地に、母屋のほか蔵、長屋、台所など多くの建物があり、庭には池や築山《つきやま》なども造られ、林と見まごうほどの木立もあった。

表御門《おもてごもん》は金をふんだんに使った華麗な造りになっており、これまでも何度か将軍のお成りを迎えている。

表御門からつづく一角が「表」で、対面の間などがあり、公式の行事が行われる御殿である。その裏手の土蔵を境にして、藩主がふだん起居する「奥」の御殿がある。

鉄五郎にとっては仙台のお城より愛着があるはずだが、いま目に映っている江戸屋敷は、どこかよそよそしく危険な感じがする。

裏御門をはいって下馬したところまでは一緒だったが、十三郎は家老のいる表御殿には向かわず、奥御殿の庭へまわった。

不思議なことをするものだと思ったが、まずは報告が先だと思い、鉄五郎はそのまま表御殿の留守居役のもとへ参じた。

なんとか報告をすませると、奥へとむかった。十三郎に、無事に報告が終わったとひと言告げておきたかったのだ。

奥御殿も広く入り組んでいるが、小姓が行きそうな部屋は見当がつく。十三郎はおそらく政宗の居間で、掃除の行き届き具合や調度のそろい方を見ているのだろうと思った。

だが、奥の居間に十三郎の姿はなかった。

おやおやと思いつつそのあたりを見回ると、寝所に渡る廊下に面した中庭に立って、あちこちに目を配っている十三郎を見つけた。

「やあ、こちらにござったか」

声をかけ、歩み寄ったが、十三郎は手をあげた。

「待て。あとにしてくれ」

と拒まれてしまった。

「いえ、留守居役への報告、無事にすませたことだけ、お伝えしたくて」

「そうか。ご苦労。いまはちと、はずしてくれ」

邪魔だと言わんばかりの口調である。鉄五郎はなにか言い返そうとしたが、やめた。十三郎の顔つきが真剣だったからだ。

——あれは、誰かが忍び込んだ痕跡がないか、さがしているのではないか。

そう思ったのは、栗橋を出立する前、半兵衛から言われていたからだ。

「江戸からの知らせでは」

と半兵衛は人のいないところへ鉄五郎を誘っておいて言った。

「殿の病状について、幕府から問い合わせがあったそうな。公方さまが心配されておるとか。それで今日のご様子を江戸の屋敷に伝えるのも、そなたらの役目じゃ。しかしな」

半兵衛はそこで言葉を切り、声をひそめた。

「幕府の出方を甘く見るな。心配していると見せかけて、その実、われらの様子をさぐっておると考えたほうがいい。幕府には、われら黒脛巾組より大きな忍びの組があるからな、江戸のお屋敷も油断はならん。殿が着かれる前に、そなたの目であちこち検分しておいてくれ」

忍びを防ぐのは、その手口をよく知るおなじ忍びである。黒脛巾組として当然の仕事なのだが、検分せよと言われても、相手がなにを探ろうとしているのかを知らないと、どこを検分していいのか迷ってしまう。

それを半兵衛にきくと、

「いまはまだ、不明だ」

という答だった。

「動きがあるのは明らかだが、まだ狙いが見えぬ。とにかく人の出入りに注意して、あやしい者の動きに気を配ってくれ」

わけのわからぬ指示だったが、その場は引き下がった。幕府の手先が伊達家の江戸屋敷に忍び込むと言われても、にわかには信じがたく、さほど切実な感じがなかったからだ。

あるいは十三郎も政宗から言われて、人の出入りがあったかなかったか、見分けようとしていたのだろうか。

十三郎なら幕府の狙いを知っているかもしれない、とは思ったが、たずねるわけにはいかない。自分が黒脛巾組の者であることは、小姓仲間でも明かせないからだ。

ひとまず表御殿にもどったが、十三郎の奇妙な行動は胸に引っかかったままだった。幕府の動きとは、そんなに伊達家にとって危険なものなのだろうか。

表御門から奥まで、政宗の通り道を見て歩いたが、とくに気になるものはなかった。やはり半兵衛は気にしすぎだと思う。

四月二十八日の夕方、政宗の一行は江戸屋敷についた。

到着した直後は、政宗の部屋の支度や荷物の始末、江戸在府の者との挨拶などでいそがしく、屋敷中の者が走りまわっているようなありさまだった。

到着後の騒ぎが一段落すると、

「大炊頭《おおいのかみ》どのへ、ご披露を願い申せ」

との政宗の指示で、江戸参着を将軍家光へ知らせてもらうよう、幕府老中の許へ使者が走った。

その夜、鉄五郎はひさしぶりに父と実家にもどり、いっしょに食事をした。

実家は、上屋敷から少しはなれた町場にある。屋敷内にも長屋はあるが、参勤のときに国許から来る者たちでいっぱいになるので、江戸詰めの者はどうしても町場に押し出されることになる。

ほぼ一年ぶりに会った父は、少し白髪がふえたようだったが、いたって元気だった。

食事がすんでのち、鉄五郎は父に小姓のつとめぶりを話した。

「ほう、もう黒脛巾組の仕事をしておるか」

小姓の日常はさておき、半兵衛に声をかけられたことは、父にも意外だったようだ。

「たしかにあやしい兆しが見えるが、おまえにも声がかかるとはな」

「あやしい兆しですか。江戸を出るときには、さような感じはありませんでしたが」

「このひと月ほどのことよ」

父は声をひそめた。

「殿さまが江戸へ来られるのが、わかってからかな」

「なにが起こっているのでしょうか」

「屋敷に人が忍び入っておる。それも、ひとりやふたりではない」

「まさか」

「そう思うだろうが、入っているのだから仕方がない」

「不審な足跡でもありましたか」

「さようにぶざまな跡は残さぬ」

朝、雨戸が少しだけ開いていたり、広間の置物の位置が少しだけずれていたりしたのだという。

「……盗賊ではないのでしょうか」

「であれば、よほどの阿呆よ。こんな侍ばかりの屋敷に忍び入るのはな」

見つかれば斬られるのは必定だから、侵入してくるのは死ぬ覚悟を固めた者でしかあり得ない、盗賊などではないと言う。

「では、どこの手先でしょうか」

「幕府の手の者に決まっておろう」

外様大名である伊達家を潰すための、なにかの証拠を得ようとして忍び込んでくるのだと、父は言う。

はっとした。半兵衛もおなじようなことを言っていた。

「なにを狙っているのでしょうか」

「さあて、わからんな」

「殿さまは、とても幕府に逆らうつもりがあるようには見えませぬが」

「こちらはその気がなくとも、向こうの見る目はちがう、ということもある」

「なぜいまになって……。おそれながら、殿さまの病と関わりがあるのでしょうか」

「どうかな。それもわからん」

わからないことだらけだ。これでは守りにくい。なにを守ればいいのかわからないと、広い屋敷全体を守らねばならなくなる。

屋敷は周囲をぐるりと塀がわりの長屋で囲まれており、出入り口は表御門と裏御門、それに勝手口の三つしかない。忍び込むのはむずかしいだろうが、できなくはない。

「小姓頭から、秀宗さまはじめ、殿さまの遺言に関わりのある方々の動きに気をつけるよう、言われておりますが、そうしたお方から遣わされた者では」

「そうした者がなにを狙うというのじゃ。屋敷の中に遺言などあるものか」

それもそうだ。もし政宗が死を覚悟し、遺言を残したとしても、しまっておくのは仙台の城内だろう。

「殿さまが屋敷に入られたのに、あやしの者に忍び込まれっぱなしでは、いずれ誰かが罰せられよう。困ったことだな」

父との話はそれで終わり、翌朝からまた忙しい日々がはじまった。

政宗が江戸に到着したと聞いた大名や旗本衆が、続々と挨拶にくる。それをまた政宗が、病の身にもかかわらず会おうとするので、小姓衆は取り次ぎをしたり案内をしたりと、屋敷の中を駆け回らねばならなかった。

そんな表御殿に、辰刻《たつのこく》（午前八時）をすぎたころ、緊張が走った。

「御上使《ごじょうし》のお成り」

と言う声が伝わったのだ。江戸城の将軍から人が遣わされてきたのである。

「上使とあれば、将軍のお目見えも同然じゃ」

政宗はそう言って裃に着替えると言いだし、小姓たちをあわてさせた。

御上使の松平伊豆守《まつだいらいずのかみ》は、裃姿の政宗の前に出ると、将軍家光の言葉を伝えた。

「暑天のこともあり、国許で病となったとも聞いて、内々心もとなく思い、参勤におよばぬとの上使を出そうと思っていたところに、早々と参勤。道中つつがなく参着と聞いてよろこんでいる。ゆるゆる休息の上、登城せよ。対面してつもる話をいたそう、との御諚《ごじょう》でござった。この伊豆に、病状の体《てい》をよく見てまいれとのお指図にて、参上つかまつった」

表御殿の廊下でこれを聞いて、鉄五郎は首をひねった。

――幕府は、伊達家を潰そうとしているのではないのか。

忍びの者を忍び込ませているとしたら、いまの思いやりにあふれる言葉はなんだろうか。やはり父や半兵衛の心配は、的外れなのではないか。

伊豆守の言葉を聞いて、政宗もほっとした様子だった。

「さっそくの御上使、ありがたき仕合わせと存じ奉ります。一年あまり御顔を拝し奉らずにおりますので、明日は幸い朔日《ついたち》でもあり、まかり出でてお目見え申したく存じまする。病気は、日を追ってよろしからず。さようお伝えくだされ」

身動きができるうちに、一日も早くお目見えし、今度の参勤のつとめを果たしたい、というのだ。

政宗と将軍家光は、互いに気を使い合っている。幕府は敵なのか味方なのか。

鉄五郎にはわけがわからなかった。

二

その夕、非番となった鉄五郎は伝助とともに、政宗の語り部をもって任ずる伊左衛門の部屋をさがしに、屋敷内の長屋を見て歩いた。

一気に人がふえた屋敷は、夕方でもざわついている。ことに国許から着いたばかりの侍たちを収容する長屋のあたりは、挨拶に訪れた人や江戸の町中に出かけようとする人が交錯し、雑踏のようなにぎわいぶりである。

「おう、ここか」

歩いているうちに伊左衛門の声を聞きつけ、その長屋の戸をあけた。

部屋の奥に伊左衛門がすわっていた。そこにはすでに若い者ばかり四、五人があつまっていた。みな、話を聞きにきたのだろう。

無理もない。伊左衛門の話は無類におもしろいのだ。

「お小姓どのもきたか。さあ、遠慮なくすわりなされ。ちょうど始まるところじゃ」

伊左衛門は笑顔で迎えてくれた。

「さて、では今宵はな、摺上原《すりあげはら》の合戦を話して進ぜる」

前歯がないのでときどき息が抜けて、「話して」が「ふぁなひへ」と聞こえたりするが、それでも意味は十分にわかった。みな身を乗りだすようにして聞いている。

「あれは、殿さまが二本松城を攻めとってから三年後、二十三歳のころのことじゃの。伊達家の版図は広がり、奥州では一番の実力者と目されるようになっておった。ところがそれだけに、まわりから警戒されての」

米沢の城を本拠に置賜《おきたま》、伊達《だて》、信夫《しのぶ》の三郡からはじまり、勝ち戦につぐ勝ち戦で南北へ勢力をのばした政宗は、北では最上氏と、南では蘆名氏と国境を接し、にらみ合うようになっていた。

ここで騒動の発端となったのは、蘆名家の家督相続争いだった。

「蘆名のお家は当主の若死がつづいての」

と伊左衛門は語る。

「十八代目の左京亮盛隆《さきょうのすけもりたか》どのは、もともと二階堂家のお方での、人質として蘆名の家におられた。前の代の修理大夫盛興《しゅりだいぶもりおき》どのが三十にもならずに死んだとき、子がなかったでの、跡取りをどうするかとの話になったとき、ちょうど盛隆どのは蘆名家と血の繋がりがあったので、養子に迎えられて跡を継いだのじゃ」

ところがこの盛隆も、家臣に斬られて二十三歳で世を去ってしまった。

「さあて、襲われた理由はいろいろ言われておるが、たしかなところは誰も知らぬ。そもそも仁徳がなかったとも、衆道のもつれとも聞くな。なんにせよ若死よ」

残されたのは、生まれてひと月の亀王丸《かめおうまる》という子だけだという。

「亀王丸どのは、しばらくは家臣に守られて跡継ぎとして育てられていたが、三つになるやならずで疱瘡《ほうそう》にかかって死んでしもうた。そう、ちょうど人取橋の合戦のころかの」

三つの子だから当然、跡取りはいない。つぎの当主を誰にするかで、家臣たちは揉めに揉めた。

「ここで名があがったのが、常陸国の佐竹どのの息子と、わが殿の御弟君、小次郎どののふたりじゃ」

佐竹家も伊達家も、蘆名の家とは姻戚《いんせき》であったので、そこの子ならば蘆名の家を継ぐ資格ありと見られていたのである。

「さて、どちらを跡取りとするか、家中をふたつに割って争ったが、結局は佐竹どのの息子、平四郎《へいしろう》どのが二十代目の家督におさまった。しかしな、まだ十五歳にもならぬ子供じゃ。その上にぽっと家にはいった養子では、なかなか家中は治められぬ」

そのため家中の宿老たちのあいだで争いが起こり、蘆名家は乱れ、伊達のお家に近かった宿老衆は、みな除《の》けられてしまった。

「それまでも蘆名の家は伊達家と敵対しておったが、新たな当主は佐竹の息子じゃ。さらに強硬になっての」

ついには実家の佐竹家とともに、伊達領内の南の方に出兵してきた。これに二階堂、白川の両家も合流し、四千の軍勢が安積郡《あさか》へ押し出してきて、さらに北上する勢いを見せた。

政宗はこれを聞いて出陣したが、このとき折悪しく伊達領の北の方でも最上、相馬といった家々が伊達家に敵対し、いったんは政宗に下った土豪たちをそそのかして叛旗をひるがえさせたり、兵を国境に出したりしてきたので、こちらの方へも兵を割いて出さざるを得ない状況におちいっていた。

そのため、政宗の手勢はわずか六百。それでも蘆名の軍勢に立ち向かおうとした。

「あれは六月の、蒸し暑いころであったか。わしも殿さまにしたがって手勢の中におったが、まことに心細い戦いであったの。敵が何倍もの人数だとは、かなり前からわかっておった。国許から人数が来るのかと思うておったら、ひとりも来ぬ。それでも殿さまは退かぬ。どうなることかと思うたぞ」

両軍は、逢瀬川《おうせがわ》という阿武隈川の支流をはさんで対陣した。政宗は窪田《くぼた》の山王山という小山を本陣とし、堀と土塁を築き、柵をめぐらして守りを固めた。一方で敵勢も、逢瀬川の前に堀をほり、砦をもうけて様子をうかがっていた。

「しばらくはにらみ合いじゃ。蘆名側は数倍の兵をもつといえど、これまでの戦いで殿さまの手並みを知っておるので、うかつに手が出せぬ。殿さまも六百の手勢では攻められぬ。半月ばかりもそうしておったか」

動きが出たのは、七月に入ってからだった。伊達成実と片倉小十郎が当番として土塁を守っていたときである。小十郎が敵陣に知り合いを見つけ、敵を混乱させようとして矢文《やぶみ》を射込んだのだ。このような文面だった。

一筆啓上、先年お会いしたときには懇《ねんご》ろにもてなしいただいたのに、その後いくさにまかり成り、ことに今日は近所にいるのに対面できず、心ひかれることです。こちらの当番は伊達成実、片倉小十郎の両名です。御和睦をこいねがうこと、他ではありません。

小十郎の知りあいはすぐに矢文を射返してきた。そこには、

内通を誘う文章である。敵の内部を乱し、付けいる隙を作ろうというのだ。

御状かたじけなし。

おおせのごとく近くにおりますが、お目にかからずお名残り多きことです。

とだけ記されてあった。

小十郎は苦笑した。敵もさる者、簡単には引っかからない。

しかし、だからといって引き下がれない。ここは是が非でも一戦仕掛けたい、と小十郎と成実は考えていた。

対陣が長引くと、四方に敵勢を引き受けているこちらは不利だ。他の方面の状況次第で引き下がらざるを得なくなる。となれば理由はどうであれ、敵を前にして軍を引いたとなり、伊達家の武名に傷がつく。

「小十郎どのと成実どのがいっしょに当番になったのは、敵に合戦を仕掛けるためでな。くじ引きで別の者と組むはずだったのを、頼み込んでわざわざ代わってもらったのだとか。それで味方の陣の中でも、今日は何ごとか起きずには済むまいと思う者が多くてな、早朝からその心がけでおったものよ」

矢文は不発に終わったが、そこにちょうど敵の加勢らしき鎧武者七、八騎に足軽百人ほどが、伊達家の土塁と敵の砦のあいだを通りかかった。

「蘆名家の呼び出しに遅参したようだの。これ幸いと成実どのは兵を出し、襲いかかったのじゃ」

砦に籠もる兵を攻めるのは困難だが、砦の外をのこのこと歩く兵なら討てる。これがきっかけとなって、敵が砦から出てくればしめたものだと思ったのだ。

案の定、敵は助けようとして砦を出てきた。ばらばらと成実の手勢に挑みかかってゆく。これを見た小十郎も兵を出す。鉄砲を撃ちかけ、敵勢を挟み撃ちにしようとする。

「そのとき殿さまは本宮の陣中で行水をしてござった。ところが鉄砲の音があまりに激しく聞こえてくるので、物頭のひとりに見てこいと命じられたのじゃ。物頭は物見を命じられたのじゃが、甲冑をつけ手勢をひきいて飛んでいった。小十郎と成実が当番であれば、さだめて敵に仕掛けたにちがいなしと考えたのじゃな」

物頭が土塁に着いてみると、やはり小十郎と成実は激しく戦っていた。

味方は敵よりはるかに小勢との思いがあるので、物頭は政宗へ注進の使番を出す一方、合戦を止めようとした。しかし乱戦になっていて、とても止められない。ついには物頭も合戦に巻き込まれてしまった。

物頭からの一報が本宮に着くや、政宗も手勢をひきいて出馬した。辰刻《たつ》（午前八時）にはじまった合戦は、政宗の手勢も加わって未刻《ひつじ》（午後二時）までつづいた。伊達勢は敵を二度まで砦に追い込み、二百人あまりを討ちとって物別れとなった。

敵を追い払えはしなかったが、伊達勢の損害は五十人あまりにとどまっていたから、伊達勢の勝ちいくさである。

「なぜわが勢は、小勢にもかかわらず勝てたのでしょうか」

と近習のひとりが疑問を投げかけた。たしかに伊左衛門は敵は四千、味方はわずか六百と言っていたはずだ。

「よい問いじゃ」

伊左衛門は笑みを浮かべて応じた。

「それはのう、ひとつには鉄砲の数のちがいじゃ。敵にくらべてわが勢は鉄砲が多かった。最初に鉄砲で敵の先陣を撃ちしらまし、敵が乱れたところに武者が突っ込むでの、機先を制したわれらは強かったのじゃ」

「でも、辰刻から未刻まで半日も戦ったのでしょう。機先を制するばかりでは勝てないのではありませぬか」

「さよう。機先を制したばかりではない。もうひとつには、われら伊達勢は代々の主君の下、まとまっておったからな。蘆名勢は他家のせがれを養子にもらい、主君とあおいではいるものの、その実は飾り物よ。宿老たちの声ばかり大きくて、いざ合戦になるとまとまりがつかぬ」

このときも敵方四千とはいいながら、砦から出ぬ者も多く、先陣を辞退する者もあったという。

「大将の威令が行き届かず、宿老たちがそれぞれ勝手に戦ったのよ。六百がまとまって戦ったわれらとは、そこがちがう」

わかりました、と問いを発した近習が一礼した。

伊左衛門はうなずき、さらにつづけた。

「それとな、殿さまはいくさをなさるとき、ただ正面からぶつかるだけではない。裏から手をまわすのがお得意でな、このときも成実どのが兵を出す前に、敵方に仕掛をなさっておった」

蘆名家の宿老のひとり、猪苗代盛国《いなわしろもりくに》に手をまわし、その子の盛胤《もりたね》とのあいだで、争いを起こしたのだという。

「この猪苗代と申すは、それ、郡山と会津のあいだに大きな湖があろう。あの湖の北側で、磐梯山の南側山麓とのあいだにひろがる一帯のことじゃ。殿さまはこのとき、郡山近くまで領地にされておったでの、猪苗代の地は会津の蘆名との境目になっておった。そこに仕掛けの手をねじ込んだのじゃ」

猪苗代家では三年前に盛国が子の盛胤に家督をゆずったばかりで、隠居とはいえまだ盛国が家中に力をもっていた。

さらに蘆名家が後継者を伊達家の小次郎とするか、佐竹家の平四郎とするかで割れたとき、小次郎を支持した一派に属していた。

ところが後継者を佐竹家から迎えることになったので、小次郎を支持した一派は弾圧され、猪苗代家は蘆名家中で主流からはずされてしまった。その上、盛国は嫡子の盛胤より後妻が産んだ亀丸を愛しており、亀丸に家督をゆずりたいと思うようになっていた。

「そこで、子の盛胤が蘆名家の黒川城に出仕して留守のとき、親爺の盛国は猪苗代の城を乗っ取ってしまったのじゃ。もともと自分のものゆえ、奪い返しても文句はなかろうというのじゃな」

伊左衛門はうなずきながら語る。

「ここで殿さまは、黒脛巾組の者を盛国本人でなく後妻に遣わし、家中の騒動をあおり立てたと申すな。家来どももも大半は親爺のほうにつき、子を支持した者は斬られた。子のほうも怒って城に攻めかけたが、小人数で城を落とせるものではない。子は住むところがなくなってしもうた」

この一件は蘆名家家老の仲裁がはいっていったんはおさまった。しかし宿老の家の内輪もめが在陣している兵たちに不安をよびおこし、戦意を萎えさせたのは否めない。

さらに政宗は、佐竹家の南に領地をもつ関東の雄、北条家とも誼《よしみ》を通じ、佐竹家を牽制するよう依頼していた。

これに応じた北条家に所領の南部を侵されはじめた佐竹家は、蘆名家に助勢を送るのをためらった。そのため伊達家は、小勢でも安心して戦えたのだ。

「この一戦で敵は伊達勢の手強さを思い知ったようじゃの。またこちらも勝ったとはいえ、長陣は避けたい。そこで仲裁を頼むことになった。親族でもある岩城どのらに仲裁にはいってもらい、双方が陣を払うことで合意して、ひと月ほどでおさまったわい」

これで、四方を敵にまわした伊達家にとって、南のほうの憂いはなくなった。

東のほうは、政宗の妻の実家、田村家が危機に瀕していた。

政宗の岳父の清顕《きよあき》が亡くなったあと、家中は伊達家につこうとする者と相馬家を頼る者とに割れてしまい、あげくに伊達派が押されて、相馬派の者に主城である三春城を乗っ取られそうになっていたのだ。

相馬家は当主みずからが国境にまで出馬して田村家領をねらったが、政宗が助勢を送ったので兵を引いた。まだ火種はくすぶっているが、当面、大火はなさそうだ。

北の方では、最上氏と和議を結ぶことになった。これには「お東《ひがし》の方」と呼ばれる政宗の母のはたらきが大きかった。

政宗の母は最上家の当主、義光《よしみつ》の妹である。

国境で小競り合いを繰り返すようになった兄とわが子の双方に、手紙や使者を出して和睦するようはたらきかけていたが、どちらも応じないので、ついには腰をあげ、駕籠にのって国境付近にまで繰り出した。そして和睦を結ぶまで、ここを動かないと宣言したのである。

これをきっかけに双方は話し合いにはいり、やがて和睦したのだった。

「殿さまは、南北から挟み撃ちにされるという危機を乗り切ったのじゃ。天正十六年、殿さまが二十二歳の時のことであったぞ」

三

ひと息ついた政宗だったが、運の悪いことに翌年正月には落馬して足の骨を折ってしまう。春のうちは出馬もかなわず、本拠の米沢城から動けなくなっていた。

そのうちに田村家中で動きが見られるようになった。相馬家に心をよせていた家臣が心がわりして、伊達家を頼るようになったのである。

これを知った相馬、岩城両家が危機感を抱き、ふたたび田村家領に攻め込んだ。小城をとってなおも田村領を侵食する姿勢をしめしたので、政宗はふたたび助勢を送って田村家を守ったが、骨折のために自身で出馬することはかなわない。

一方で、蘆名家にも変化がでてきた。

養子にはいった当主、平四郎の実家、佐竹家で内紛が起きたのである。

このため佐竹家は蘆名家を助けるどころの騒ぎではなくなり、佐竹家の援助を見込んで平四郎を当主にした蘆名家の宿老衆も、不満をもつようになった。

そのうわさは、政宗にも聞こえてくる。

佐竹家の援助がないとなれば、蘆名家の戦力はかなり落ちる。またちょうどそのころ、猪苗代家の父の盛国から政宗へ内通の約束がなされていた。

となれば、蘆名家を攻め潰す好機である。

骨折の痛みがいまだ残る政宗だったが、四月半ばすぎに米沢城から軍勢をひきいて出陣した。

まずは東へ山越えして信夫郡の大森城に着いた。各地から軍勢があつまるのを待ち、五月三日に南下して本宮へ出ると、四日には蘆名家の本拠、会津黒川城の東十里ほどのところにある安子ヶ島《あこがしま》城へ攻めかけた。

ここは本宮から蘆名家の本拠、会津黒川城への入り口であり、同時に猪苗代への通路になっている。内通してきた猪苗代家と連携して、一気に会津へ攻め込む算段だった。

その軍勢、一万四千。

雲霞《うんか》のような大軍である。

対して城兵はおそらく五百もいなかっただろう。伊達勢が外構えの二、三の曲輪を攻め破ったところで城主が降参し、城を明け渡して会津へ落ちていった。

翌日には、その先にある高玉《たかたま》城へ攻めかけた。成実を城の北の方へ備えさせ、残りの軍勢は南から東へと陣を敷く。西側は城兵を逃がすためにわざとあけておいた。

城主の高玉太郎左衛門は、安子ヶ島城の城主とはちがい、伊達の大軍を見てもひるまず、城兵の先頭に立って戦った。外構えの曲輪をとられると本丸へ引き籠もり、妻子を殺した上でまた打って出てるという奮戦ぶりで、最後には伊達勢の槍をうけて討死をとげた。

卯《う》刻（午前六時）にはじまった城攻めは、辰刻（午前八時）には城主城兵が残らず討死という結果で終わった。

これで猪苗代への通路が開けたのである。

「蘆名の者どもはあわてたじゃろう。なにしろ境目の城ふたつを二日で抜かれたのじゃ。首筋が寒くなったにちがいないわ。しかしな、ここが殿さまの不思議なところでな」

高玉城を落とすとそれ以上は深入りせず、本宮へ引き返したのだ。

「せっかく大軍をひきいてきたのに、なぜ城ふたつで引き返すのかと、われら兵たちも不平を言うておったが、十日ほどしてそのわけがわかった。蘆名の前に相馬をたたいておこうというのじゃ」

相馬、岩城の勢力はまだ田村領内にとどまり、足場をかためてさらに勢力をひろげようとしていた。

「ならば当主が出陣しているあいだに、相馬領の北のほうを侵してやれと考えられたのじゃ。われらは本宮から北上して、伊具郡の金山《かなやま》城へはいった。本宮から阿武隈川にそって十五里ばかり、領内の南の端から北の端まで一日で行軍したことになるの」

兵を一日やすませると、翌五月十八日に相馬領へ踏み込み、駒ヶ嶺《こまがみね》という城へ押し寄せた。丘の上の小城である。伊達の大軍はたちまち二の丸、三の丸を打ち破った。本丸ばかりになったところで城主が降参してきたので、これを許し、城を手に入れた。

その夜は近くに野営をして翌日、その東の海辺近くにある新地《しんち》城へ攻めかけた。

こちらも小城ではあるし、相馬の当主が出払っているので助勢もこない。

城主は降参を申し出てきたが、城明け渡しの話し合いをしようとしている最中、城から火が出た。これを見た伊達勢は、政宗の下知も待たずに攻めかけたので、城はまたたく間に落ちてしまった。

「米沢を出て、少し前まで磐梯山近くの蘆名勢の城に攻めかけていたと思ったら、つぎには遠くはなれた海寄りの相馬勢の城に攻めかける。殿さまの神出鬼没ぶりには、相馬も岩城もおどろいたじゃろ。新地の城主は泉田甲斐《いずみだかい》と申したが、からくも城から逃れたものの、そののちは廻国聖《かいこくひじり》となりて、行方知らずになったとか」

伊左衛門は淡々と語るだけだが、聞く方には戦国の世の厳しさが迫ってくる。

翌日、伊達勢は新地の海辺へ出て、漁師たちのふるまいで海の幸を堪能したあと、夜になって金山城へもどった。

そして落としたばかりのふたつの城の主を決め、手勢を入れた。相馬勢を北の方から牽制することで、動きにくくしたのである。

そののち、軍勢をひきつれて十里ほど駆け、大森の城へもどった。

「じゃが相馬の者たちもだまってはおらぬ。佐竹、蘆名の両家によびかけて、本宮の南、須賀川まで出馬させたのじゃ。両家と力を合わせて田村の領分を侵そうというのじゃな」

この動きは当然、大森にいた政宗にも聞こえている。

しかし政宗は、田村家を助けるより蘆名攻略を優先すると決心した。蘆名を攻めれば、敵も田村領どころではなくなるはずだ。

蘆名攻略には、まず内通の申し出をしてきた猪苗代家を味方に引き付けねばならない。そのため先に安子ヶ島、高玉のふたつの城を落とし、伊達家の軍勢を猪苗代まで派遣できるようにしたのである。

まず片倉小十郎と伊達成実のふたりの猛将を猪苗代へやった。

政宗自身は本宮に出て敵勢の動向に耳をすましていた。すると蘆名勢があわてて会津へもど

った と聞こえてきた。

ねらい通りである。

政宗は、先に奪いとったばかりの安子ヶ島城へすすんだ。

「そこで殿さまは、軍評定《いくさひょうじょう》を開きなさった」

すでに蘆名の軍勢が会津黒川城へもどり、そこへ助勢として佐竹、岩城の軍勢もくわわっているという。

「多勢をたのんで猪苗代へ攻めかけられたら、猪苗代盛国ともども小十郎と成実も討たれてしまうと心配されて、猪苗代へすすんで蘆名への備えをしたいと思し召しじゃった」

しかし評定の席では、いまの状況で猪苗代という敵地の中へはいるのに重臣衆が尻込みし、話がまとまらなかった。

「殿さまは手ぬるいと感じておられたじゃろうが、あえて重臣衆の意見を独断で押し切ることはなさらず、猪苗代にいる小十郎と成実に問い合わせることになさった」

その場からさっそく使者が猪苗代に飛んだ。

安子ヶ島と猪苗代のあいだは五里ほどしかない。馬で駆ければほんの一刻（二時間）である。

駆けつけた使者に面会した小十郎と成実は、政宗が敵地である猪苗代まで出馬するのは危険であるし、まだそこまで事態は切迫していないと判断し、出馬におよばずと返答した。

「おふたりならずとも、まずもって重臣衆の考えは一致しておった。東西に敵を抱えておることでもあるし、ここで猪苗代に深入りしてはあぶないというのじゃな」

それはそうだろうと鉄五郎も思う。

「ところがじゃな、殿さまひとりは、蘆名家はすぐに猪苗代に攻めてくると見越しておられたのじゃ。このままでは小十郎と成実があぶないと思うておられた」

しかし小十郎たちの返答が届けば、軍評定で出た意見のとおり、出馬は見合わせとなる。

「それがそうはならなんだ。なぜだかわかるか」

伊左衛門は聞き手の近習たちを見まわした。みな首をひねるばかりだ。伊左衛門は得意顔になってつづける。

「殿さまはな、使者の帰りに間に合うよう、ひそかに人を出された。おそらく小十郎たちも、出馬は無用と返答しようと読んでおられたのじゃ。あのふたりの性格では、助勢を寄こせとは言うまいとな。そこで使者を待ち伏せし、小十郎も成実も政宗の援軍を待ちかねておると報告せよと命じたのじゃ。でなければ手討ちにするとな」

聞き手から失笑がもれた。殿さまらしいという声がする。

「もちろん使者は復命すると命じられたとおりに、両名は殿さまの出馬を乞うていると報告した。すると殿さまは、初めて聞いたという顔で、『さても心地よき挨拶かな、されば早や打ち立たん』とおおせでな、すぐにも出馬しようとなさった」

ところが使者が五里を往復したあとである。すでに日は暮れているし、兵たちも野営するために農家の軒を借りたり森へはいったりと、散っている。重臣たちは出馬は明日にしようと言いだした。

「すると殿さまは憤然として、『兵がなくとも出馬はできよう。今夜ひと晩飯を食えないが、わしとともに我慢せよ。ええい、もうよい。汝らは明日来たれ。わしはすぐに打ち立つ』とのたまうのじゃ。これには重臣たちも困ってな、しぶしぶ支度をはじめたわ」

揉めはしたものの、政宗と伊達勢は夜道を駆け、夜ふけの子刻（午前零時）に猪苗代城に着いた。

結果として、この素早い行軍が小十郎たちの命を救うとともに、伊達勢の優位を築くことになる。

翌日早朝、重臣衆に猪苗代盛国をくわえて軍評定をひらいていると、

「蘆名勢の姿が見えた」

との注進が飛び込んできた。よもやこんなに早くは来ぬはず、虚報であろうとの意見が出たが、たしかに人数が見えるという。

政宗はさっそく城の高櫓へのぼり、会津へとつづく城の西側の地をながめ晴らした。

「この猪苗代城と申すは、磐梯山を北にいただき南に湖水をひかえ、西のほうには摺上原という原野があって、日橋川《にっぱしがわ》の断崖で守られている要害でな。城自体は小高い丘の上にある。その高櫓からながめると、たしかに敵勢がこちらへむかってくるではないか」

敵は総勢一万五千と物見が告げる。

ただちに陣備えをして、敵勢に立ち向かうことになった。

先手《さきて》は地元の猪苗代盛国、二番手は小十郎、三番手に成実、四番手は白石宗実《しろいしむねざね》、そして五番手に政宗の旗本勢である。

政宗の一万四千の手勢は、猪苗代勢やほかの土豪たちをくわえて、総勢二万以上にふくれあがっていた。

「お味方は二万数千、対して蘆名勢は一万五千。さよう、奥羽の地でかほどの大軍勢同士がぶつかるのは、滅多にないことじゃ」

伊左衛門の話に、近習のひとりが調子よく合いの手を入れる。

「蘆名家と伊達家との、家運をかけた一大決戦ですな」

「そのとおり。負ければ家が滅びる戦いじゃ。どちらも負けられぬ」

摺上原は、磐梯山の山裾から湖に向かってゆるやかに傾斜している。ところどころに雑木林があるほかは、茱萸《ぐみ》の木の低い茂みと草原がつづく見通しのよい原野だ。

湖畔の集落から煙があがっている。蘆名勢が家々を焼き払ったのだろう。

朝から晴れてはいたが、風が強く吹いており、煙が西から東へ流されていた。

「われらは猪苗代盛国どのを先手に、二陣、三陣をそのあとに配する魚鱗の陣。対する蘆名勢も魚鱗じゃ」

魚鱗の陣は全体で三角形をなし、大将を底辺に配する。全軍で敵に押し寄せ、先陣が潰れたら二陣、二陣が潰れたら三陣をぶつけ、敵勢を正面から突破しようとする攻撃的な布陣である。

「お味方のほうが人数が多い。ならば敵を圧倒できたはずと思うじゃろ。ところがさにあらず。緒戦は不利でな」

先陣の猪苗代勢は、敵の先陣、富田将監《とみたしょうげん》勢に押しまくられ、二陣の片倉小十郎勢も巻き込まれて押された。

「なぜですか。人数が多く、戦意も盛んであったでしょうに」

「ひとつは風じゃな。西風が強くてな、東側に陣どったわれらは目もあけられぬ。矢のねらいは狂うし、鉄砲も、一発撃つと煙硝の煙がこちらにかかってきて、煙いのなんの」

伊左衛門は顔をしかめつつ煙を払う仕草をして、みなを笑わせた。

「日の出からはじまった合戦で、お味方は昼まで押されておった」

まじめな顔にもどって、伊左衛門はつづける。

「しかしな、昼ごろから様相が変わってきた」

「どうしてですか」

「まず、蘆名勢が攻め疲れてきおった。蘆名勢は、会津黒川城から夜を徹して摺上原まで行軍してきて、夜明け前から陣を敷いておったからの。徹夜の軍勢よ。対してお味方は、夜のうちに猪苗代城にはいり、朝までは寝ておったからな。疲れ方がちがう」

これも政宗公のすぐれた軍略のおかげ、と言いたげに伊左衛門はうなずく。

「もうひとつは、風じゃ」

朝からの西風が、昼をすぎると今度は東風に変わった。蘆名勢が強い逆風に苦しむ番となったのである。

「さらに、三陣の成実どのが、磐梯山の裾野をまわって敵の横腹に向かっておった。一陣の猪苗代勢と、二陣の小十郎どのの勢が蘆名勢をなんとか支えているところへ、横合いから成実どのが襲いかかったのじゃ」

つづいて政宗の旗本衆も、前へ出て蘆名勢とぶつかった。

「これで蘆名勢の三陣以下が逃げはじめた。蘆名勢といってもあちこちの軍勢の寄せ集めで、しかも大将は頼りにならぬときておる。無理はないのう」

伊左衛門は悟ったようなことを言う。

「一度崩れたった軍勢は弱いものでな、とくに一万を超える大軍になると、いくら大将が声を枯らして踏み止まれと叫ぼうが、支えられぬ。みなわれがちに逃げることになる」

後陣から崩れはじめた蘆名勢は、やがて前陣も混乱して総崩れとなり、われもわれもと会津をめざして逃げ出した。

「ここでもわれらの黒脛巾組が活躍してな、摺上原の西、日橋川にかかる唯一の橋を焼き落としてしもうた。そのため敵勢は川を渡れず、川へ落ちて溺れる者が多くでたわい」

日橋川は流れが速く、川中に多くの岩が突き出ている。その激流に巻き込まれて多くの者が溺れ死んだという。

追ってきた伊達勢は、その日は川の手前で留まり、野営をした。そして夜のうちに橋を修復し、翌朝から橋を渡って、逃げる蘆名勢を会津近くまでしつこく追撃した。

そうして敵の首を三千ほどもあげたのである。

「たがいの家の命運をかけた戦いは、かくしてお味方の大勝利となった」

伊左衛門は得意げに言う。

「敵の大将、蘆名の平四郎どのはいったん会津の黒川城に逃げ入ったが、われらの軍勢が迫ってきたので、とてもかなわぬと見て白河に走り、さらに自分の実家、佐竹氏を頼って落ちていってしもうた。大名としての蘆名家は、ここに滅びたのじゃ」

語りが一段落すると、伊左衛門は茶を一口飲んだ。聞き手の近習たちもほっとして姿勢をくずし、部屋の中がざわついた。

「さて、今日のところはこれで終わりじゃ。蘆名家を滅ぼした殿さまは、南奥羽の大半を握る大大名になるのじゃが、これがつぎには災いの種になるのじゃから、人生とはわからぬものでな。せっかく奪った会津も、すぐに手放すことになる」

若い近習たちが、ほう、と声をあげる。

「ま、そのへんはまた話す機会もあろう」

伊左衛門が口を閉じると、聞き手はざわめきながら帰りはじめた。

四

将軍家光の許しを得た政宗は、翌五月一日に江戸城へのぼることになった。

早朝から支度にかかり、五つ時（午前八時）前には供廻りをそろえて江戸屋敷を出た。

小姓衆は、政宗お気に入りの加藤十三郎や南次郎吉ら七人がついていったが、あとは江戸屋敷に残った。

鉄五郎も居残り組である。

しばらくは仕事から解放されるので、この際に屋敷の周囲を見てまわることにした。外から忍び込む隙があるのではないかと、前々から気になっていたのだ。

広い屋敷は勤番の侍が寝起きする門長屋に囲まれているが、四周すべてが長屋ではない。隣の毛利家との境はただの白壁だし、北側にも低い壁しかないところがある。そういうところはまた木立の陰になって、人目が行き届かないようになっている。

——忍び込むとしたら、あのあたりか。

黒脛巾組の目になって見ると、そういう結論になる。

表御門からずっと右回りに歩いてみた。門長屋のあたりは屋根も高く、通りに沿っているので目立つこともあり、さすがにここから忍び込むのはむずかしいと思われた。

だが夜中に中の者たちが寝静まったとき、屋根を越えて忍び込むことはできる。屋敷の外から鈎縄《かぎなわ》を投げて敷地に生えている木々にからみつけ、縄を頼りに門長屋を乗り越えてしまえばいいのだ。

これまで、そうした目で見たことはなかったが、考えてみるとこの屋敷も無防備なものだと思う。

北側の塀も、高さが六尺ほどしかなく、やすやすと越えられそうである。

さすがに地面には砂利が撒いてあり、足音が鳴るようになっているが、雨の日や風の強い日などは役に立たない。

毛利家との境から忍び込んでくるとは考えにくいが、あり得ないことではない。毛利家とて油断はならない。関ヶ原では敵味方に分かれた家同士なのだから。

ともあれ、いまさら屋敷のかまえを造り変えるのは無理だから、外から忍び込む者もあると考えておかねばならないようだ。すると見張りを厳重にしなければならないが、どこに重点をおいて見張るのか……。

「そこで何をしておる」

考えていると背後から声をかけられ、思わずふり返った。

「仕事はどうした。こんなところで突っ立っておってはつとめも果たせぬぞ」

小姓頭の太宰小三郎だった。

「あ、いえ、いまは非番でして。江戸屋敷の変わりぶりを見ておりまする」

とっさに出た言葉だったが、あまりいい言い訳ではない。それより、背後に来られてもまるで気づかなかった自分のうかつさに、気が動転してしまっていた。

「変わりぶり？　そうか。そなた、江戸詰めだったか」

小三郎にじろじろと睨まれて、鉄五郎は不快だった。

「太宰どのこそ、ここで何をしておられましょうか」

「わしか？　すぐそこの長屋を割り当てられた。水を飲みにもどったところよ」

「………」

「なんだその目は」

「いえ、失礼いたしました」

「そなた、誰の指図をうけておる」

「は？」

「江戸詰めだったというなら、越前守《えちぜんのかみ》さまか。そうではないのか」

越前守とは政宗の次男で後継ぎとなっている忠宗のことで、御上《おうえ》さまと呼ばれる母とともにずっと江戸屋敷に住んでいる。

「いえ、わたくしは越前守さまから御指図を受けたことはありませぬ」

「では誰だ。誰の指図も受けておらぬとは申すまい」

「わたくしは殿さま以外には仕えておりませぬ」

「当たり前だ。それでも指図を受ける者がおろう」

小三郎はしつこい。

「おりませぬ」

「ふん。まあいい。いまにわかる」

何がわかるというのか。相槌も打てずにいると、

「誰でもいいが、変な動きはするなよ」

と言いだした。

「は？　変な動きとは」

「邪魔をするな、というのよ」

なんともわかりにくい話だ。首をひねって小三郎の顔を見詰めていると、小三郎は言葉を継いだ。

「なにしろ大事なときだ。このときを逃せば、三河守《みかわのかみ》さまが浮かぶことはあるまい」

三河守は政宗の四男、宗泰である。跡継ぎの忠宗とおなじく江戸住まいが長い。領地を拝領して大名に取り立ててもらうつもりで幕府に出仕しているが、幕府はなかなか領地をくれず、身分は伊達家の四男坊のままだ。

そういえば、小三郎は三河守宗泰に仕える者の家から出ているはずだ。伝助から聞いたことを思い出した。

「はあ、殿さまが江戸におられるうちに、というお考えでしょうか」

「幕府にもうひと押ししてもらわねばな。それがかなわねば、せめて五万石は分けてもらわねば」

いま三河守は、岩出山《いわでやま》城で一万石程度の所領をもつ身である。幕府から領地をもらえなければ、形見分けで領地を増やしてもらおうと考えているのだろう。

「……どうなさるおつもりでしょうか」

「どうもこうもあるまい。ただお願いするばかりよ」

重病の政宗に、いま以上の煩わしさをかけるつもりのようだ。なるほどと思った。殿さまが江戸へ来た理由のうちには、こうしたことの始末もはいっているのだろう。

「だから、邪魔をするな。わかったな」

そう言うと小三郎は、もう行けというように顎をしゃくった。

「あのう」

言われっぱなしなのも癪だと思い、鉄五郎は声をかけた。

「なんだ」

「大田原の宿での盗人さわぎ、あれからどうなりましたか」

加藤十三郎の荷から小袖や銀が盗まれたと騒ぎになり、鉄五郎も嫌疑をかけられて、小三郎らに荷をあらためられたのだ。

「どうにもならん。大方、あの地の盗人のしわざだろう。盗まれ損だ」

「盗まれたのは、小袖と銀だけなのですか」

小三郎がおやという顔をした。答えるまでにひと呼吸あった。

「そうだ。なにかあるのか」

「そうですか。いいえ、失礼しました」

一礼すると、鉄五郎は踵《きびす》を返して小三郎から離れた。

この時節、お家の外だけでなく、内も大変だなと思わざるを得ない。

小三郎の言葉と態度を、浜田半兵衛に伝えておくべきだろうか。半兵衛はとっくにわかっているかもしれないが、一応は伝えるべきだろうと思い、頭の隅にしまっておくことにした。

昼時になって、屋敷はまたにぎわしくなった。政宗がお目見えをすませてもどってきたのだ。数十名の供廻りが到着し、駕籠を母屋の玄関口に引き入れた。

南次郎吉と加藤十三郎に左右から支えられて自室にもどると、政宗はさっそく夜具の上に横になった。半日の外出でかなり疲れたと見える。

ほどなく、城内でのお目見えのようすが鉄五郎にも聞こえてきた。

朔日は各大名が登城して一斉にお目見えをするが、政宗は諸大名がお目見えを終えて退出したあとにひとりだけ呼ばれ、いつもより近々と将軍、家光に接したという。

「お目見えの間はたいそう広くてな、いつもは十間以上もはなれてお話をするそうだが、今日は息づかいのわかるほど近くでゆるゆるとお話をされたとか」

病身の政宗を介添えするためお目見えの間の寸前まで従った南次郎吉らから、そうしたようすが伝わっているようだ。

家光と政宗の話は長々とつづき、しかも互いにとても親しげなようすだったという。将軍は老齢の政宗に気を遣い、その場で茶を飲むことまですすめたとか。通常であれば許されないことだ。

こうした話を、鉄五郎は訝《いぶか》しみながら聞いた。幕府は敵ではないのか。将軍は政宗の行状を怪しんでいるのではなかったのか。

「お目見えは首尾よく終わった。これでお家は安泰であろう」

と小姓たちが話しているが、果たしてそうだろうか。

「わからんが、まあ、めでたいではないか」

伝助もそんなことを言う。

「これで将軍家から冷たくされてみろ。目も当てられぬぞ。何のために病身を押して江戸へのぼったのか、わからなくなる」

それはそのとおりだ。では幕府への警戒は解いていいのだろうか。

「そうだろうな。ここまで懇《ねんご》ろなもてなしを受けたのなら、もう幕府はなにも疑っておらぬと見てよいだろう。半兵衛どのも安心されておるのではないかな」

そうであれば、あとは家の内輪の問題だ。警戒するといってもかなり楽になる。

だが、ことはそう簡単ではないようだ。

江戸屋敷にもある御焼火《おたきび》の間で、伝助と鉄五郎と三人になったのを確かめてから、浜田半兵衛はふたりを諭す。

「あまいな。まだまだ油断はできぬぞ。敵を仕留めようと思ったら、まず油断させるのが常道よ。そして隙が見えたらそこに突っ込んでゆく。幕府とて戦国の世を勝ち残ってきた大名だからな。そういう手はいくらでも心得ておる。少し親しげな顔を見せたからといって、信用しては大火傷を負うぞ」

なんとも人が悪い考え方だ。思わず半兵衛の顔をまじまじと見てしまった。

「何を不思議そうな顔をしておる。若いそなたらにはわからぬだろうが、これが日々、幕府と大名家とのあいだでやりとりされておることよ」

半兵衛の言葉を聞き流しておいて、鉄五郎は小三郎の話を伝えた。

「三河守さまのことはともかく、十三郎どのの盗難の件が少々気にかかります。まことに盗まれたのは小袖と銀だけだったのでしょうか」

「その件か。まあ、いろいろうわさはあるな。しかし、殿さまも別に気にしておられぬから、さほどのことはあるまい」

そうなのか。少々当て外れだった。

「それより幕府よ。なんといってもここは江戸だからな。敵地にはいってのいくさと心得よ。敵のほうが優勢だ。われらはひたすら防戦につとめねばならん」

三人でひそひそと話し合っていたところ、にわかに玄関のほうが騒がしくなり、足音が御焼火の間にも迫ってきた。三人はさっと分かれた。

「御上使、御上使にござる。みなの者、御心得あれ」

と近習のひとりが触れつつ、廊下を通りすぎた。

いま下城したばかりなのに御上使、すなわち将軍家光からの使者が来るとは、どうしたことなのか。

不思議に思いつつ、鉄五郎は小姓たちの控えの間へはいって指示を待った。

御上使とあっては、政宗が直に対面しなければならない。政宗は床から起き、袴と裃をつけて対面の間に出た。小姓たちはいつでも用向きを受けられるよう、隣の間で待つ。

話し声が聞こえる。どうやら幕閣のひとり、阿部豊後守《あべぶんごのかみ》が使者として来訪したようだ。将軍が鷹狩りでとった鶉や雲雀《ひばり》を、贈り物として持参してきたという。

「今日は久々のご対面となり、よろずお話をなされ、満足あそばされております。病には何といっても食事が肝要。鷹狩りの獲物ですが、鳥を料理して召しあがるようにとの御上意にござります」

豊後守はさらにつづけて、

「お家のお抱えの医師は驢庵《ろあん》の弟子とのこと、明日より驢庵を遣わしまするによって、驢庵の薬をお召しなされ。病は重いのに、御定めにたがわず四月に参勤なされ、痛みいってござる。向後は心置きなく、用があればそれがしでも伊豆守でも申しつけくだされ」

と伝えた。将軍のお抱え医師、半井《なからい》驢庵を遣わすというのだ。これは滅多にない名誉なはからいである。御上使を上座にすわらせ、下座でこれを聞いた政宗は、感激したのか返答の声が震えている。

小姓たちも、ほっとしたようだ。隣あった者同士でささやき合っている。

やがて御上使は帰り、政宗はまた床についた。屋敷は平常にもどり、小姓たちもそれぞれの仕事についた。

「やはり幕府はわが家に疑いをもってはおらぬのではないでしょうか。ここまで厚遇されるのは、よほどのことでしょう」

半兵衛に言うと、半兵衛は不機嫌そうな顔で首をふった。

「だから、そなたはあまいと言うのよ」

「え？　そうでしょうか」

「よいか。明日から医師を先頭にして、幕府の者たちが堂々と屋敷にはいってくるのだぞ。どんな者がどんな仕掛をするかわからぬ。まったくむずかしい仕事になった。そなたも覚悟しておけ」

そう言うと半兵衛は、忙しそうに廊下を歩き去っていった。

第四章　見えない敵

一

政宗が将軍家光にお目見えした翌朝、伊達家の江戸屋敷に一丁の駕籠が乗りつけられた。家光の侍医、半井驢庵が診察にやってきたのである。

「こなたにござりまする」

鉄五郎は、表の勤番侍が案内してきた驢庵を奥御殿との境目でひきとると、奥の寝所へと案内した。

剃りあげた頭にごく短い白い髪が生えている驢庵は、六十前後の老人と見えた。黒の羽織に袴、柔和な顔でゆっくりと歩く。薬箱をもった弟子は三十前だろうか。いずれも怪しげなところはない。

政宗の寝所に案内すると、前の廊下で待っていた政宗の侍医たちが挨拶をした。小声でこれまでの経過を説明している。みな驢庵の弟子だというから話は早い。

そこから先は加藤十三郎らが面倒を見る。鉄五郎は次の間にひかえて驢庵の帰りを待った。

「お脈、悪《あ》しきところは、いささかもござりませぬ」

そんな声が寝所から聞こえてきた。

「安堵つかまつった」

これは政宗の声だ。そのあと、ここは痛うござるか、ここはどうかと触診する気配があり、政宗がいちいち答えている。

「お腹の張りには、お薬をお出しいたしまする」

脈は尋常でも腹の張りは異常だということだ。たしかに政宗の腹は膨れている。それもここ数日でさらに大きくなったようだ。

小半刻ほどで驢庵は寝所を出てきた。玄関まで案内する。その足で登城し、公方さまに診立《みた》てをお話するという。いまのところ重大な病ではない、という話になるようだ。

驢庵を見送るために御殿の玄関に出てみて、おどろいた。門の内外は人でいっぱいだ。それも裃姿に供奉《ぐぶ》の侍をつれた、大名や旗本と見える者ばかりだ。

「この騒ぎはなんだ」

伝助がいたので、驢庵を駕籠にのせたあとできいてみた。

「昨日、殿が登城したのを聞いて、見舞いに来られた方々よ。公方さまとねんごろに話をされたから、われもわれもと押しかけてきたようだな」

表の侍たちが応接に駆け回っている。病身の殿さまがこれだけ多くの客に会うのだろうかと、少々心配になる。

「まあ、体の具合と相談しながらなさるだろう。われらは用件を聞いてそれを奥に伝えるだけだ」

客の中には大名の使者として見舞いの品をもってきただけの者もいる。そうした者も一応は御殿の中に招じ入れ、話を聞いて品を受けとらねばならない。

「これだけ来ては、もう目が届かぬ。あやしの者が入ってきてもわからぬぞ」

伝助がぶつぶつ言っている。たしかにこう人が多くては、わけがわからない。黒脛巾《くろはばき》組の仕事をするどころか小姓の仕事も回らなくなってしまう。

「伝助、なにを油を売っておる。門のほうへ行け。まだまだ客人がお見えじゃ」

半兵衛に叱られた伝助が、

「はい、ただいま」

と素早く消えたのを見て、鉄五郎も奥へもどった。

だが来客のようで、御座の間へ近づけなかった。近くにいた小姓に問うと、若殿と若君がお目見えとの答えだった。

伊達家の跡継ぎである嫡男、忠宗が、嫡孫の万千代をつれて面会にきていたのだ。

六十二万石の大名ともなると、親子といってもなれなれしく話をするわけにはいかない。互いの近習を通して面会の都合をつけ、上座と下座にわかれて会う。

おなじ屋敷に住んでいても、登城や診察で慌ただしかったので、到着の日に出迎えて以来、面会は二回目である。

しばらくすると、ふたりは静かに御座の間を出てきた。忠宗は政宗と似てがっしりとした背格好をしており、顔立ちも似ているが、孫の万千代は病弱で、いかにも線の細い子供に見える。

「鉄五郎、表に黒田さまがいらしておる。案内してこい。御焼火の間でよい」

控えの間にいると、小姓頭に命じられた。

「これから面会なさるのですか。お体のほうはよろしいので？」

思わず問い返したが、

「お会いになると仰せなのじゃ。早くゆけ」

と叱られてしまった。

黒田さまなら、九州の大名である。見舞い以外の用件はないだろうから、警戒する必要もないだろうと思う。

——敵は幕府というが……。

その幕府も、将軍の侍医を特別に遣わすほどの気を使っている。とても悪意があるとは思えない。

半兵衛に気をつけろと言われ、警戒しているが、なんだか無駄な仕事をしているように思えてきた。

表から黒田筑前守《ちくぜんのかみ》を案内してきて御焼火の間の障子を開くと、政宗は裃姿ですわっていた。横には加藤十三郎らが控えている。

鉄五郎の仕事はここまでである。あとは控えの間で出てくるのを待つ。

筑前守はただの見舞いに顔を出しただけと見えて、ほどもなく出てきた。また表へと先に立って案内する。

それからも見舞いの大名を案内するため、何度か表と御焼火の間を往復した。鉄五郎も忙しいが、政宗も応接のために休む暇もない。

「なあに、殿はこのために江戸へ来たのじゃ。公方さまへも、ほかの大名方にも、暇乞いにな。ならば多くのお見舞いがあるのは、望むところじゃろうて。家来のわれらが邪魔だてするものではないわ」

鉄五郎が殿さまの身を危ぶむと、半兵衛は笑い飛ばした。そんなものかと思いつつ、見舞い客の案内をつづける。

昼下がりには、おどろくべき客がきた。

土井大炊頭である。

大炊頭は、先の公方さま（秀忠）の下でながらく老中筆頭をつとめた。いまの公方さまに代替わりしてからも、なお幕閣の中で重きを置かれている。

その大炊頭が屋敷にきたのは、昔から伊達家の申次《もうしつぎ》（将軍と伊達家の連絡役）をつとめているからだと思われたが、そればかりではなかった。公方さまのご下命として、これからしばらく屋敷に詰めるというのだ。老中筆頭をつとめた者が、である。

大急ぎで大炊頭のために控え部屋がもうけられ、そこにご本人と従者を案内した。明日より朝来て夕方まで部屋に詰めるという。なにか相談事があれば遠慮なく言ってくれ、との口上だった。

「これが、幕府のやり方よ」

半兵衛がくやしそうに言う。

「殿さまのご病気をいいことに、ずかずかと屋敷の中にまで踏み込んでくる。われらはなすすべがない」

「でも、老中のえらい方を遣わしてくるというのは、公方さまが殿さまを頼りに思われているあらわれではないのでしょうか」

鉄五郎が言うと、

「そなた、まだそんな甘いことを考えているのか」

半兵衛は目を剝いた。

「知らぬとは恐ろしいものだな。幕府がわが殿を頼りに思うだと？　さようなこと、あるわけがない。幕府は外様大名など、どうやって潰してやろうかと、いつも虎視眈々とねらっておるのよ」

そうだろうか。そこまでひねくれて考えなくてもよさそうなものだが……。

「とにかく、これで屋敷の中に敵の拠点ができてしまった。よいか、気をつけて見張れ。あやしげなことを見聞きしたら、すぐに知らせよ」

半兵衛に言われて、鉄五郎は仕事にもどった。するとさらにおどろいたことに、夕方になって城から上使がきた。公方さまが政宗の容態を見てくるようにと、遣わしたのだという。

「これから毎日、朝夕二回、上使が殿さまのようすを見にきて、公方さまに伝えるというぞ。どこまで丁重なんだか」

伝助があきれている。

――公方さまは、ただ無邪気なだけなのかな。

鉄五郎も首をひねった。上使を遣わせば、政宗の負担になることなどすぐにわかりそうなものだが、それを日に二回も出すとは。

生まれたときから将軍になると決まっていたお方だから、他人の気持ちを忖度《そんたく》するなど、したことがないのかもしれない。ただ命じれば、すべてはそのとおりに運ばれる。そうした環境に慣れきっているのではないか。

ふと思った。あるいは、公方さまとほかの幕府の者たちの考え方が、ちがっているのかもしれない。

公方さまはただ病身の大名を哀れに思い、できるだけのことをしてやろうとしているのに対して、幕府の他の者——老中とか、大目付とか——は、隙あらば伊達家を取り潰そうと狙っているのではないか。

そうであれば、半兵衛が言うように、まったく油断できない。

控えの間にいると、殿さまが裃に着替えると言いだした。上使を迎えるのに、ふだん着ではまずいと言うのだ。もちろん、奥の御座の間ではなく、表に出て広間で会うつもりだ。

侍女らが政宗を裃に着替えさせ、南次郎吉と十三郎が左右に立って肩を支えながら、表へと出て行った。

「殿さまはお家のためを思って、ただひたすら耐えるおつもりだろうな」

伝助がつぶやく。当主が亡くなって代替わりするとなれば、家の存続には幕府の許しが必要だ。だからなにをされても逆らえないのが、いまの伊達家である。

上使が帰って、やっと長い一日が終わった。

いつもなら殿さまは閑所《かんじょ》（洗面所）にはいってくつろいだあと、行水をしてから夕餉となるのだが、今日はそんな気力もないようだ。行水のあと、何も食べずに早々に寝所にひきとっていった。

小姓たちの一日も終わった。

「またじいさんの話を聞くか」

伝助と言い合わせて、伊左衛門のいる長屋へと足を向けた。

二

「よしよし、来なされ来なされ。また話して進ぜように」

伊左衛門は相変わらず機嫌がいい。話をするのが天性、好きと見える。

今宵は伊左衛門の部屋に、若い近習や小姓たち六、七人があつまっている。はじめての顔もあるが、多くは馴染みの者たちだ。

「前はどこまで話したかな。ん？　摺上原で勝ったところまでか」

伊左衛門は小首をかしげて、ひと呼吸おいてから語り出した。

「われらが蘆名家の本拠、会津にはいって黒川城の前に到着したときには、蘆名の兵はもうひとりもおらなんだ。城はもぬけの空に見えた。そこで用心しいしいはいってみたが、やはり空き城でな、隅々まで見まわっても誰もおらん。そこではじめて安堵することができた。いくさに勝ったとな」

ちょうどそのとき、小雨が降っていたという。

「そこで伊達一族の将のひとり、重宗《しげむね》どのが詠んだ歌が、これよ」

伊左衛門はぐっと腹に力を入れると、朗々と詠いあげた。

音もせで茅野《かやの》の夜の時雨《しぐれ》きて
袖にさんさと濡れかかるらん

「みなも聞いたことがあろう。祝いの席で歌われるさんさ時雨の本歌《ほんか》が、これじゃ」

蘆名家を滅ぼしたことで、政宗は黒川城ばかりでなく会津、大沼《おおぬま》、河沼《かわぬま》、耶麻《やま》の四郡ほかの膨大な所領を得たのである。うれしくないはずがない。

そこでこの偉業を忘れないようにと、歌に節をつけ、宴席で歌われるようにしたのである、というのが伊左衛門の説明だった。

「ま、それは違うという者もいるがな。あの歌は会津で昔から唄われておったと。どちらが正しいかは知らぬが、どうでもいいことよ。どうせみな、自分勝手に詞を作って歌っておるしな。いまやもう、何が本歌かわからぬほどじゃ」

聞く者をくすりと笑わせておいて、伊左衛門はひとつ咳払いをした。

「さて、そうしてやっと得た領地じゃが、無念なことに、これがつぎの諍《いさか》いの種になってしもうた」

伊左衛門は真顔にもどっている。

「ここまで殿さまは奥羽の中で戦うばかりじゃったが、今度の敵は大きいぞ。関東より西の天下をすべて平らげた、関白秀吉公じゃ」

伊左衛門はそこで言葉を切り、みなを見まわした。わかるか、と言いたげだ。

「これまでの敵は蘆名にせよ相馬、佐竹にせよせいぜい一国、すくなければ一郡、二郡といった所領しかもたぬ者たちじゃったが、関白さまは日本六十余州のうち、関八州と奥羽二国のほかはすべてを手にしておる。狩り催す兵も、何十万という数になる。さあて、どう戦うか」

「その前に、なぜ戦ったのですか。秀吉とのあいだにはまだ関東の北条家があって、直に取り合いにはならなかったでしょうに」

近習のひとりがたずねた。

「おお、よくわかっておるな」

伊左衛門は満足そうにうなずく。

「そのとおり、われらと関白さまとのあいだには北条家があった。しかしな、関白さまはな、北条家を越えて、殿さまに直に命じたのじゃ。わが許しを得ずに合戦をするのは許さぬとな」

「そんなことが、できたのですか」

「おお、できたとも。なにしろ秀吉公は関白さまじゃからな。日の本のことは、みな指図できたのじゃ」

天正十年の本能寺の変で織田信長が倒れたあと、秀吉は明智光秀、柴田勝家といった競合相手を倒し、織田信長の所領をほぼ自分のものにしたばかりか、天正十三年七月には関白となり、天下に号令する態勢をととのえていた。

政宗の父、輝宗が畠山義継に捕らえられ、二本松城へ拉致されそうになった挙げ句、殺された時より、三ヵ月前のことである。

そして関白秀吉は、天正十五年の夏に総勢二十万以上の兵を動員し、九州の島津氏を討って、関東以西をすべて平定していた。

政宗が蘆名氏をほろぼした天正十七年の時点で、秀吉に臣従していないのは、関東の北条家と奥州の諸大名だけだったのである。

しかも天正十五年に秀吉は奥羽関東の諸大名に惣無事《そうぶじ》、つまり戦闘の禁止を命じており、政宗にもその書状は届いていた。

もちろん、そうした経緯は政宗も十分に承知していたが、まさか遠く大坂にいる秀吉が奥州の地までやってくるとも思えず、惣無事令を無視して合戦を繰り返し、領地をひろげていたのだった。

「それでも、殿さまも関白さまを気にしてな、なぜ蘆名家を討ったのか、説明する使者を上方に遣わしたりしておった。じゃが、一方で関東の北条家と連絡をとり、常陸の佐竹家を討とうとしたりして、関白さまの惣無事令を本気にするようでもなかった」

関東より西を統一したといっても、なにしろ遠い地のことである。その者がどれほど強大なのか、実感がわかなかったのも無理はない。

「ところがじゃ。そのころ関東の北条家が真田《さなだ》領の名胡桃《なぐるみ》城を攻めて奪いとる、という事件が起こっての、それが関白さまの逆鱗《げきりん》に触れて、北条家を攻め潰すと言いだしおった。前々から合戦は停止《ちょうじ》じゃ、惣無事じゃと言っておったのに、無視するとは許せぬと、こういう理屈じゃな。そうした書状を北条家に送りつけたのじゃ」

伊左衛門は飄々とつづける。

「それも北条家だけではのうて、わが殿にも写しを送ってきた。これは、脅しじゃな。わが殿は北条家と組んで佐竹家に対抗しようとしていたからのう。手助けすれば伊達家も同罪、踏みつぶすと、こうじゃ」

伊左衛門の口調が苦々しいものに変わった。

「それでも殿さまは、脅されてやすやすと頭《こうべ》を垂れるような男ではない。北条家と組んで関白さまに対抗しようとした。結城《ゆうき》ら小大名衆も交えて、まずは佐竹家を攻めようとしたのじゃ。天正十七年の末、会津黒川城を攻めとってから半年後のことじゃ」

聞いている近習たちの顔が強張《こわば》る。殿さまはあの太閤秀吉に逆らったのか、とおどろいたようだ。

「さて、年が明けると北条家の本拠、小田原の城では、秀吉に脅されて、どうするかという談合が始まっておった。秀吉の軍門に下るか、それとも戦うかというのじゃな」

当然、家中は上を下への大騒動になっただろう。

「ところがこれが世に言う小田原評定で、だらだらとつづいてなかなか決まらぬ。わが殿もはじめのうちは北条家を助けるつもりでおったが、あまりの煮え切らなさに愛想を尽かされてな」

伊左衛門はつづける。

そこへ秀吉から政宗にあてて、自分は小田原へ出陣するから、政宗も来いとの書状が届いた。来なければ、北条家を倒したのちにそのまま軍を向けて征伐するというのである。

最初は、もちろん拒否した。北条家と組んで戦うつもりだった。

だが、秀吉側からは再三、使者がくる。

「じつはな、関白さまとてわが殿とは戦いたくなかったのじゃ。小田原の城だけでも攻め落とすのにどれほど兵と兵糧が必要かわからぬのに、さらに奥羽へ分け入って、北条より手強いわが殿と戦うとなれば、兵糧も足りなくなるし、兵を多く損じる覚悟をせねばならぬ。どうせ秀吉の兵はあちこちからの寄せ集めじゃ。あまりの痛手には耐えられぬ。それゆえ、殿を抱き込もうとした」

秀吉の側近、木村吉清《よしきよ》や浅野長政《ながまさ》より書状によって、

――会津攻めは不問にする。いまの領地はそのままでよい。さらに小田原にきて北条家と戦えば、はたらき次第で加増がある。

と伝えてきたのだ。

これが確かならば、いままでの戦いが無駄にならない。政宗としても、のめる案だった。

「それでも殿さまは迷いなさった。しかし、そのころにはもう、小田原城は秀吉の兵に囲まれておった。その数、なんと二十万じゃ。そんな大軍勢に勝てる大名など、天下のどこにもおらん。このようすを馳せ帰ってきた黒脛巾組の者から聞いた殿さまは、ついに決断なさった。北条を捨てて関白さまに与《くみ》する、とな。となればさっそく小田原へ参らねばならぬ」

伊左衛門はそこで息をつぎ、茶をがぶりと飲んだ。

「しかも、できるだけ早くな。遅れれば小田原城が落ちる。城が落ちて北条家が滅びてから関白さまに頭を下げても、遅いのじゃ。北条の一味と見なされて討たれてしまう。一日も早く小田原へ。しかし、出発は遅れてしもうた」

伊左衛門は、なぜ遅れたかわかるか、と言いたげな目でみなを見まわし、少し間をおいて言う。

「まったく思いもかけぬところから、邪魔がはいったのよ」

ここで伊左衛門は背筋を伸ばした。

「これから申すことはの、そなたらの口からあまり広言してほしくはない。殿さまの名誉にもかかわることとじゃでの」

どういうことかと、鉄五郎はいぶかしく思った。居合わせた近習たちも、不思議そうに伊左衛門を見詰めた。

伊左衛門はそれぞれの目を見返し、ゆっくりと語る。

「いまの落ち着いた世の中から見れば、殿さまのなされたことは異様で、天道《てんどう》にもとると思われるかもしれんからな。ただ、あのころは戦国で、少しでも油断をすれば寝首をかかれる世であったのじゃ。そこをわかった上で、これからの話を聞いてもらいたい」

えへん、とひとつ咳払いをして、伊左衛門はつづけた。

「殿さまは、四月六日に黒川城を出立なさるおつもりであった。その旨を家中に知らせ、国境やほうぼうの城に家臣を配置し、留守をまかせた。秀吉方にも使者を出して、『小田原陣の後詰め』に行くと告げたのじゃ」

政宗が小田原行きを決意したのは三月下旬であったので、せいぜい十日ほどしか余裕がない。その日に間に合うよう、城内では急ぎ支度がととのえられていった。

「そうして明日は出立という四月五日に、殿さまは黒川城内の西館《にしのだて》に住まうお母上、お東の方さまをたずねられた。その場でお母上とご対面なされ、手料理を召しあがったのじゃ」

それまで政宗とお東の方さまとのあいだには、あまり行き来がなかった。

政宗が幼少時に疱瘡をわずらい、その毒で片目を失明したころから、お東の方さまの愛がひとつ年下の次男、小次郎にうつる。わが子ながら、容貌が醜くなった政宗を煙たがる風情さえ見られたのである。

家督相続のときに、お東の方さまは弟の小次郎を推したが、父の輝宗がその意見を容《い》れずに政宗を家督にすえたので、小次郎は部屋住みの身分となっていた。

「殿さまも、お東の方さまが自分を邪魔者と思っていると感じておられて、内々恨みに思っていたと、これはご自身の口で仰せになったのを、それがしも聞いたことがある。疱瘡を患われたときも、父上の輝宗公が医者よ祈禱よと駆け回ったのに、母のお東の方さまは一度見舞いにきただけだったそうな」

幼いころ、お東の方さまが政宗を殺そうとした、と告げる者がいたほどだから、お東の方さまの政宗嫌いは相当なものだった。

臣下の心ある者もそうした母子のあいだを心配し、何とかならぬものかと思案していたが、政宗自身は親に逆らうこともならず、天命のあるがままにと覚悟を決めていたという。

ところが関東へ出立する前々日に、お東の方さまより文がきた。

近ごろ無沙汰ゆえ、明日はこの方に来てほしい。いろいろのことども語り合い、心静かに過ごされかし、とあった。

日ごろの行状から「はて、急にどうしたことやら」と思ったものの、母に馳走されるとあっては子としてうれしくないはずはない。

疑い半分、喜び半分で、弟の小次郎とともに西館をたずねたのである。

するとお東の方さまは、いつもより晴れ晴れしい顔でふたりを迎え、さまざまなご馳走を出して歓待してくれた。

「さあ、よく鬼をいたす（毒味する）がよい」

と、政宗の心の内を見透かしたようなことを冗談めかして言い、毒が入っていないことを示すために目の前で馳走を盛りつけ、自分も相伴したのである。

政宗もうれしくなり、母と昔の思い出など歓談しつつ山海の珍味を平らげた。そうして腹がくちたころ、盃が出てきた。酒にしようというのだ。

お東の方さまは、口のところを布で包んだ銚子をもっていた。

「これは心祝いのための御神酒《おみき》じゃ。盃をもってこちらへ来なされ」

とみずから酌をしようとした。

政宗はなにやら怪しいと思ったが、断ることもならず、酌を受けるためお東の方さまのところへ膝行《しっこう》した。

酒が注がれる。なんとも言えぬ臭いが鼻をついた。

御神酒を盃に受けながら、薄笑いを浮かべているわが母の顔をつくづくと見る。これが他人ならば、押さえ込んでこの酒を飲ませてやるものをと思ったが、実の母とあってはそうもできない。たとえ毒入りでも、母から賜る酒は天が授ける酒である。

――運が強ければ飲んでもあたらぬものよ。もし死すとも、孝の道にそむかずにすむ。

と思い定め、少しだけ飲むと間合いを見て残りを捨てた。

「この盃、小次郎にまいる」

と言うとお東の方さまは、

「なんの、小次郎よりこなたへまいらせよ」

と言って自身で酒を注ぎ、飲む真似をした。

これで宴はお開きとなった。暇を乞うて表へ出ようとしたが、引き留められた。遠路出立のはなむけに小袖を遣わすという。

言われるままにいただいてその場で着したが、そのとき胸中に去来したのは、仇討ちで有名な曾我《そが》兄弟の故事だった。

幼いころに父を殺された曾我兄弟は、父の仇を討ちに行く前に別れていた母に面会する。そのとき兄の十郎は母から小袖を賜るが、ある事情で母から勘当されていた弟の五郎には与えられない。しかし兄の泣訴《きゅうそ》によって五郎にも小袖が与えられ、喜んで兄の笛に合わせて舞いを舞う、という話である。

——曾我五郎は母に勘当を許されて小袖を賜り、それを着て親の仇を討ったのに、我は母に毒を盛られ、最期に小袖を着るとは。

そう思いつつ、礼を申しあげて表へ出たとき、果たして足許がよろめき、目が回った。

だがお東の方さまの前ではそうした姿は見せられない。何でもないふりをし、急いで自分の館へもどった。

ひとまず魔の手からは逃れたのだが、安心はできなかった。時がたつにつれて目がくらむし気が遠くなりかける。幾度も血を吐いた。

——無念なり。やはり毒を飼われたか。

そう思って日ごろから備えておいた薬を飲んだ。

しばらくすると、吐血は止まらなかったが気分ははっきりし、さかんに汗が出てきた。

どうやら薬のおかげで死は免れたようだ。

それでも養生のために、しばらく寝込まねばならなかった。

じっと伏せているあいだ、あのお人が親でなければと、百度も千度も思ったものだった。

だが寝てばかりもいられない。

事情を知れば家来どもが騒ぐのは必定だ。伊達家は政宗を支持する者と小次郎を支持する者に分裂し、そこへ他家が介入して収拾のつかぬ事態になるだろう。

すぐにも手を打たねばならない。

「先にも申したことがあったがの」

伊左衛門はここで茶を一服してひと息入れると、話しにくそうに声を落とした。

「お東の方さまは実家が最上家での、時の最上家当主、源五郎義光どのの妹御じゃ。お東の方さまのうしろには最上家がいる、というのは誰でもわかる話での。勇猛で智恵もある殿さまを消して小次郎さまを当主にすれば、伊達のお家は最上家の思うとおりになる、という算段だったのじゃろうて」

最上家の企てを許すわけにはいかない。

数日のあいだ療養し、体力がもどるのを待って、政宗は行動を起こした。

その日は夕刻より小雨が降り出していた。

近臣数名だけをつれて、小次郎の傅父《めのと》である小原という家臣の屋敷をたずねた。

小原と適当な話をしつつ、小次郎を呼び出す。傅父の屋敷だけに、小次郎は疑いも抱かずに出てくる。

その直前、政宗はつれてきた近臣に、小次郎を討つよう命じていた。しかし近臣は、主家の御弟ぎみを討つなどできませぬ、と震えあがってしまった。

ことがことだけに、事前の打ち合わせなどしなかった。政宗の独断に、近臣といえど追従できないでいたのだ。

もう小次郎はそこまで来ている。近臣は頼りにならない。

ついに小次郎は部屋にはいり、政宗の正面にすわって挨拶をのべはじめた。

ここに至ってはやむを得ない。

政宗は挨拶を聞きつつ脇差の鯉口を切ると、小次郎の衿をとって引き寄せた。とっさのことで、小次郎はあらがう暇もない。驚きに目を見開くその顔をにらみつけた政宗は、

「汝、不憫《ふびん》のことなれど、恨むな」

と言って、抜いた脇差でひと息に小次郎の胸を刺した。

肺腑《はいふ》から喉声《のどごえ》が漏れ出し、小次郎の顔が苦痛にゆがむ。

政宗は脇差を抜いて、もうひと刺しした。深々と胸をえぐっておいて、

「母上が汝に与えたる罪じゃ。天罰は逃れがたいものぞ」

と告げた。小次郎は驚愕の表情のまま、その場に崩れるように倒れた。

「とどめを刺しておけ」

近臣たちに命じて、政宗は小原屋敷をあとにした。無論、小原も近臣たちに始末させた。

「まあ、そういうわけでの」

伊左衛門は、やり切れぬという表情で言う。

「殿さまは母上に殺されかけ、直後に弟ぎみを殺したのじゃ。やむを得ぬ仕儀とはいえ、お家の恥じゃ。広言してはならぬというのも、わかるじゃろう」

あまりの内容に、聞き手たちはしんとしてしまっている。

「それにしても、畠山義継に捕らわれたお父上が、敵の手によるとはいえ、殿さまの眼前で殺されたことを思い合わせると、大名とは凄まじき渡世よな」

つぶやくような伊左衛門の言葉に、みながうなずく。

「いや、大名がみなかような目にあっているわけでもないか。わが殿さまだけが、修羅の道を歩んでござったのかもしれんが」

伊左衛門はしんみりとした口調になっている。聞き手からため息がもれる。

鉄五郎も衝撃をうけていた。あの殿さまが、そんな恐ろしい日々をくぐり抜けていたとは。もし自分が母に毒を盛られたら、と思うだけで胸が冷える。

実際は、そんなことはなかった。母は死の直前までやさしく、ひとり息子である鉄五郎の身の上を案じつつ逝った。

思えば母が調えた毎日の膳には、手の込んだものも高価なものも出なかったが、あやしげな食べ物は決してのぼらなかった。

あらためて母に感謝したくなる。

「お小姓衆でも知らぬ者もあろうな。あまり大声では言えぬことゆえ」

これこそ語り部の役目よ、と伊左衛門は言う。

「こうしたことを伝えねば、殿さまがいかに犠牲を払ってお家を支えなさったか、わからぬものじゃでの。知れば、殿さまにさらに忠誠を尽くそうという気にもなろう」

「されど、お東の方さまとは保春院さまのことにござりましょう。殿さまは城を出立する前に、保春院さまの菩提寺の落成を祝った上で十三回忌をなさったのでは？」

近習のひとりが問うた。そういえば政宗は、江戸へ出立する前に若林城の近くの寺、保春院に参詣したのだった。

「おおそうじゃ。よく気づいたな」

うなずく伊左衛門に、近習はさらに言う。

「であれば、殿さまはそれほどお東の方さまを憎んでいたとは思われませぬが。ずいぶんと立派なお寺を建立されたのは、保春院さまを慕っておられた証しではありませぬか」

「うむ、そこが玄妙なところでな」

伊左衛門は顎をなでてから答えた。

「弟ぎみを殺しても、お東の方さまに毒を盛られたからとは、殿さまもおおやけにはできなんだ。仮にも親じゃ。親を非難するのは不孝にあたるし、また殿さまとしても、お東の方さまがそこまで自分を憎んでいるとは、世間に知られたくなかったじゃろ」

一方でお東の方さまも、伊達家総領の母堂という地位を失いたくはない。しかも政宗は、急いで上方へ行かねばならぬ身だった。小次郎を刺殺したあとすぐに城を離れたので、お東の方さまとのあいだで決着をつけている暇がなかった。

そのためお東の方さまは城に居つづけ、政宗も母に対する態度を変えなかった。ふたりとも、まるで何ごともなかったかのように、世間に対してうわべをつくろったのだ。

「それでも、真実はどこかから顕れるものでな。お東の方さまは城を出られるのじゃが、それはまた少々あとのことじゃ」

毒を盛られたのに、世間体をつくろうために何もなかったことにするとは、いささか納得がいかなかったが、伊左衛門はそう片付けると茶を飲んだ。

三

「さて、さように家の中で騒ぎが起きたゆえ、小田原への出立が遅れてしもうた」

手の甲で口をぬぐって、伊左衛門が話をつづける。そうだった。政宗は小田原の秀吉の許へ行かねばならなかったのだ。

「当初、四月五日に出立するつもりだったのが、これで十日ほども遅れた。しかも出立したはいいが、すぐにまた黒川城へ引き返してござった。遅れて焦るあまり、会津からまっすぐに南へ向かって小田原まで突っ切ろうとしたものの、それでは上野国《こうずけのくに》からずっと北条領を通らねばならぬ。小人数では無理とわかって、いったんもどったようじゃの」

そのあいだにも、小田原へ先行させた家臣や秀吉の近臣たちから、催促の使者がくる。もはや猶予はならなかった。

だが政宗は、さほどあわててはいなかった。

城攻めは手間暇のかかるものだ。ましてや小田原城は巨大で、これまで幾度も大軍に攻められてきたが、その都度攻め手をはね返して、果ては撃退している。ひと月やふた月でどうなるようないくさとは思えなかった。

安全な道をさがし出して再度出立したのは、さらに二十日以上あとになった。

伊達成実を黒川城の留守居におき、政宗は越後の上杉領をへて信濃をとおり、小田原へ向かう。ひきいる供廻りは片倉小十郎はじめ百騎あまり。

北条領を避けて大回りをしたこともあって、小田原へ着いたときには六月になっていた。出立が当初の予定よりひと月以上遅れた上に、小田原までの道中にも二十日以上かかってしまったのである。

道中でも小田原の情勢は、黒脛巾組の者や先行した家臣から次々と伝えられてくる。

意外なことに、秀吉は北条家の防衛線をあっさりと破り、小田原城に近々と迫って、大軍でびっしりと囲んでしまったらしい。落城ははや目前か、というところまで来ているという。

——なんと、これは一筋縄ではまいらぬ。

政宗は見通しの甘さを後悔した。そして覚悟をかためねばならなかった。

どんな合戦であれ、勝敗がほぼ見えるようになってから優勢なほうへ味方すると表明しても、認められないものだ。寝返るのであれば、合戦がはじまる前に決意して、誠意を見せておかねばならないのである。

その点から見ると、政宗の参陣は遅すぎた。いや、というより秀吉の攻めが想像を絶する早さだったのだが、結果はおなじだ。

案の定、小田原へ着いたものの政宗は秀吉への謁見を許されず、小田原からも退去させられ、近くの底倉《そこくら》という山の中の在所へ押し込められた。名の通り、谷底の集落である。

そこの破《や》れ寺が政宗と近習たちにあてがわれ、ほかの供廻りは百姓たちの家に分かれて泊まることになった。

罪人のような扱いに、これはわれらを討伐するつもりだと片倉小十郎らは言い、一戦しての斬死を覚悟したほどだった。

そんな中で政宗はひとり、だまって考えにふけっている。危機の中でもどこかに活路を見出し、生き抜こうとしていたのだ。

翌日、蹄の音も高く、甲冑に身を固めた軍勢が底倉へやってきた。その数、千はいるだろう。政宗のいる寺を手際よく取り巻いた。

いよいよ最期かと覚悟をかためた主従の前にあらわれたのは、いずれも堂々たる風体の武者と、ひと癖ありげな僧らである。

「われらは関白殿下の命によりまいった。伊達どのにお目にかかりたい」

使者である。であればすぐに斬られるわけでもないようだ。

片倉小十郎が出向いて用向きを聞く。もどってきて政宗に告げた。

「詰問使でござる。関白殿下よりのご下問があるとのこと」

「顔ぶれは？」

「されば浅野弾正《だんじょう》どの、施薬院《やくいん》どの、前田どの……」

「ほほう」

政宗はにやりとした。

「まだ運は尽きておらぬと見える。どうやら助かるようだな」

小十郎もうなずくが、表情は硬い。

「さように思われまするが、油断は禁物にござる。ゆめゆめ粗相のないよう、気をつけて応答なされませ」

浅野弾正らは、これまで政宗が秀吉に書や貢《みつ》ぎ物を贈るさいの取次をしている。まず伊達家の味方と考えてよい。秀吉だけでなく、浅野弾正らにもたっぷりと贈り物をして懐柔してあるのだ。

そうした者たちしか来ていないのなら、よほどのことがない限り、秀吉に悪い報告はあがらないはずだ。

それでも浅野弾正らのうしろにいる秀吉の腹はわからない。小十郎たちは警戒を解いていない。

「ならば早速に」

政宗は服装をととのえ、本堂に待つ五人の前に出た。

互いに短い挨拶をかわしたのち、浅野弾正が切り出した。

「関白殿下よりお尋ねの条々がござる。ただいま読み聞かせるゆえ、この場にて返答なされよ」

うなずく政宗の前で書状が広げられ、施薬院全宗《ぜんそう》が読みあげる。

「ひとつ、ただ今まで御礼申しあげずにまいりたること、いかなる仕儀によってか」

小田原陣への遅参どころか、これまで上洛して秀吉に挨拶をしなかったことを咎めているのだ。

「ひとつ、会津の義広、一両年以前に代官を上せ、関白殿下に御礼申しあげたるところに、その会津を乗っ取り、義広の城へ移りたる由、曲事《くせごと》なり。いかなる仕儀によってか」

会津討伐を咎めている。

それならいくらでも理由はつけられる。

「慎んで申しあげまする。そも会津とのいくさの発端と申すは……」

政宗は、二本松城の畠山義継が父を殺したところから語り起こした。

父の仇討ちとして二本松城を攻略したところ、会津の蘆名、佐竹、岩城らが二本松に味方したため、やむなく討ったのであると、これまでの合戦をすべてひとつながりのものとして説明し、父の弔い合戦ゆえやむなき次第、と申し開きをした。

また遅参については、領国を敵に取り巻かれて出国もままならず、また北条領を避けたため大回りとなって遅れたと、こちらは正直に打ち明けた。

「されば、さように殿下に申しあげるといたす。殿下よりの左右《そう》（裁定）あるまでここにて控えておられよ」

使者たちは特段の反論も、きつい質問も浴びせることなく、政宗の申し開きを秀吉に伝えるとして帰っていった。

「やはり力になってくれるようだな」

政宗は小十郎に話しかけた。

「たっぷりと金銀を届けておりまするゆえ、悪いようにはいたしますまい」

小十郎もほっとしたようすだ。まずは急場を乗り切ったのである。

「ただし、どうも会津はそのままとはいかぬようで」

「ふむ」

そこは政宗も気になっていた。会津のことだけ尋ねがあったということは、やはり問題視されているのだろう。

「北条は一郡どころか一城を奪っただけで、曲事とされて討伐の憂き目にあっておる。こちらはおなじころに会津三郡を奪った。無傷で切り抜けられると思うのは、虫がよすぎるか」

黒川城を出立する前は、会津をふくめたいまの領地をすべて安堵してもらうつもりだった。だが参陣が遅れに遅れただけに、どうやらむずかしそうな雲行きだ。

「さようで。まず討たれることはなさそうなだけ、よかったと思し召せ。この上、会津三郡を取りあげられるだけですめば、上々の沙汰でござろう」

小十郎も弱気になってきている。

前田利家らに遅参の理由を詰問された翌日、秀吉の使者として医師の施薬院全宗と、お伽衆《とぎしゅう》の今井宗薫《いまいそうくん》が底倉にきた。

「明日、上様の許へ出仕されますよう。朝五つ（午前八時）には迎えにまいりまするゆえ、お支度なされ」

とのことだった。さらにお目見えの服装や申しようについて、ねんごろに教えよとの秀吉の内意だという。

服装を教えるとはどういうことかと理由を聞いて、政宗は苦笑した。

「いままで奥州にて弓矢かせぎに明け暮れておられたゆえ、上方の風俗は初めてご覧になったことでござろう。なにごとも華美でなまぬるいと思し召されたものと存じまするが……」

と言いにくそうにとりつくろってはいるが、要は上方衆に対し、奥州の者は粗野な荒くれ者ぞろいと考えているのである。

――それも無理はないがな。

たしかに秀吉配下の上方衆と、政宗が引きつれてきた奥州の供侍とは、着ているものからして大きくちがう。

上方衆は馬乗り侍になればみな絹か木綿の衣で、布地の染め方もさまざまで色鮮やかだし、髷《まげ》もきちんと結っている。

対して奥州の者たちはみな茜《あかね》染めの麻衣《あさごろも》で、それも肘から先が出ているし、袴は麻布を紺染めにして、臑《すね》の半ばが出るようなものをはいている。頭は鬼《おに》し頭《つぶり》と呼ぶように、髷の結い方が雑で、髪が乱れて垂れていても気にしていない。刀は、大小とも樫の木の長々とした柄に柿色の糸縄を巻いており、鞘はおおかた朱塗りである。

こうした姿を見た施薬院と宗薫は、ひそひそと相談していたが、

「ここは戦陣でもあり、上様への礼儀はほどよいところで」

上方衆の真似をする必要はなく袴ばかりでもいいが、もし用意があるなら上に十徳でも羽織ってもらえばありがたい、と言った。あまりのちがいに、手のつけようがないと悟ったようだ。

と言われても、十徳《じっとく》の用意などあるはずがない。そう答えると、またふたりで相談していたが、

「十徳はあとでこちらから送りまするゆえ、なにぶん見苦しくないように頼みまする」

と言って帰っていった。

ふたりが見えなくなったあとで、

「存外、早かったな」

政宗は片倉小十郎に笑いかけた。

「早いということは、よい知らせであろうな」

こちらを討つとなれば、もっと支度が大変で日数がかかるはずだと読んだのだが、小十郎は首をかしげた。

「さて、油断はなさらぬほうがよろしかろうと存ずる。詰問は形だけで、処分はこなたの言い分に拘《かか》わらず決まっていた、とも考えられまするゆえ」

秀吉の決断が早いのは、むしろよくない兆しと見ている。

「時がかかっていれば、前田どのらの意見が効くでしょうが、秀吉だけの考えであれば、遅参が大きく響くかと」

「ふむ」

秀吉の怒りを、前田利家らの政宗に好意的な意見でもおさえ切れなかった、とも考えられるのだ。

「秀吉の前に出たら、もはや弁明もならぬか」

「おそらく。ここは覚悟が要りましょう」

政宗はうなずいた。もとより百騎ほどの小勢で敵地に乗り込んできたのである。死中に活を求める覚悟はできている。

「明日がわが命日となるか。それもよかろう。では装束も、さように支度しておけ」

翌朝未明に起きた政宗は、身支度をするとき、いつものようには髷を結わなかった。背に垂らした髪を水引《みずひき》で止めただけとし、衣装は礼装である袴も肩衣もつけず、白小袖だけにした。

切腹をするための支度、つまり死装束としたのである。

これで秀吉との会見にのぞむつもりだった。もはや抵抗はしないという恭順の意をあらわすと同時に、死をも恐れないという覚悟を示したのである。

それでも小袖の懐に懐剣を入れた。もし名誉の死でなく、無礼なあつかいを受けたら、かなわずとも秀吉と刺し違えるか、あるいは自死か、どちらかを選ぶためだった。

迎えにきた宗薫は政宗の白小袖姿におどろき、

「関白殿下に対して無礼であろう」

と怒鳴ったが、政宗は逆に、

「控えよ。奥州探題の伊達家を見下すな。いつ死を賜ってもいいよう、支度をしておるのじゃ」

と言い返した。宗薫は呆れたように首をふり、

「そこまでせずともよいものを」

と言った。

十徳が施薬院から送られてきたので、供侍に着せると、行列を組んで底倉を出た。

道中、そこかしこに数百から数千といった大軍が駐屯していた。合わせればとんでもない人数になるだろう。秀吉の力をまざまざと見た思いだった。

連れていかれたのは、小田原城の西一里ほどにある山の麓だった。そこは城を築いている最中で、あちこちで大勢の人足がはたらいていた。

城は石垣を積み、櫓を構えた本格的なものだが、なぜか鬱蒼と茂る木々に隠れるように建て

られている。

山上には供の同行がゆるされず、政宗ひとりで宗薫に連れられてのぼっていった。

普請場には秀吉はじめ諸将がつどい、作業を督励しているという。

「それ、そこの幔幕《まんまく》の内でござる」

宗薫が指をさす。先走りの小者が幔幕の内にはいると、浅野弾正が出てきた。政宗の死装束に不審そうな目を向けていたが、宗薫から耳打ちされるとうなずき、

「さ、こなたへまいられい」

と、手招きしてきた。

「御指南、いたみいる」

政宗は堂々と幔幕の中へはいった。

左右に諸将が居ならぶ中、奥の床几に小柄で色黒の男が、竹杖をついてすわっていた。

「これなるは、奥州の伊達左京大夫《さきょうのだいぶ》にてござりまする。御礼言上のためまかり越した旨、申しております る」

と浅野弾正が声をあげた。

「おお、伊達が来たか。こなたへ、こなたへ」

秀吉の声は、体に似合わず大きい。政宗は臆せず足を運びかけたが、はっと気づいて懐の短刀をつかみ出し、横にいた者に投げた。そして秀吉の前にすすむと、膝をついた。秀吉の声が

浴びせられる。

「伊達か。若いな。いくつじゃ」

「二十四にあいなりまする」

政宗が答えると、左右の将たちからほう、と声がもれた。

「お召しにより参上つかまつりました。やむなき理由とはいえ遅参の段、重々お詫び申しあげまする」

「うむ、聞いたわ。それよりよく顔を見せよ」

言われて政宗はぐいと顔をあげた。

秀吉の顔は日焼けして皺が多かったが、目には異常な力があった。一瞬、視線がからみ合ったが、政宗はそれだけで気圧《けお》されるものを感じた。

「なるほど、若いがたいした面がまえじゃ。しかも死装束か」

秀吉は口を開けてかっかと笑った。

「さても愛《う》いやつよ。それにしてもよい時分に来たわ。もう少し遅ければここが」

と言うと、秀吉は手にした竹杖で政宗の首筋をほとほとと叩く。

「あぶなかったわ」

政宗は、叩かれた首筋に熱湯を浴びせられたように感じ、全身からどっと汗が噴き出てきた。

こんなことは生涯で初めてだった。

だが、どうやら紙一重のところで助かったようだ。

「さあ、こなたへ来よ。教えてしんぜるだわ」

秀吉は床几から立つと、幔幕から出て小田原城をのぞむ一角へと政宗をさそった。そして眼下に小田原城を見晴らしながら、城方の構えよう、こちらの軍勢の配りようなどを得々と説明しはじめた。

——このお方は大器者のようだな。

初対面の若者に、上機嫌で陣の配置という軍機を教える秀吉は、自信にあふれていた。なるほどこれほどの器量なら天下も治められよう、と政宗は思った。

その日はそれで終わったが、翌日、ふたたび呼び出されて茶の湯のもてなしを受けた。

じつは一昨日、遅参の詰問をされた際に、ぜひとも高名な千利休に教えを乞いたいと、浅野弾正らに頼んでおいたのである。

その利休の点前《てまえ》で茶を喫しながら、秀吉の話を聞いた。どうやら政宗が茶の湯に興味を示したので、武骨なだけの奥州の野人ではないとされて、秀吉の印象がよくなったらしい。

——別にそんなつもりで頼んだのではないがな。

政宗としては苦笑するしかなかった。

その席で所領の話も出た。

「そなたの旧領は、安堵してやるだわ」

と秀吉は言った。一瞬、歓喜したが、それほど秀吉はあまくなかった。

「しかし会津はいかん。あれはやるわけにいかんぞ。まずはわしの蔵入地《くらいりち》とするゆえ、早々に明け渡せ」

と釘を刺されてしまった。

だが言い換えれば、会津以外の地は安堵してくれるということである。最悪の場合、領地はすべて没収、この身は切腹かとも考えていただけに、まずまず悪い話ではない。

「ありがたき仕合わせ。慎んでお請けいたしまする」

と政宗は頭を下げた。


「とまあ、こうして小田原ではそこそこの首尾でな、会津は取りあげられたものの、ほかの所領はおよそ手つかずで残った。殿は秀吉公から刀など頂戴し、会津に帰ってござった」

伊左衛門は言う。

「しかし会津三郡は秀吉公に明け渡さねばならなかったゆえ、ひと月ほどで殿は会津から米沢城にもどってござった。会津がなくなって二、三年かけた切り取りばたらきが無に帰したのじゃが、まあ仕方なかろうな」

伊左衛門はそこでほう、と息をついた。

「それからは秀吉公の下で上方の大名衆と渡り合うようになる。が、ちと話が長くなりすぎた。

今宵はこれくらいにしておくか」

四

翌五月六日の朝、鉄五郎が母屋に出仕すると、小姓たちのあいだに緊張が走っていた。みな険しい顔をして、無駄口もたたかない。

「殿さまの脈が乱れておるそうじゃ」

わけがわからずにうろうろしていると、先にきていた半兵衛がささやきかけてきた。

「医師があつまって相談しておる。これはおおごとになるかもしれん」

「おおごととは……」

「とにかく人があつまって来よう。表のほうだけならいいが、奥にも来るようになると、警固がむずかしくなる」

そう言って半兵衛は腕を組んだ。奥へ人が来れば小姓が応接にあたらねばならず、その分、見張りの目がゆるんでしまうというのだ。

ふたりがひそひそ話をしているあいだにも、医師がひとり、またひとりと廊下から政宗の寝間へはいってゆく。

「とにかく奥へ踏み込もうとする者がいたら、医師であれ家中の者であれ、遠慮せずに止めよ。

この際、無礼の何のと言ってはおれん」

うなずいて、鉄五郎は役についた。

それでも朝のうちは、医師と身近な者しか出入りはなかった。

政宗は寝床に横になっていた。さすがに気分が悪いらしい。だが気力が衰えたわけではなく、周囲が慣れ親しんだ小姓たちばかりになると、

「まあ、こんなものじゃろうな」

とつぶやいた。

「この歳になっての患いに療治などいらざるものなれど、第一にお若き公方さまがいろいろと念を入れてくださる。一日に二度の上使、大炊どのをつけ置かれての上意は拒むわけにいかぬ。死ぬまでは上意にしたがうつもりじゃ」

それから小さく笑って、

「妻子のこともあるしな。名残り惜しく思われてもいかん。いずれにせよ、わしも世にしたがう身じゃ」

と付け加えた。

――なるほど、まだまだ達者でおられる。

自分の病気と死を笑えるのは、なかなかできないことだと思う。痛々しいと思いつつも、鉄五郎はその落ち着きぶりに感心した。

昼からは二度の上使のほか、大名のお見舞いもあって、政宗も寝ていられない。止める医師をふりきって、裃姿に着替えて御焼火の間で会見をした。夕方まで医者が奥と表とを何度も出入りし、それにともなって小姓や近習たちもあわただしく動く。

鉄五郎は気をつけて奥への人の出入りを見ていたが、顔なじみの者ばかりで、あやしげな者は通らなかった。

「やはり、白昼堂々と忍び込めるものではないでしょう」

いくらか虚しくなって半兵衛に言うと、

「むろんじゃ。しかし油断するな。幕府は何をしてくるかわからんぞ」

とたしなめられた。

油断するつもりはもとよりないが、それにしても正体の見えない敵にそなえるのは骨が折れ、気疲れする。そもそも何を守るのか、その正体が判然としないので、余計に疲れが積もるようだ。

昼すぎから、見慣れぬ侍女がたずねてくるようになっていた。別棟にいる正室、御上さまの使いだった。

おなじ屋敷にいるのに、政宗は江戸にきて以来、まだ御上さまに会っていない。病身の見苦しい姿を見せたくないので、回復してから目見えしたいというのが政宗の言い分だった。

だが今朝、脈が乱れたと聞いて、御上さまがあせったようだ。しかも政宗が色よい返事をしないようで、侍女が二度、三度と行き来している。

夫婦といっても大名の場合は、そのありようが下々の者とはちがう。そういうものだとわかっていても不思議に見える。

政宗の食欲は日々衰えていて、朝に少しの粥を食べると、ほかには一日、何も食べないようになっていた。これで脈が乱れたと聞いては、正室ならずとも心配になるだろう。

ほかに政宗の子供たちからも、使者が来てようすをうかがっていった。政宗は、嫡子以外の子供たちにも、やはり会っていないのだ。遺言がかかわるせいかもしれないが、大名も不便なものだと思う。

そうしてばたばたと時が過ぎ、夕方近くになって今度は幕府から使者がきて、また周囲の者がおどろくような指図を伝えた。

「将軍家も、ずいぶんと細かいお指図をなされたようでな」

と半兵衛が教えてくれた。

「脈が変わったとは、これまでの療治が効いていないと思われたようじゃ。そこで御老中を召し出して、御典医はもちろん、諸大名の医者や名の通った町医者、唐人医者まであつめるよう、お命じなされたそうな。明日にも診察に来させるとのことだ。その上に京都へも、よき医者を駕籠に乗せて江戸まで送るよう、宿送りで申し伝えたそうな」

鉄五郎は、思わず「はあ?」と言ってしまった。

政宗ひとりのために、天下の名医をこぞって送ってくるというのか。

半兵衛も首をひねっている。

「医者も縁のものゆえ、名医でも合う合わないがある。なるべく多くの医者に診せたほうがよいとお考えなのだそうな。将軍家がそこまでお気遣いなさるのはありがたいが……」

果たしてそれが政宗のためになるのかどうか、逆に病が重くなるのではないかと、近くで仕えている者にはもどかしくてならない。

「それに、また見知らぬ者が、どっさりこの屋敷に押し寄せてくるぞ」

となれば控えの部屋も必要になる。

小姓頭の指図で、控えの間に敷物や屛風を運び込み、応接の者を定めるなど、小姓たちは応対の支度に追われた。

そして翌朝、土井大炊頭と酒井讃岐守のふたりが、江戸城に詰める御典医衆をはじめとして、諸大名お抱えの医者、町医者に唐人医者まで、本当に数十名の医者をつれてやってきた。

御焼火の間の上座に土井、酒井の両上使がすわり、その向かいに道三《どうさん》と驢庵のふたりの法印、それから御典医衆、大名お抱えの医者衆、町医者衆と、段々に畳の間をはみ出て縁側まで、多くの医者がところ狭しと居ならんだ。

それだけでなく、お触れにしたがって町医者衆も駆けつけてきて、その数は増える一方だった。表の侍たちはもちろん、小姓たちも応接でおおわらわとなった。

御焼火の間では、無理をして袴をつけて着座した政宗と、同席した忠宗に向かって、土井大炊頭が告げた。

「脈が変わったので、上様が心許なく思し召し、かくのごとく医者をあつめて遣わされ申した。病中お疲れではあろうが、御身のためでもあり、上様のためでもある。まずは心静かに、休み休みでよいから脈を診せなされ。医者たちに診たところを書き出させ、道三と驢庵の両家に吟味させよう。また京都へも早馬で申し送っておるので、医者が駆けつけ次第、遣わすことになる。以上が上意である」

政宗は居住まいをただして答えた。

「これほどねんごろに思し召しくださるとは、ありがたき御上意にござる。甲斐もなく、御用にもたたずして畳の上にて朽ち果てること、無念この上なし。かくなる上は、少しも疲れなどござらぬ」

そしてそのまま両上使が診ている前で、大勢の医者たちに脈をとらせた。

最初に御典医たちが、それが終わると尾張大納言どののお医者、毛利長門守《ながとのかみ》どののお医者と、医者たちは名乗りながら代わる代わる政宗の手をとるのである。

少し休んでから町医者と唐人医者にも脈を診せ、すべて終わってから、ようやく政宗は奥へはいっていった。

そこから、医者たちはすぐに自分の診立てを書き出し、薬の処方まで記して両上使の前においた。

土井大炊頭は道三と驢庵の両家から高弟二、三人を出すよう命じた。何をするのかと思えば、この高弟たちが各医者の書き出したものを開いて、声も高く読みあげるのだ。

見どころありと思われる書面は上使の前におかれ、そうでないものは下げられる。

すべてが終わると、医者たちはいったん小広間へ下げられた。

つづいて高弟たちが判者となって、残った書面を吟味した。そして興味深い診立てをした医者をひとりずつ呼び出し、診立ての理由を聞き、質問を投げかけ、段々と絞り込んでいった。

こうして吟味をつづけた結果、最後に残ったのは道三法印だった。

今後は驢庵でなく道三が薬をさし上げることになるのだ。

廊下にひかえて一部始終を見ていた鉄五郎には、この成り行きがなんとも胡散《うさん》くさく思えて仕方がなかった。こうまでして幕府は何を得たいのかだろうか。

第五章　遠ざかる戦国

一

医師定めの騒動は終わったが、政宗の身辺はまだ静かにならなかった。

夕方、城に引きあげる上使とともに、政宗の嫡男、忠宗が登城し、公方さまにお目見えして御礼を言上したのだが、そのとき公方さまは、

「いまが肝心な時であるから、精を出して看病されよ」

と言って涙を流したという。

これがすぐに屋敷内に漏れ伝わり、近習や小姓ばかりか侍たちまで知るところとなる。

公方さまの御諚というので、非番となった侍たちまで持ち場をはなれず、屋敷内には張り詰めた空気がただようようになった。

「それほど大切に思うなら、静かに養生できるようにするのが一番と思うがな。公方さまのような雲の上のお方が考えることは、われらにはわからん」

半兵衛は醒めたことを言う。たしかに公方さまがなにか指図するたびに、政宗は落ち着いて寝ていられないことになる。政宗は笑い流しているが、内心はどう思っていることか。

夜、鉄五郎は子の刻から政宗の寝室のとなりで不寝番をつとめ、明け方前になって伝助と交替した。そのあいだ政宗の寝息は規則的で、深く寝入っているように見えた。

翌朝のお目覚めはいくらか遅かったが、深く寝たおかげか気分がよく、医師によれば脈ももどっているという。

小姓や近習たちはほっとし、またすぐに吉報としてお城にも伝えられた。

すると屋敷にきた上使から公方さまが、

「今朝は気分がよいとのこと、喜ばしく思う。日《ひ》の本《もと》の武士で心あれば惜しまぬ者はないほどの人物ゆえ、なんとかいまの病から救いたいものである。医師は、道三と驢庵両家の者たちが吟味してはからうように。また江戸中の諸寺社に、快癒の祈禱をするよう命じよ」

とのたまったと伝えられた。

「まことに名誉この上ないお言葉だが……」

これを聞いた半兵衛は、むずかしい顔をしている。

「医師とお札と、両方に気遣いせねばならなくなるな」

半兵衛が心配したとおり、この言葉が伝わると、まず屋敷内の者が三々五々、非番のときに屋敷を抜け出て寺社に祈禱を頼みにゆき、お札やお守りをもって帰ってきた。それが政宗の許に届けられる。たちまち政宗の寝床の横に、お札とお守りが山を築いた。

政宗は、こうしたものが届けられるたびにいちいち頭上におしいただき、感謝の意を捧げた。

「志の御礼は、いずれ本復の上で申しあげねばな」

などと言う。

ご祈禱はありがたいが、寝ていられなくなるのも困ったものだ、と近くで仕える者たちははらはらしたが、政宗の性格ではほうっておけないらしい。

しかも、政宗の病状の深刻さが国許に伝わったとみえて、藩の重役で江戸屋敷まで駆けつけてくる者がぽつぽつと出てきた。

政宗は当然のごとくこうした者を謁見し、感謝の言葉を与えるから、ますます寝ていられなくなる。

——これではいくら警固しても……。

無駄なような気がしてきた。公方さまも家中の者も、よってたかって殿さまの病状を悪くしようとしているとしか思えない。

そう伝助にこぼすと、

「殿さまは、べつに長生きしようと思し召しているわけではなかろう。それよりお家のことを心配されておるのではないか。お亡くなりになったあとも、お家が末永くつづくようにとな。われらが警固するのは、殿さまよりもお家の将来よ」

と模範的な答が返ってきた。

「そりゃそうだけど」

と拗ねてみたくもなる。

「みなお家の将来とか、自分の殿さまへの思いを披露するのに一杯で、殿さまのことはあまり考えていないような気がするな」

殿さまがなんだか可哀想で、同情したくなってきたのだ。そう言うと、伝助は噴き出した。

「おまえごときが同情するとは、僭越な上にあさはかだな」

「なんだと！」

思わず手が出そうになったが、やめた。騒いでいる場合ではない。

「殿さまはな、みなわかっておられる。わかっていて江戸まで来たのだわ。ならば奉公する身としては、殿さまの思いがうまく成就するようつとめるべきだろう」

「まあ、それが理屈だけど」

「だったらぶつぶつ言うな」

そう言って伝助ははなれていった。

時は昼下がり。

上使たちは母屋の控えの間にいて、扇子を口にあてながら小声で話している者もいれば、舟を漕いでいる者もいる。朝の病状を城に伝えてしまうと、することがないのだ。

来客も、国許から馳せ参じた者も途絶えて、屋敷は束の間、静かになっている。

鉄五郎はほかの小姓とともに、控えの間の世話をするよう命じられたので、入り口の外に端座して声がかかるのを待ちつつ、奥へ入る者がないかと見張っていた。

殿さまは、屋敷の母屋とは別棟の御小書院《おこしょいん》にいる。いまは寝ており、側仕えの侍女から、奥へ人を入れぬように、と命じられていた。

道三法印の薬が効いたのか、殿さまはこのところいくらか元気をとりもどしている。だから幾人もの目見えができるのだが、腹のふくらみや顔色の悪さは変わらないので、病が回復に向かっているわけではないようだ。その証拠に、朝方は元気でも昼のいまごろは奥にこもってしまう。

そこへ衣擦れの音がした。廊下を侍女がふたりこちらへ向かってきて、御小書院へ向かおうとする。

「ただいま殿さまはお休みなされておりますれば、奥へは通れませせぬ」

と止めると、

「御上さまの使いじゃ。通してたもれ」

と言う。正室の御上さまは別棟に暮らしているが、政宗が見苦しい姿を見せたくないと面会を拒むので、まだ一度も見舞いをしていない。

「近ごろ殿さまは御気色よろしく、家来衆にも会われているとのこと。そろそろお見舞いもゆるされるのではと、御上さまは待っておりまず。このこと、ぜひお伝えしたいのじゃ」

ならばと、鉄五郎は侍女を待たせて奥へ入り、そこにいた中《なか》という老侍女に用向きを告げた。

「殿さまはいま御寝《ぎょしん》の最中なれば、静かにこちらへ来るように伝えなされ。お目覚めになるのを待ち、ご披露いたしましょう」

中はゆったりと請け合ってくれた。

鉄五郎はこの中という侍女が好きだった。奥勤めの侍女にありがちな権高さがないし、頼んだことはきちんとやってくれる。緊張を強いられる奥では、頼もしい味方だった。

御上さまの侍女を奥へ通したが、しばらくしてむずかしい顔で出てきた。どうやらお見舞いはまたゆるされなかったらしい。

御上さまと会うとき、政宗はあたかも主君に対面するときのように、威儀をととのえて出向いてゆく。御上さまが坂上田村麻呂《さかのうえのたむらまろ》――その昔、征夷大将軍として蝦夷を討ち、奥州を平定した稀代の武人――の子孫だからという理由で、尊崇の対象にしているのだ。

それがいまは、御上さまの見舞いを阻む壁になっているらしい。

不思議な夫婦仲だと思うが、家来が口出しするものでもない。

昼寝から目覚めた政宗は、上使に面会して、気分はよいと告げたようだった。上使たちは夕刻前に帰っていった。

先行きはまったくわからないが、政宗の病状が安定したので、屋敷の内にもほっとした空気が流れている。

夕刻になって、鉄五郎と伝助は非番となった。

「おい、利八郎を知らぬか」

控えの間から出ようとすると、表から入ってきた半兵衛に問われた。

「いえ、こちらでは見かけませんでした」

利八郎は鉄五郎よりひとつ年上の小姓である。上背はあるが痩せぎすで、顔中ににきびを作っている。今朝はおなじ組で当番となっていて、表と奥の連絡役をつとめていた。

「おかしいな。どこへいった」

半兵衛は首をひねりながら行ってしまった。

「利八郎か。朝方は表にいたがな」

伝助が言う。

「台所でなにか盗み食いでもしているのじゃないか」

と笑い飛ばして母屋を出た。当番と非番が交互にくるので、小姓が自分の当番を忘れてしまい、詰めるべき部屋に姿が見えなくて小姓頭があわてるのは珍しくない。

ともあれ、こちらは朝までは自由だ。

「さて、じいさんの話を聞くか」

伝助と言い合わせて、伊左衛門のいる長屋へと足を向けた。

二

またお話をうかがいに参りました、いろいろお教えくだされ、と頭を下げると、伊左衛門はうなずき、

「お家の成り立ちを学ぼうとは殊勝なことじゃ。そなたたちには、小田原陣まで話したのじゃったかな」

と機嫌よくたずねる。さようでござると答えると、

「ならばつぎは葛西《かさい》・大崎《おおさき》の陣かの。まだもう少し、血生臭い話がつづくぞ」

と言う。

勝手を知った部屋なので、ふたりは円座をもちだし、伊左衛門の前にすわった。

「ええと、会津をへて米沢にもどってきたのは七月半ばであったな。わしらはひと足先にもどっていて、殿さまの一行を迎えた。夕刻近くに城に着かれて、蜩《ひぐらし》の鳴き声が聞こえる中、門をくぐったものじゃ」

伊左衛門は当時を思い出すように、しばらくのあいだ目を閉じた。

「どことなくうらぶれた風情であったのは、会津をとりあげられたと知った目で見ていたせいかの。不満を言う馬鹿者どもが、家中にもけっこういたわい。国許に残っていた者たちは、上

方勢のおそろしさを知らなかったからのう」

米沢にもどった政宗は、ざわめく家中に今回の首尾を説明し、今後は秀吉の下で大名として生き抜いていくことを納得させねばならなかった。そのうえで、会津三郡に所領をもつ者を残った領内のどこに配置するか、いそいで手当する必要があった。

だが秀吉はそんな事情に頓着せず、配下になったばかりの政宗をこき使った。

政宗はまず、白河から会津までの道と橋の普請を命じられた。

小田原城を落とし、関東の覇権を確かなものにした秀吉は、つづいて奥羽をも支配下に置こうとしたのである。そのために遣わす大軍が通れるよう、道普請が必要だったのだ。

そうしているうちに、すぐに政宗みずから宇都宮に出頭せよとの下知がきた。

政宗は米沢に十日あまりいただけで、宇都宮に向かわねばならなかった。

同時に妻子を京へやることにした。

人質である。

考える暇もなく、政宗は秀吉の支配下に組み込まれていった。

「関白秀吉公が殿さまを宇都宮に呼びつけたのはな、奥羽の国分けをするためじゃて。なにしろ伊達家は奥州探題の家じゃでの、殿さまの言うことを参考にせずば、国分けもできぬと思われたのよ」

宇都宮には同時に最上家も呼ばれていた。最上家は羽州《うしゅう》探題の家であるから、両家の意見をきいて奥羽の大名を色分けしようとしたのである。

宇都宮で両者の意見を聞いた秀吉は、いくつかの家に所領安堵を言い渡した。その後も北上をつづけ、八月に会津にはいると、そこですべての奥羽の国分けを発表した。

「国分けと申すが、これがまた罪作りなものでの」

伊左衛門はしみじみとした口調になった。

「それまでに秀吉公の許へきて、臣従を誓った大名は領地を安堵し、こなかった者は領地を取りあげたのじゃ。取りあげられたのは、大崎、葛西、石川、白河といった、古くからその地に根を張る家ばかりじゃった。そして取りあげた領地は、秀吉公配下の上方の衆に与えられた。まあ、取りあげられた家中の者たちは、とても納得できなかったじゃろうな」

納得できなくても、秀吉に遠慮はない。小田原城を落とした大軍勢をあとに控えさせ、新たに領主となった者が城を受けとりに入ってくる。

政宗さえ頭を下げた秀吉の指図である。ほかの弱小大名たちが逆らえるはずがない。城を受けとりに出向いた政宗らの軍勢とのあいだで小さな合戦もあったが、結局はみな城を明け渡し、野に下った。

「しかもな、国分けだけではない。秀吉公は国分けの指図におっかぶせるように、検地をも命じた。新しい領地のどこにどれだけ田畑があるのか、調べるために検地をするのは、いくさに勝った大名の常道じゃが、これがまた危ない策でもあってな」

ふつうは新しい領地を検地するにしても、しばらく間をおいて人心の動揺がおさまるのを待ち、肝心の田畑の広さも直に測ったりはせず、「指出《さしだし》」といって持ち主の申し出ですませるものだった。

「だがな、秀吉公はちがった。上方流の、細部までことごとく決まった流儀を押しつけてきたのじゃ」

それまで奥羽各地の年貢の取り方は、だれそれの持ち分は何貫文、よって年貢はこれこれ、と大まかに決まっていただけだったのを、村にある屋敷、田、畑を一筆ごとに書き出し、それぞれに貫高を決めて年貢をかける、といった風に変えたのである。

「これはいまのやり方とおなじじゃから、そなたらはなぜ困るのか不思議に思うじゃろうが、実は大きなちがいがあってな、こうして年貢をとると、地侍どものいる場所がなくなるのよ」

地侍は、平素は村で下人たちを使って自分の田畑の耕作にあたり、いざ合戦となると大名衆に召されて侍として出陣する。そうした者たちが領主と百姓の中間にあって、百姓から年貢をとりあつめて領主に納めていた。

地侍は年貢のほかにも百姓から産物を納めさせたり、夫役《ぶえき》として百姓をはたらかせたりしていたが、秀吉の検地ではこうした地侍の役割と得分を無視し、領主が百姓から直に年貢をとるように仕向けた。そして地侍は自分の領地をはなれて領主の城下町に住むようもとめられ、百姓との絆は断ち切られることになるのである。

「な、大きなちがいじゃろ」

伊左衛門は、わかったかというように鉄五郎らを見た。鉄五郎はうなずいた。

「これが、領地を安堵された大名の地侍たちなら、まだいい。城下に住むとしても、領地はそのままじゃでな。しかし領地を安堵されなかった大名の地侍たちには、たまったものではないぞ。領地を失ったばかりか、それまで百姓たちから受けとっていた産物も、百姓をこき使うこともできなくなり、逆に年貢を納めねばならなくなるのじゃからな。不満に思うのも無理はないわい」

「そういうことは、秀吉公はわかっていなかったのでしょうか」

伝助が問うた。

「上方で検地を重ねてきたのなら、地侍たちが検地に対してどう動くか、わかっているようなものですが」

「さて、どうじゃろな」

伊左衛門はちらりと唇をゆがめた。

「わかっていたのかもしれん。いや、おそらくわかっていたじゃろうな。承知の上で無理難題をふっかけたとも思えるな。それが証拠に、秀吉公より大名衆への下知に、『もし逆らう者があれば、一村ことごとく撫で斬りにしても苦しからず』とあったからな」

検地に逆らう者は許さない、一村を皆殺しにしても検地はおこなう、という断固たる態度で、秀吉は奥羽の地にのぞんだのである。

「で、まことに撫で斬りになった村はあったのでしょうか」

鉄五郎はたずねた。

「まあそう急ぐな。順を追って話さねば、そなたらもわからぬじゃろ」

伊左衛門はやわらかく鉄五郎をさとすと、話をつづけた。

「まずな、秀吉公から奥羽の総取締りを命じられたのは蒲生氏郷《がもううじさと》といってな、近江の出で秀吉公の下で武功を積んだ者じゃった」

当時、伊勢国で十二万石ほどを領する大名だという。

「三十路《みそじ》も半ばで、殿さまよりも十歳も年上であったか。のちに殿さまとは角突き合わせることになるが、はじめのうちは諍いもなく、いっしょに葛西や大崎の城を受けとりに出向いたものよ」

蒲生氏郷は会津黒川の城にはいり、そこを奥羽支配の拠点とした。このときの所領は四十二万石。伊勢の十二万石から一挙に三倍以上にふえたのである。

「もうひとり、秀吉公から奥羽支配につけられたのは木村吉清《きむらよしきよ》と申す者でな、あれで五十年輩じゃったか。これがなんとも人騒がせな御仁でな、のちの葛西、大崎の大騒動の元を作ったのじゃ」

木村吉清はもともと丹波亀山《たんばかめやま》の城主、内藤如庵《じょあん》の家臣だったが、如庵が城を追われてからは摂津《せっつ》の荒木村重《むらしげ》や明智光秀に仕え、本能寺の変ののち秀吉の配下に転じたとされる。

秀吉の下で検地奉行をして、その手際のよさを認められていた。また奥州への遠征に同行して、子の清久《きよひさ》が会津黒川城の受けとりをそつなくこなし、吉清も政宗と折衝を繰り返した功をみとめられて一躍、葛西・大崎家の旧領およそ三十万石を与えられたのである。それまでの所領が五千石というから、大抜擢である。

「五千石の者がいきなり三十万石に！」

伝助はおどろいている。鉄五郎も目を瞠った。

「誰もがおどろくわな。ま、そういうことをするのが秀吉公らしいところじゃ。大器者といえば秀吉公を置いてはほかにあるまい」

「でも……、うまくいかなかったのでしょう?」

「ああ、そのとおり。ひどいことになった」

「それでは秀吉公の指図がまちがっておったのですな」

「さよう。まちがっておった。しかしな、本当にまちがいだったかどうか、いまでもわからぬ。あるいは秀吉公がわざとしたことかもしれぬ」

「わざと?　どういうことでしょうか」

鉄五郎が問うと、伊左衛門はにやりと笑った。

「わざと、と申すのはな、ひどいことになったがゆえに、秀吉公の思うとおりに物事が進んだからじゃ」

伊左衛門は言うが、鉄五郎らは首をひねるばかりだ。

「ま、もう少し聞けばわかるじゃろ」

伊左衛門はひとつ咳払いをすると、ふたたび話しはじめた。

三

「葛西・大崎の地は、みなもよく知っていよう。仙台の北にある。そのころの数え方では、郡の数は十二にのぼる。大崎五郡、葛西七郡じゃな」

伊左衛門の言葉に、伝助はうなずいた。鉄五郎はよくわからないが、国許の者には当たり前の話なのだろう。

「ここに木村吉清と晴久の父子がはいり、領主として振る舞いはじめたのが九月のことじゃ。逆らう者は討ってその地を追い、検地と刀狩りもあらかた済んでおったが、まだまだよそ者を領主と仰ぐことに不満を持つ者は多くての。そこへ木村父子は遠慮なく課役を申しつけたものじゃから、一揆の火の手があがってしもうた」

一揆のきっかけとなったのは、伝馬役《てんま》——街道筋の村ごとに馬を何頭、人足を何人と決めて、領主のために荷運びをする課役——である。

検地によって年貢がふえたところに、木村吉清の家臣が村の実情もよくわからぬまま、多数の馬と人足を徴発しようとしたため、怒った村の百姓たちが拒んだ。するとと木村の家臣たちはこれを曲事《くせごと》と見なし、逆らった者を捕らえて有無をいわさず首をはねたのである。

村の百姓といっても、少し前までは大崎家に仕える地侍だった者たちも混じっている。仲間を殺されてだまってはいない。隠し持っていた刀や槍をとりだし、木村家の家臣たちに襲いかかった。

さながら合戦のようになったが、人数に勝る木村家が百姓たちを圧倒し、逆らった者三十人あまりを捕らえて磔にしてしまった。

このことはたちまち一帯に伝わった。すると領地を取りあげられて不満を募らせていた葛西家や大崎家の旧臣たちが、怒り狂ってほうぼうで蜂起したのである。

「なにしろ木村吉清の家来というのが、ひどいものでな」

伊左衛門は顔をしかめた。

「もともと五千石の身代なのに三十万石の地を治めねばならんというので、上方で新たに家来を召し抱えたのじゃが、なにしろ急いで多くの者を召し抱えたゆえ、まともな侍などおらぬ。五人、十人しか郎党のおらぬ侍を城持ちにし、中間・小者を侍に仕立て上げ、金掘り、船頭、馬追いなどを足軽にするありさまじゃ。領主や侍としての作法も知らず、百姓を撫育する気などさらさらない」

そうした者たちが豊臣家の威光を嵩にきて、百姓たちのみならず葛西、大崎の旧臣たちからも、年貢と称して押し込み強盗同然に米や銭を責めとるばかりか、下女下人も強奪したのだから、その地の者はたまらない。一揆が起こるのも無理はなかった。

「最初に伝馬役で騒動が起きたのは中新田《なかにいだ》じゃが、ついで胆沢《いさわ》、気仙《けせん》、磐井《いわい》のあたりに一揆が起きた。木村父子の領地では北の方じゃな。そこで一揆をどうおさめるか相談するために、せがれの木村晴久が父親の城に相談に出向いた。せがれは古川の城に、父親のほうは登米《とめ》の城におったので、父親が呼んだのじゃろな」

ところが晴久が出かけているあいだに領地の南でも一揆が起き、古川城が一揆勢に囲まれてしまった。

こうなっては打ち合わせどころではない。

晴久はあわてて古川城へもどろうとした。ところがその帰途に、今度は登米の周辺に一揆が起きる。晴久一行は領内を通行できず、登米城の西にある佐沼《さぬま》城に閉じこめられてしまった。

急を聞いた父の吉清が救援に駆けつけたが、逆に一揆勢に追われ、佐沼城へ逃げ込むありさまだった。

このとき留守となった登米、古川の城は一揆勢に攻められ、留守居の家臣たちは皆殺しの目にあった。助かったのは小者ばかりで、それも裸に剝かれて追い出されたので、蓆《むしろ》や菰《こも》に身をかくして逃げ出したという。

もと五千石の、急拵えの大名の兵力では、地侍が中心の一揆勢にかなわなかったのである。

一揆勢に囲まれた木村父子は、奥羽の総取締り役である蒲生氏郷に救援を願うしかなかった。氏郷のいた会津に早馬が走った。

「さて、ここで殿さまの出番となる。秀吉公はもし奥羽に一揆が起きたなら、伊達家を先鋒として出馬させよと命じておったのじゃ」

「秀吉公は、奥羽に一揆が起きると見ておられたのですか」

鉄五郎は思わず質問した。

「さよう。そういうことになるな」

伊左衛門はうなずいた。

「やはり五千石の木村父子では、一揆が起きるとわかっていたのでしょうか」

伝助も口をはさんだ。

「おそらくな。千軍万馬の秀吉公じゃ。侍や百姓の胸の内はお見通しじゃったろ」

伊左衛門は言う。

「あるじをすげ替えた上に検地と刀狩りで押さえ込めば、不満はたまる一方じゃ。いつかは破裂してしまうと見ておったにちがいないわ。だから最初は軽く吹き飛ぶような者を上に置いた。そのほうが不満が破裂したとき、怪我が小さくてすむのでな」

「それで、秀吉公はわざとまちがえてみせた、と仰せだったのですね」

伝助の言葉に、伊左衛門はうなずいた。

「ま、真相はわからぬ。わしがそう考えているだけかもしれぬ。悪く疑えばそうも考えられるということだけでな」

「いや、でもよくわかります。そう考えると、五千石の者がいきなり三十万石を得たのも不思議ではなくなります」

「まあな。しかしな、それだけではない。この話はもっと込み入っておる。まあ聞け」

会津の蒲生氏郷から米沢の政宗へ、一揆の発生と鎮圧のための出馬命令が伝えられたのは、十月も末のことである。ほぼ同時に白河にいた秀吉の重臣、浅野弾正からも使者が政宗のところへ来て、一揆への出馬を催促された。

政宗は先鋒を出馬させ、ついで自身も大軍をひきいて出馬した。蒲生氏郷は十一月朔日に出馬することになっていた。

そのころから雪が降ってきた。それも大雪である。数日降り止まず、積もった雪が人の背丈を超えるほどになった。

これで蒲生勢の進発が遅れた。元来、雪の少ない近江の出身で大雪に慣れていない蒲生勢は、領内の百姓に命じて雪を踏ませて道を作り、その上に蓆を敷いて、ようやく軍勢を動かすようなありさまだったのである。

政宗は、まずは宮城郡の利府《りふ》に到着し、そこで蒲生勢を待った。

雪に悩まされた蒲生勢は、十日ほどもかけてようやく到着。政宗と蒲生氏郷は軍議を行い、十六日からいっせいに一揆討伐に進撃することになった。

ところが蒲生勢は十六日を待たずに進発し、葛西領の中ほどにある名生《みょう》という城にはいった。

それだけでなく、そこの堀を深くし土塁を掻きあげ、動かなくなってしまった。

政宗は氏郷のこうした動きを不審に思ったが、ともあれ命じられたとおりに先鋒のはたらきをするべく、松山、中目《なかのめ》といった一揆勢の小城を攻め落とし、木村父子が籠もっている佐沼城へ近づく。

佐沼城は一揆勢に取り巻かれていたが、伊達勢が姿を見せると一揆勢は退散していったので、木村父子を救い出すことができた。

ふたりを氏郷のいる名生城へ送り届けると、政宗はふたたび進軍をはじめる。

高清水《たかしみず》という、そのあたりでは大きな城へ軍勢を寄せると、城兵はたまらず退散したので、まずは城に軍勢を入れ、人馬を休めた。冬場、雪が降る中での行軍は、いくら寒さに慣れている伊達勢といえど厳しいものがあったのである。

「ところがじゃ。ここでとんでもない話が飛び込んできた」

伊左衛門はいきなり声を大にした。

「なんと、家中の須田伯耆《すだほうき》という者が、今度の一揆には政宗が内通しており、蒲生どのを討ち果たそうとしている、と蒲生陣に駆け入って訴えたのじゃ。それで蒲生どのは、一揆勢と伊達勢に挟み撃ちされてはかなわぬと思い、名生城に籠もったという内実が、わが陣に漏れてきたのじゃ」

「わが殿が一揆に内通ですか。それはまた、おもしろい話で」

伝助が茶々を入れる。

「いや、殿さまならやりかねぬのではないかな」

鉄五郎は首をかしげた。伝助がきっとにらみつける。

「馬鹿な。一揆に加担してなにか利があるというのか」

「殿さまは、秀吉公の下につくのが我慢ならなかったのでは。小田原では頭を下げたものの、奥羽では勝手にさせぬと思し召して、ひそかに蒲生どのを討ってしまおうとなされたのではないか」

「蒲生どのを討てば、殿さまは秀吉公に討たれてしまう。それくらいのことがわからぬはずがない」

「でも、殿さまなら……」

と言って、鉄五郎は詰まってしまった。自分でも何を言いたいのかわからない。

「まあな、どちらの言うこともわかるぞ。尋常ならば殿さまが一揆に加担するはずはないが、あの奔放不羈《ほんぽうふき》な性格ならやりかねぬようにも思える」

伊左衛門はにこにこしている。

「実際はどうだったのですか。濡れ衣《ぎぬ》だったのでしょう」

伝助が伊左衛門にたずねる。

「それがな、なかなかむつかしゅうてな」

伊左衛門は素直に答えない。

「須田伯耆は、ただ口先だけで殿さまの内通を告げただけではない。殿さまが一揆勢に与えた書状をもっておった。それも写しなどではない。殿さまの花押《かおう》のある、本物じゃ。それを見て、蒲生どのも須田伯耆の言うことを信じざるを得なくなったわけじゃ」

「花押のある書状……」

伝助はおどろいたようだ。そんな証拠があるとすれば、蒲生どのもあわてるだろう。

「でも、花押はまねて書くこともできるから、殿さまの書状とは決められないのでは」

「そうじゃの」

伝助に向かって伊左衛門はうなずいた。

「そなたの言うとおり、花押があったからといって、本物の書状とは限らぬ」

「その、須田伯耆というのは何者ですか」

鉄五郎はたずねた。

「昔からの家臣でな、輝宗公が亡くなったみぎり、伯耆の父が殉死しておる。しかし殿さまからは格別の褒賞がなかったので、それを恨みに思って殿さまを裏切ったようじゃの」

「ますます信用できませぬ」

伝助は憤慨している。伊左衛門は微笑みながら話をつづけた。

「須田の訴えがあったとはいえ、殿さまは実際に一揆勢を討ち、木村父子を救っておる。その木村父子が蒲生どのに、伊達勢は信用できると説いたらしいの。数日して、蒲生どのも疑いを解いた。で、わだかまりを解くために、たがいに起請文をかわした。蒲生どのは、殿さまの手柄を秀吉公に伝え、葛西・大崎の地が与えられるようにとりなすと誓い、殿さまは今後とも蒲生どのに別心表裏ないことを誓ったのじゃ」

「なんだ、大したことはなかったのですね」

伝助はほっとしたように言う。

「はは、まあそうあわてるな。まだこれでは終わらぬ。最初に言うたじゃろ。この話は込み入っておると」

軽く伝助をたしなめておいて、伊左衛門はつづけた。

政宗は高清水城に半月ほど滞在して、一揆勢を追い払ったあとの始末をつけると、蒲生氏郷に人質として叔父の国分盛重《こくぶもりしげ》と伊達成実を渡し、陣を払って帰国した。米沢に着いたのは年が明けた一月九日である。

その直後、京から容易ならぬ書状がとどいた。

和久宗是《わくそうぜ》という秀吉の近臣で、政宗が多大な金銀を渡して、秀吉とのあいだの取り持ちを頼んでいた者からの注進である。

それによると、氏郷から秀吉へ、政宗の裏切りを告げる書状が届いていたという。須田伯耆の駆け込みも、秀吉の知るところとなっていたらしい。

さらには、人質として京にいる政宗の夫人がにせものであるとか、一揆勢の立て籠もる城には政宗の幟《のぼり》や旗がかかげられ、政宗の鉄砲衆が配備されている、などといったうわさも飛んでいると記されてあった。

「奥州の地では片づいた話が、京では尾ひれがついて何倍にも大きくなって、一人歩きをはじめていたのじゃ。和久どのは、一刻も早く上洛して潔白を示すのが身のためであると、すすめておった」

和久宗是だけでなく、徳川家康も秀吉の重臣としての立場から、政宗に上洛をすすめてきた。

しかし、まだ一揆勢を完全に討伐したわけではない。政宗は上洛のすすめを無視し、再度出馬の支度にとりかかっていた。

「なぜ殿さまは上洛しようとしなかったのですか。濡れ衣をはらすのによい機会だったでしょうに」

伝助が食い下がる。

「ひとつには、弁明のためにわざわざ遠路をのぼるのが業腹《ごうはら》だったのじゃろうな。まるで命乞いに行くようなものじゃからな。もうひとつは、口先で弁明するより、一揆勢を討ち平らげてしまうほうが早いと思ったのじゃろ」

と答えてから、伊左衛門はにやりと笑った。

「とまあ、国許では言われておるがな、じつは殿さまとしても、京へは行きたくなかったのじゃろ。誰しも自分のしたことの弁明などしたくないわい。しかも、それがうそをつくことになるのではな」

伝助が目を剝いた。

「うそとは……、殿さまは、一揆勢と通じていたのですか」

「まあな」

伊左衛門はこともなげに言う。

「といっても、蒲生どのを討とうとしていたわけではない。木村父子を領主の座から下ろせば十分と考えておられた。それは一揆勢からの望みでもあったしな」

「殿さまが、そんなうしろ暗いはかりごとを……」

「まあ聞け。なにも殿さまが私利私欲ばかりでなされたことではない。一揆勢から頼まれたのじゃ」

「頼まれた？　どういうことですか」

今度は鉄五郎が声をあげた。

「いや、葛西・大崎の者どもはかわいそうなものでな、先に話したとおり、木村父子が引きつれてきた上方のごろつきどもに、いいように年貢を責めとられ、それればかりか下男下女まで奪われる。少し前まで侍であった者なのに、誇りもなにもあったものではない。とにかく木村父子の下から逃れたい一心であったろう。そこでじゃ」

伊左衛門は声を張りあげた。

「殿さまに助けをもとめられた。しかし殿さまとしても、秀吉公の決められた領主に口出しするわけにはいかぬ。そこで考えついたのが、一揆を起こして国を乱れさせることじゃ。一揆を木村父子が鎮められなければ、秀吉公とてそんな者に国を預けられぬと考え直すじゃろう」

「そして一揆を殿さまが討ち収めて、ついでに葛西・大崎の地もいただければ万々歳、というわけですね」

鉄五郎が言うと、伊左衛門から軽くにらまれた。

「そうあからさまに言うでないわ。たしかに殿さまは葛西・大崎の地をのぞんでおられた。秀吉公が小田原まで出てこなければ、おそらく一、二年のうちに攻めとっておったであろうしな」

「ということは、京でのうわさは半分はまことであったのですか」

「ま、さようじゃな。そうでなければ、出陣して数日のうちにいくつもの城を落とせるわけがなかろう。われらも一揆勢に鉄砲を撃つときは、弾をこめず空砲を撃ったものじゃ。さように指示されておったでな」

「ははあ、上方の者たちに一杯食わせようとしたのですな」

伝助は膝をたたいた。

「一杯食わせようとまで考えていたかどうかは知らぬが、上方の者への反感は当然、あったじゃろ。ある日突然にわが庭へ踏み込んできて、主人面をするのじゃからな」

伊左衛門は淡々と言うが、当時、奥羽の人々の気分はもっと荒《すさ》んでいたにちがいないと、鉄五郎は想像した。

「そのたくらみが、思わぬところからほころびかけたのじゃ。すべてが露見しないうちに、とにかく早く一揆を収めてしまおうとして、上洛より討伐を急いだ。しかしそこへ秀吉公から朱印状がとどいた。一揆討伐を後まわしにしても上洛せよとの命令じゃ。殿さまはやむを得ず上洛することにした」

蒲生氏郷からの連絡は、京でかなりの騒ぎを引き起こしたと見えて、秀吉の側近、石田三成が相馬までわざわざ出張ってきていた。

その三成の話では、氏郷を助けるために徳川家康と豊臣秀次が出陣する寸前だったという。木村父子から説得された氏郷が、政宗が一揆に通じているという先の書状はまちがいであったと京に一報したので、沙汰やみになったとのことだった。

政宗は、あやうく征伐されるところだったのである。

「殿さまも、少々おどろいたようじゃった。京から知らせをよこした和久宗是の書状には、秀吉公は『政宗にかぎって別心はあるまじく』と殿さまのことを信じておるように書かれてあったでの、そこまで深刻なことになっておるとは、ついぞ思わなんだのじゃ」

「それでは、上洛しては身が危ないように思えますが」

伝助が言う。伊左衛門は答えた。

「ああ、誰でもそう考えるじゃろうな。殿さまもいくらかためらわれたようじゃ。その証拠に、秀吉公の朱印状がきてもすぐに出立するのでなく、十日以上も米沢にとどまっておったでの。じゃが、殿さまは凡人ではない。そのあいだに奇抜なことを考えつかれておった。なんだと思う？」

伊左衛門は鉄五郎を見た。鉄五郎は首をふった。

「わかりません。余人が思いつかぬようなことですか」

「さよう。おそらくこんなことをしたのは、殿さまだけじゃろ。唐天竺《からてんじく》にもためしのないことじゃ」

伊左衛門は目尻を下げ、唇の端をゆがめながらつづけた。

「殿さまはな、一月の末に米沢を出立して京へ向かった。春とはいえ、まだところどころに雪も残っておる。わしもお供したが、峠には新雪が積もっておるところもあって、越えるのに苦労したぞ。信夫の大森まで出るのに二日かかった。しかも材木などかついでおったからな」

「材木を？　それはまたどうして」

鉄五郎は思わずたずねた。伝助はなにか思い出したのか、ああ、と声を出した。

「はは、そなたは聞いておるかな。ともあれ三十余騎の供侍をしたがえた殿さまは、米沢を出て街道を西へすすんだ。京まではおよそひと月の道のりじゃ」

あの年は閏《うるう》一月があったので、京へはいったのは二月の初めのころだったという。

「ああ、その前に尾張で秀吉公に会ったな。たまたま鷹狩りに来ていたというので、御礼申しあげてから京へ向かった」

伊左衛門はなにかを思い出すように、視線を宙に泳がせながら語る。

「一行は粟田口《あわたぐち》をはいって三条通をすすんだのじゃが、その前の山道で少し細工しておってな、米沢から持ちこんだ材木を組み立てて磔柱《はりつけばしら》となし、そこに金箔を張ったのじゃ」

「金の磔柱でしょうか」

おどろく鉄五郎に、伝助がうなずく。

「父から聞いたことがある。殿さまはあのころから派手好きだったと」

「そのとおりじゃ。わが殿さまは派手好きで、また奇抜なものもお好きじゃ。だからこそ目がはなせぬ」

いたずらを語る子どものように、伊左衛門の顔が紅潮する。

「さて三条通では、まばゆく輝く金の磔柱を行列の先頭に押し立て、そのあとに三十余騎がつづく。馬上の殿さまは髷を解いて髪を水引でむすび、着ているのは白小袖という死装束じゃ。つまり死は覚悟の上での上洛ということじゃの。京では殿さまが謀叛を起こしたとのうわさが流れておったから、それを逆手にとって、おのれの名を広めようという魂胆じゃな」

鉄五郎は思わず吹き出した。なんと大胆で、なんと洒落ているのだろうか。

「殿さまは先に小田原へ出向いたときも、死装束で秀吉公の前に出たのではありませぬか」

「さよう。二度目よ。だから金の磔柱を付け加えたのじゃろうな。おなじことでは、またかと蔑《さげす》まれるだけじゃでの」

「殿さまも苦労なさいますな」

伝助がしたり顔で言う。伊左衛門がうなずく。

「殿さまもいまは落ち着いておられるが、あのころはまだ二十歳そこそこ、いまのそなたらとあまり変わらぬ年ごろじゃ。やんちゃであられたのよ。しかしな、そなたらとちがって、殿さまは智恵もお持ちじゃ」

むっとするふたりを面白そうに眺めながら、伊左衛門はつづけた。

「京では妙覚寺に宿をとったな。そして聚楽第《じゅらくだい》に召された。聚楽第はあれから数年で取り壊されてしもうて、いまはもうないがの、京の町の西にあって、濠と石垣に囲まれた城じゃ。なにしろ秀吉公の御座所じゃでの、建物のあちこちに金箔が張ってあって、それは豪華なものじゃった」

呼ばれた政宗は、聚楽第本丸にある大広間に導き入れられた。

左右には、秀吉側近の大名衆が居ならんでいる。政宗より先にもどっていた浅野弾正、それに少しあとに帰洛した蒲生氏郷も顔を出していた。

政宗は座の中央にすわらされた。これから政宗の容疑を糾弾しようという形である。

「殿さまはのう、覚悟を決めておられたと申すな」

伊左衛門は淡々と言う。

「もちろん謀叛などは考えておらなんだが、一揆をあおりたてて木村父子を襲わせ、葛西・大崎の地から追い出して、おのれの所領をひろげようとしたのは隠しようがない。いくら申し開きをしても、わかるものはわかる。それを咎《とが》とされると、重ければそれこそ切腹、軽くとも奥羽から四国九州へ領地替えを命じられよう。とまあ、そこまでは覚悟しておったと、のちに述懐しておられたものよ」

そう言って伊左衛門は咳払いをした。

四

政宗がじっと大広間で待っていると、正面上段の間に秀吉が出てきて、査問がはじまった。

「政宗よ、なぜそのほうを呼び出したかはわかっておるな」

秀吉は、座につくやいなや口を開いた。
「葛西・大崎の地で一揆を起こし、伊勢守《いせのかみ》（木村吉清）を追い出そうとした疑いがかかってお
る。氏郷が申し立ててきて、証人と証拠もそろっておるわ。細かく言わずとも、すでにそなた
にも伝わっておろう。まずはそのほうの言い分を聞くだわ。さあ、なんと申し開きする」
大名衆をさしおいて、秀吉がみずから政宗に迫る。
政宗はまず平伏したが、ゆっくりと顔をあげると、背筋を伸ばし、傲然と言い放った。
「まったく身に憶えのないことにござりまする」
これには大名衆がざわついた。中には失笑する者や、聞こえよがしに舌打ちする者もいた。
「身に憶えがないと申すか。されば証人と証拠の書状、あれはなんじゃ」
秀吉の問いに、政宗は答えた。
「須田伯耆と申す者は、幼少のみぎりよりわが側近く使うて、ときには右筆《ゆうひつ》を申しつけてござ
る。父親がわが父が亡くなったとき、追い腹を切ったにもかかわらず褒賞がなかったとて恨み
に思い、謀判《ぼうはん》をつかまつったようにござる」
「謀判と申すか」
「しかり。右筆の立場をよいことに、わが花押をまねて書いたにちがいなし」
これを聞いた大名衆から、「無理な言い訳じゃ」「とてもまこととは思えぬ」との声があがっ
た。

「政宗よ、それは通らぬぞ。すでに書状の実検は終わっておる。そなたの出したほかの書状の花押と、寸分たがわぬと見極めがついておる」

秀吉は決めつける。だが政宗はあわてない。

「さればその書状をお見せくだされ」

と乞うて、小姓がもってきた書状をとくと見た。

そのあいだも大名衆はざわついている。花押は、他人が似せられぬように字を横倒しにしたり潰したりし、わざと複雑な形にするものだ。その上、人の筆運びには固有の癖があるので、そうたやすく真似できるものではない。政宗がどう言い抜けしようとしても、秀吉を納得させるのは無理だろうと、成り行きを興味半分で見守っていた。

「これぞ偽物に相違なし」

ざわつく中、顔をあげた政宗の声が響いた。

「えい、たわけたことを申すでないわ。わしも見たぞ。その花押は、ほかの書状とたがわぬわ。なぜ偽物と申すのじゃ」

いらつく秀吉の声に、政宗は一礼して答えた。

「花押がちがってござる。わが花押は鶺鴒《せきれい》の形をやつしたものにござるが、これには目がありませぬ。まことの花押には、針にて目をあけてござる」

これには一座の大名衆もしんとなった。

花押は真書と謀書を区別する大切な要素であり、どの大名もそのあつかいには気を使っているが、針を使うなど聞いたことのない工夫である。もし本当なら、政宗はおそろしいほどの深謀の持ち主ということになる。

「政宗の書状をみなもってまいれ」

秀吉の下知で小姓が走る。すでに検証のためにあつめられた書状があったので、それが持ちこまれた。

秀吉の面前で小姓衆がたしかめる。

「みな、目があいております！」

小姓が叫んだ。

「たしかに鶺鴒のここに、針で突いた小さな穴がござりまする」

秀吉もその目で見た。ひとつ、ふたつと書状を見てゆくうちに、表情がなごんでゆく。

「わかった。わかったが、ほかの書状も見ねばなるまい。今日はこれまでとする」

秀吉は査問を終えて立ち上がった。

伊左衛門の話に、伝助がかみついた。

「本当にそんな仕掛をしていたのですか？」

疑わしそうに伊左衛門に聞く。

「われら、右筆の方々とも交わりがあり、殿さまの書状も手にする機会があるのですが、花押に針で穴をあけるなど、見たことも聞いたこともありませぬ」

「ま、そうじゃろうな」

伊左衛門は笑っている。

「わしもこの顚末を聞いたときには不思議に思ったものじゃ。殿さまはそこまで用心しておったのかとな。しかし針で穴をあけた花押など見たこともない。でな、わしは思うた。これはうそじゃ。芝居じゃろうとな」

「芝居？　どういうことでしょうか」

「殿さまは秀吉公と組んで、ひと芝居打った。それが真実じゃろう」

「はあ？」

「よいか。この上洛の前にな、殿さまは尾張で秀吉公と会っているのじゃ。たまたま秀吉公が鷹狩りに来ていて、そこに上洛を急ぐ殿さまが鉢合わせしたので、知らぬ顔をするわけにもいかず挨拶をなさった、とされておるがの、このときにふたりで芝居の筋を決めたのではないかな」

「わかりませぬ。なぜ、そんな芝居を打つ必要があったのでしょうか」

「それはな、秀吉公が急いでおったからじゃ」

「急ぐ？　なにを？」

「唐入《からい》りよ」

ああ、と伝助は合点がいったというように声を漏らした。しかし鉄五郎は首をひねるばかりだ。

「秀吉公が唐入りを目指しておられたのは、知っておるな」

伊左衛門に問われて、鉄五郎はうなずいた。

「日の本の天下だけではあきたらぬ、唐天竺をも配下に入れようとなさって、秀吉公は朝鮮へ出兵した。それがこの、殿さまの上洛の少しあとなのじゃ」

「早く天下を静かにさせないと、唐入りができないと考えておられた、そういうことですか。それでことを穏便におさめようとしたのですね」

伝助が先取りして言う。

「そのとおり。殿さまが一揆勢を裏であおり立てたのは本当らしい。しかしだからといって殿さまを罰すると、葛西・大崎の地だけでなく殿さまの所領までも無主となり、治めるのに苦労する」

「一揆でも起これば、奥州の地を征服するためにまた大軍を出陣させねばなりませぬからね」

「さよう。小田原征伐に多くの金穀を使ったあとじゃ。大名衆はもちろん、秀吉公も奥州でもう一度いくさはしたくなかったじゃろう。あとに唐入りが控えているとすれば、なおさらじゃ」

「なるほど、それで殿さまを無罪にするために、秀吉公が考えたわけでしょうか」

「ああ。殿さまを罰したくはないが、さりとて花押のある書状が証拠にあがっておる。これほど明々白々な証拠があるのに無罪にしては、ほかの大名衆に示しがつかぬ。なんとか書状を偽物にしたい。そこで針の穴じゃ。おそらく秀吉公の智恵じゃろ」

ははあ、と鉄五郎は声をあげた。やっと得心がいった。

「天下人というのは、ずいぶんと細かいところに気を使うのですね」

「もちろんじゃ。使えるものは何でも使うものよ」

まるで自分が天下人のように言う伊左衛門に、笑いそうになった鉄五郎だったが、なんとかこらえた。

「ま、そうして若い殿さまは危機を脱した。しかし無傷というわけにはいかぬ。領地替えを命じられた」

米沢あたりの所領を召しあげられて、葛西・大崎の地が与えられたのである。

「すなわち、いまの所領じゃの。父祖伝来の、名字の地であった伊達郡も取りあげられた上、百万石以上あった所領を五十八万石へ減らされもした。秀吉公は、そうして天下に示しをつけたのよ」

伊左衛門の話は一段落したようだ。

「もっとも、悪い話ばかりでもなかったがな。秀吉公は朝廷に奏請して殿さまを侍従・越前守に任官し、自分の姓である羽柴姓を許し、さらに伏見に屋敷まで造ってくれた。領地を取りあげる一方で、若く血気にはやる殿さまの頭を撫でておくことも忘れなかったわけじゃ。殿さまは京でもてなされて、五月にひとまず米沢に帰ってきたわ」

「それから葛西・大崎へ移ったのですか」

伝助がたずねる。

「おお、移ったがな、あのころはまだ一揆勢が頑張っておったので、まずはそやつらを討ち平らげねば移るに移れぬ。米沢でひと月ほど支度をして、六月には二万四千の軍勢を引きつれて出陣よ」

「一揆退治ですか。しかし殿さまは、一度は一揆をあおったのですよね」

「おうさ。一揆の中には殿さまと意を通じた者もいたろう。しかしな、今度は秀吉公のお下知で、権現さま（徳川家康）や上杉景勝公も出馬し、殿さまの手並みを監視することになった。とても空鉄砲を撃つようなわけにはまいらぬ。それに葛西・大崎の地が得られなければ、殿さまとて領地がなくなることになる。一揆勢を徹底して叩かざるを得ぬようになった。なかなか秀吉公の仕置きは甘くないわい」

出陣した伊達勢は、まず大崎領であった加美《かみ》郡の宮崎城を包囲し、猛攻して落とした。ついで北上し、葛西領の佐沼城を攻めた。

佐沼城は、木村父子が一揆勢に追われて逃げ込んだ城でもある。木村父子を包囲した一揆勢は一度、伊達勢に追い散らされた。しかし政宗が上洛しているあいだに城を取り込んでいたのだ。

佐沼は三沼とも書くように、迫《はさま》川沿いの水郷地帯である。城は川や沼に囲まれており、まことに攻めにくい。

一揆勢はここに一万の兵で籠もっていた。大将は葛西氏の一族である。

多くの兵が籠もっているだけに、ここを落とせば一揆勢も士気が萎えると思われた。政宗は損害をかえりみずに攻めた。

三日間攻めつづけて四日目の払暁、西曲輪を乗りくずした伊達勢は、逃げ込む城兵のあとを追って本丸へ攻め込んだ。ここでさらに一昼夜の戦いがあり、とうとう城は落ちた。

城主は夜のうちに逃亡し、城内に籠もっていた浪人や百姓たちは多くが斬られ、死者は三千あまりに達した。城中にはあまりに死骸が多くて土の色も見えないほどだった。

一揆勢への見せしめとして、城内の者の降参を許さずに斬り立てたのである。

この惨状が一揆勢に伝わったのか、落城のあとは一揆も下火になっていった。

そこで政宗は、討ちとった将兵の首を京の秀吉に送る一方、一揆にくわわっている浪人衆に投降を呼びかけた。旧領は安堵するとの話も流した。

すると、天下の軍勢に逆らっても無駄と気づいたのか、浪人衆の多くがこの呼びかけに応じ、政宗の許に出頭してきた。

政宗は、浪人衆のうち物頭格の者たち五十人あまりを選び出して馳走する。そして本領安堵を申し渡した上で、日を決めて深谷《ふかや》という在所に来るよう命じたのである。

「深谷と申す在所には糠塚館《ぬかづか》という空き屋敷があってな、そこに午《うま》の刻までにあつまれ、と一揆の物頭どもに言いつけてあった。物頭どもは、そこへ行けば当然、所領安堵の書状がもらえるものと思い、よろこんであつまってきたわい」

伊左衛門は淡々と語る。

「一度は殿から馳走されておるし、もはや合戦も終わっておる。明日からは殿の配下となって侍にもどれると、まあ、そんなことを話しながら、数十人、いや百人以上はあつまったじゃろうか。しかし午の刻をすぎても伊達家の者はだれも姿を見せぬ。はて、おかしいと言いだす者があらわれたころ、四方から軍勢があらわれてな」

有無をいわさず鉄砲を撃ちかけ、矢を射かけ、たちまちあつまった全員を殺してしまったという。

「だまし討ちですか。しかも皆殺し……」

伝助がおどろいたように問う。

「まあ、そうなるな」

「なぜ、さような酷いことを」

「戦国の習いよ。殺さねばあとで面倒なことになる。ことに殿さまは葛西・大崎の者と通じておったからな。口封じもあったろう」

「あ、一揆をあおり立てたと証言されては面倒なことになると……」

鉄五郎の言葉に、伊左衛門はうなずいた。

「なにしろ権現さまや上杉公も見ておるからな、ごまかしは効かぬ。取り潰されぬためには、やるしかなかったのよ」

「お家のため、ですか」

伝助がぽつりと言った。

「挙げた首は近くまでお出ましの関白秀次公にお見せし、さらに塩漬けにして京へ送った。まあ、これでさしもの一揆もおさまり、殿さまは秀吉公に面目をほどこしたわけじゃ」

殿さまもずいぶん冷酷なことを、と鉄五郎はおそろしくなった。そんな鬼のような人物に、自分は仕えているわけだ。

伊左衛門はかまわずつづける。

「ここではじめて、所領も定まった。秀吉公に認められたのは、およそいまの領分じゃな。二十郡五十八万石じゃ。会津にいたころにくらべれば半分じゃし、伊達や信夫など先祖伝来の地も失ったが、京へ呼び出されたときにはお取り潰しか、それとも九州四国へ国替えかと覚悟しておったと聞くから、それにくらべればまだよかったと申すしかないのう」

所領が定まったということは、戦国が終わったということなのだろうと思い、

「わがお家の合戦譚は、そこまででしょうか」

つい口をはさんだ。じつは聞きたいことがあって、伊左衛門の隅々まで舐めるような話し方が、いくらかまだるっこしく感じられてきたのだ。

「いやいや。所領が定まってこれでひと安心、と言いたいが、そうはいかぬ。まだまだ戦いはつづく」

伊左衛門は表情を引き締めた。

「そもそも会津も米沢も明け渡してしまったゆえ、殿さまも引っ越しせねばならなんだ。岩出山城へうつったのが、たしかその年の九月のことよ。いま三河守宗泰どのの城になっておって、城下もととのっておるが、当時は山の上の武骨な城でな、用心はいいが、米沢の城とくらべれば城下の町も小さく、なにやらわびしい住まいになると、心細く思ったのを憶えておる」

政宗は仙台の北にあるその城に、しばらく住むことになる。

「さて、これで奥州は静まった。秀吉公は九州から関東、そして奥州と平定し、日の本をみなその手の内におさめてしもうた。秀吉公の下で戦国の世が終わったのじゃな」

伊左衛門はそこでひと息入れた。長々と話してきたが、ここでひと区切りというつもりだろう。

「しかしな、つぎなるいくさは、もう目前に迫っておった。九月に新しい領地と城にはいったばかりなのに、翌年の正月にはもう出陣じゃ。しかも向かった先はなんと、日本の内ではない。

海の向こうの、朝鮮よ」

「伊左衛門どのも、朝鮮へ行かれたのですか」

伝助がたずねた。

「おお、行ったとも。のう、わしを馬鹿にするなよ。これでも異国の土を踏んだことがあるのじゃからな」

いや、馬鹿にするなどめっそうもない、と伝助が困った顔で手をふり、伊左衛門はからからと笑った。

「ひどいいくさであったが、あれは秀吉公の、生涯最大のしくじりじゃろうな。異国へまで兵を出して、結局なにひとつ得るものとてなく、兵を引かざるをえなかった。多くの兵が死に、民は困窮した。豊臣のお家が潰れたのも、無理はないわ」

そうして徳川の世がきたわけだ、と鉄五郎は思った。聞きたいことが、だんだんと近づいてくるようだ。

そのとき、伊左衛門は口を閉じて目を入り口のほうへ向けた。

外が騒がしくなっている。

人が走り回る足音に、叫び交わす声も聞こえる。すでに暗くなっており、屋敷にたずねてくる人もないはずだ。なぜ走る必要があるのか。

「何かあったな」

多くの戦場を踏んできた伊左衛門は、異常を嗅ぎとったようだ。

「話の途中じゃが、こうもしておれまい」

「そんな殺生な。朝鮮の陣でどうされたのですか」

伝助が抗議するが、伊左衛門は取りあわない。

「そなたらはお役にもどったほうがよかろう。お小姓衆がおらぬでは、殿さまもなにかと不便じゃろうて」

と言われて、鉄五郎たちは長屋を追い出されてしまった。

第六章　将軍の深情け

一

「面白そうなところだったのにな」

話の途中で伊左衛門に追い出されて、伝助はむくれている。

「それより、何の騒ぎだ」

裏門のほうへ駆けてゆく者がいる。鉄五郎は伝助とそのあとをついていった。

裏門の近くに提灯の明かりがいくつか見え、そこに人の輪ができていた。

駆けつけると、そこに半兵衛がいた。険しい顔で下を向いている。

「いかがなされましたか」

そばへ寄って問いかけると、一瞬こちらを見た半兵衛は、

「利八郎だ」

とだけ言ってすぐに下を向いた。

「利八郎が……、どうしたのですか」

そういえば夕方、利八郎の姿が見えないと半兵衛がぼやいていたのを思い出した。

暗くて見えなかったが、半兵衛の足許には戸板があった。その上にかぶせてある蓆が盛りあがっている。

そこまで見て、鉄五郎はぎょっとした。

蓆の下から足が出ている。

「見ればわかるだろう。利八郎は死んだ」

「死んだ！」

伝助が叫び、すぐに手で口を覆った。

「ついさっき、運び込まれてきた。大川に浮いていたそうだ」

鉄五郎はしゃがみ込んで蓆をめくった。

青くしぼんだような利八郎の顔と向き合うこととなった。

「おい……」

「なぜまた」

問いかけても、半兵衛にもわからない。いま知らされて駆けつけてきただけのようだ。

合掌し、なむあみだぶつと三度唱えた。

「こいつは酷《むご》い。ずいぶんといたぶられてから殺されたな」

江戸屋敷の目付をつとめる安田甚右衛門《じんえもん》が、遺骸の横にかがみ込んで言う。たしかに顔や腕などに紫色の痣《あざ》が見られ、擦り傷から出血したあともある。

「というより、いたぶりの度が過ぎて死んだようだな。刺し傷も斬り傷もないからな。死んだあと、大川にほうり込まれたと見える」

「なぜ、そんなことに」

伝助がたずねる。

「わからん。そもそも誰がそんなことをしたのか、どこで殺されたのか、皆目わからん」

甚右衛門は顋を撫でている。

――責め問い（拷問）で殺されたにちがいない。

鉄五郎はそう考えていた。利八郎から何かを聞き出そうとした者がいるのだ。その拷問に耐えきれず、利八郎は死んだ。おそらく目付も半兵衛も、口にはしないがそう思っているはずだ。

「誰が、利八郎を見つけたのですか」

「町奉行の手の者が知らせてきた。お舟蔵近くの岸に引っかかっていたそうだ。見つけたのはそのへんの町人らしい」

「どうしてうちの者とわかったんでしょうか。町奉行所からは、何と？」

「それは聞かなかった。なにか身許がわかるようなものを持っていたのかもしれん」

「ありますか」

「さあて」

甚右衛門は死骸の衣服を調べていたが、それらしいものは見つからない。

「じゃあ、どうしてわかった」

甚右衛門は首をひねっている。

「まず、屋敷の中で聞いてみましょうか。手がかりがつかめるかもしれない」

半兵衛がそう言って、甚右衛門をうながした。

「利八郎になにか変わったことがなかったか、最後に姿を見た者は誰か、何か言い残していなかったか、たずねるのは、まあそんなところかな」

目付の手下が足りないと言われ、鉄五郎たちも手分けして聞き回ることになった。非番などとは言っていられない。

甚右衛門の手下は三人。それに半兵衛と非番の小姓たち五人が屋敷の中に散らばった。すでに夜だが、まだ起きている者は多い。侍長屋から母屋の奥まで、利八郎の消息を追って聞き回る。

鉄五郎は母屋奥に行き、同僚の小姓たちに聞いて回った。利八郎の姿を最後に見たのはいつか、変わったことはなかったか、何か言っていなかったか、と。

数人にたずねたところ、小姓たちが利八郎を見たのは、今朝の起き抜けが最後のようだった。

朝まではこの屋敷にいたのだ。それから見た者はいない。利八郎の身に特に変わったこともなかったと言うし、どこへ出かけたか、聞いた者もいない。

半刻ほどで命じられた範囲を聞き終わり、半兵衛の許にもどった。伝助らもすでにもどっており、小声でうわさをしていた。

「どうやら、利八郎は頼まれて買い物に出たらしいな」

と伝助が言う。奥の女中衆に聞いたところでは、女中のひとりが利八郎に買い物を頼んでいたようだ。利八郎は朝から非番だったので引き受けたのだろうと言う。

「何を頼んだって？」

「奥で使う煙草、紙、手拭いなど小間物だそうだ。気安く引き受けてくれたのに、なかなか帰ってこないのでおかしいと思っていたとか」

「誰だ、その女中は」

「お中どのだ」

なんだ、と鉄五郎は拍子抜けした思いだった。あの人なら古くから奉公している。どこも怪しくはない。

「そっちはどうだ」

「ああ、あまり実のあることはつかめなかった」

今朝、起き抜けに利八郎を見た者がいるという程度しかわからなかったと告げると、なんだという顔をされた。

「これは身内の仕業かもしれんな」

伝助は言う。

「どうして？」

「利八郎は宇和島の息がかかっていた。宇和島と若殿か、あるいはほかのご子息との争いのもつれかもしれん」

宇和島とは宇和島藩主、伊達秀宗のことだ。伊達家の長男であり、一度は跡継ぎに擬されながら、さまざまな事情のために伊達家を継げなかった。その秀宗どのが裏でなにか画策している、という見立てである。

「若殿とだけではない。殿さまとも仲が悪かったからな、何かしでかそうとしても不思議ではない」

秀宗は政宗に逆らい、勘当されて宇和島藩主の座も取りあげられそうになった。

その場は時の老中、土井大炊頭のとりなしでおさまり、父子は仲直りしたということになっているが、やはり本家を継げなかった恨みは残っているはずだという。

「こら、勝手な推測を話すではない。広まったらどうする」

半兵衛が伝助をたしなめる。伝助は頭を下げた。

「どうも、おかしな話はなさそうだな」

手下たちがあつめた話を聞いて、甚右衛門も半兵衛も首をひねっている。

「非番の利八郎が外に出るのは何の支障もない。買い物を頼まれたのも、怪しい話ではない。外出先は小間物屋だ。出かける前に、とくに変わったようすも見られなかった。いまわかっているのは、それだけだ」

この上は外出先でなにがあったかを探るしかないが、それは江戸屋敷の者の手にある。町奉行所なり幕府目付なりに頼まねばならない。

「この顚末、殿さまに申しあげるしかなかろうな。明朝一番で申しあげるか」

甚右衛門の言葉に半兵衛はうなずいた。

死病と戦っている政宗に、さらに心労をかけるようなことを告げるのはためらわれるが、小姓ひとりがいなくなったとあっては隠せない。

表向きは、非番中に川遊びをし、あやまって溺死した、とすることになった。今晩は通夜で、小姓が交替に番をする。最初の二刻を伝助が買って出てくれたので、鉄五郎はひとまず実家へ帰ることにした。

家では父が待っていた。

「どうだった」

父は先ほどまで屋敷にいたから、当然、事件を知っている。利八郎とも小姓とも言わず、たずねた。

「何もわかりません。女中に買い物を頼まれて朝から外出した、ということだけで」

「責め問いされておったそうな」

「ええ。表向きは溺死にするそうですが」

「幕府も酷いことをする」

「……幕府の仕業なのですか？」

「他には考えられぬ」

「しかし、公方さまはずいぶんと殿さまに気をつかっておいでのように見えますが。殿さまを疑っているようには、とても見えませぬ」

「公方さまはな。しかし幕府はひと筋縄ではいかぬぞ。公方さまの思惑と、老中や目付どもが考えていることは、おなじではない」

「どうちがうのですか」

「いや、むしろ幕府の中でわが殿を疑っておらぬのは、公方さまだけだろうな。老中や目付、ほかの重臣どもは、昔からわが殿に謀叛の意志ありと疑ってきた。権現さま（家康）も台徳院《たいとくいん》さま（秀忠）も、わが殿には警戒しておった。いまの公方さまは子供のころからわが殿になついておるゆえ、疑っておらぬだけだ」

なるほど。公方さまひとりだけ、幕府の中で浮いているのか。薄々とそうではないかと思っていたが、父に言われて納得した。

「それゆえ、少しの油断もならぬ。公方さまとて、もし殿さまの謀叛の証拠が出たなどと告げられれば、ころりと態度をひるがえすにちがいないぞ」

黒脛巾組のひとりとして、江戸の町や幕府の事情に精通している父には、父なりの見解があるのだろう。

「しかし、利八郎には宇和島の息がかかっていたといいます。ほかのご兄弟の手が伸びたとも考えられませんか」

「まさか。小姓を殺したとて何もできぬ。それに宇和島とて、いまは別に何も望んではおらぬぞ」

父は宇和島藩主、伊達秀宗と政宗のこれまでのいきさつを語った。

「あのお方が生まれたのは葛西・大崎の合戦があった年でな、側室の腹ではあったが、初めての男児であったので、これでお世継ぎ誕生と家中もひと安心したものよ」

その後、秀吉の許に人質に出され、元服して秀吉の一字をもらって秀宗と名乗った。つまり時の天下人、秀吉に伊達家の跡継ぎと認められていたのだ。

「ところがな、秀宗さまが十歳を過ぎたころに、御上さまが忠宗さまをお産みになった。正室の腹にできた男児だ。しかも世は徳川のものとなっておって、秀吉の一字をもらった秀宗さまでは、伊達家の跡取りとして具合が悪い。それで忠宗さまが跡取りとされた。しかし秀宗さまは、それまで跡取りとあつかわれていただけに、いまさら跡取りからはずされてはおさまらない」

まあそうだろうなと思う。

「そこに大坂の陣が起こった。わが家は手柄をたてて伊予宇和島で十万石をいただいた。殿さまはそれを秀宗さまに与えて別家を立てた、といういきさつだの」

父は咳払いをして話をつづける。

「秀宗さまとしては、仙台六十二万石のあるじとなるはずが、宇和島十万石に減ってしまったのだから、不満があったのだろうな。殿さまがつけた家老を煙たがって遠ざけ、その家老が斬られる事件も起きたりもした。一時は殿さまが腹を立てて、秀宗さまを勘当にすると言いだしたこともある。それで殿さまと宇和島は不仲といううわさが立つのだろうな」

子を勘当するとは、親子の縁を切るということだ。大変ではないか。

殿さまは、父親を目の前で「捨てて」敵に殺され、母親には毒殺されそうになったと聞いた。弟は自分の手で殺している。その上さらに子を勘当するとなると、大名とはまったく気の休まる暇もない生業《なりわい》のようだ。

「その不仲は、いまでもつづいているのですか」

「いや。幕府の取りなしで、おふたりが腹を割って話し合い、事なきを得たと聞いておる。いまは別にわだかまりもなく行き来されているはずだ。もはや何か事を起こすとは考えられぬ」

そういうものなのかと思う。するとやはり幕府の仕業か。

「利八郎のこと、明日にでも町奉行所か幕府目付に調べを頼むそうですが」

「形の上だけ調べて終わりよ。闇に葬られるだけだ」

「……利八郎は、責め問いでなにを聞かれたのでしょうか」

「いろいろ聞かれただろうな。屋敷内の備え、不寝番、小姓の交替の時、殿さまの寝起きの時刻、秘密の隠し場所……」

「すると、今後は屋敷の備え方を変えねばならない？」

「そうなろうな」

「利八郎は、たまたま幕府の手に捕まったのでしょうか。それともなにか捕まる理由が？」

「それはわからん」

わからないことだらけだ。しかしもう夜も更けた。二刻のちには伝助と交替しなければならない。少し寝ておくことにした。

仮眠のあと伝助と替わって通夜を終えると、もう空はほの明るくなっている。そのまま小姓として勤めにはいった。

奥に行くと半兵衛がいたので、その後の進捗をたずねた。

「殿さまには申しあげたが、くわしくわかり次第、教えよとおおせになったのみでな、格別のお沙汰もない。幕府のほうへは甚右衛門どのがかけ合うことになっておる」

と言う半兵衛も眠そうだ。

「屋敷の見張りや備えも、変えたほうがいいのではありませんか」

「そんなこと、とっくに指図しておる。心配するな」

どうやら重臣たちにも幕府への警戒心はあるらしい。鉄五郎は肩をたたかれて控えの間に詰めた。

小姓の中でも加藤十三郎など信頼の厚い者たちは、寝間で政宗の膨れあがった腹を揉んだりさすったりと、懸命に看病している。だがよくなる兆しはなく、さりとて一気に悪くなるでもなかった。

そうした中で政宗は夜明け前に起き、行水をするなど身繕いをして御座の間にすわり、大名としての用を果たそうとしている。となれば鉄五郎らも、通常どおりに勤めなければならない。

利八郎のことは気になるが、小姓の仕事をほうり出して調べるわけにはいかないのだ。

朝餉のあと政宗から指図があり、表の間にきている見舞客や、嫡男の忠宗を御座の間へ招じ入れることになった。どうやら政宗がなにかを話すようだ。

鉄五郎たちは慌ただしく表と奥を行き来して、見舞客らを案内した。

見舞客は柳生但馬や板倉内膳、有馬玄蕃など、幕府の役職をつとめた者や政宗と年齢が近い老巧の士ばかりだ。

御座の間で、政宗は脇息に身体をあずけるようにしてすわっている。忠宗がその近くにすわったあと、見舞客らがはいってきた。

政宗は入室する見舞客らといちいち挨拶をかわしていたが、やがてみなが落ち着いたところで姿勢を正して一礼し、話しはじめた。

「今日までの日々夜々のおこころざし、かたじけなく存じておりまする。されどこたびは寿命が来てのことなれば、もはや病が治るとは思うておりませぬ。歳も七十と不足もなく、国をあずけるにふさわしい子供もおりまする。人々に惜しまれる時に死ぬのは本望にござる」

そこで苦しくなったのか、咳払いをして脇息にもたれた。姿勢をくずしたまま、なおもつづけて言う。

「命が惜しいとは思いませぬが、おのおの方、聞いてくだされ」

顔色が青ざめている。大丈夫かと忠宗がにじり寄ったが、政宗は手で忠宗を押し返す仕草をしてつづけた。

「権現さまとは互いに肝胆相照《かんたんあいて》らし、ご恩をうけた上は奉公いたすべしと申し合わせてきたゆえ、いくさの際にはぜひとも御用に立つべしと存じており申した。若き公方さまには、おのおのご覧になったごとく、さまざまなありがたき御こころざしをいただき申した。それなのに御用に立たずやみやみと死ぬとは、口惜しきことにござる」

そこで政宗の目が赤くなった。政宗は目を拭った。泣いているのだ。

御座の間はしんとなった。みなうつむいている。

「忠宗よ、みなみなさまの前でよく聞きおいておくれ」

政宗の悲愴な声がつづく。

「徳川の代々のお家からわが家にいただいたご恩は、とてもお返しできるものではない。それゆえ、伊達の子孫がつづくあいだは、合戦となればお先手をたまわり、人より早く堀の埋め草とならねば、いつまでたってもご恩に報じることはできぬ。さよう心得よ」

この言葉に忠宗は平伏し、見舞客たちも感じ入ったようにうなずいた。

「わしももう長くない。それだけは言い残しておくから、以後、子々孫々に伝えよ」

「父上のおこころざし、肝に銘じてござりまする。かならずやご恩に報じられるよう、つとめてまいりまする」

忠宗も半ば泣き声になって答えた。御座の間にすわる者たちの中には、もらい泣きしている者もいる。

鉄五郎は、部屋の隅で冷静にこのようすを見ていた。

話を聞いていて不思議に思えたのは、伊達家はそれほど幕府から恩を受けていたのか、という点だった。

伊左衛門がこれまで語ったことでは、政宗は伊達家を継いだあと、自力で周囲を斬り従えて所領を大きくふやしたのに、秀吉の手で半分ほどに減らされてしまったそうだ。それがほぼいまの領地なのである。

徳川幕府からは宇和島藩十万石とほかに数万石をもらったそうだが、それが人より先に堀の埋め草になるほどの恩だろうか。

——これは殿さまの芝居か。

そう考えれば納得がゆく。

思えば大大名家の当主というのは、芝居がうまくなければつとまらぬもののようだ。

あるいは利八郎の死を聞いて、政宗も感じるところがあったのかもしれない。

幕府に見張られているのを承知の上で、いや、いまだに警戒されていると心得ているからこそ、自分の忠誠心を、幕府に逆らうつもりが毛頭ないことを、この世を去る前に念押ししておかねばならない、と考えたのではないか。

政宗がそう考えたとなると、利八郎の死は幕府からの警告なのだろうか。

であればこれ以上調べても、何もわからないだろう。

——かわいそうなのは、利八郎だな。

まったくの殺され損だ。堀の埋め草になるよりもひどい。大名も大変だが、侍奉公もかなり危ういものだと思う。

二

そののちの数日は、なにごともなく過ぎていった。

屋敷の備えは厳重になり、とくに不寝番の人数は倍加した。そのせいか、誰かが忍び入るようなあやしげな兆候は見られなくなっている。その一方、利八郎の件はなんの音沙汰もなく、早くも忘れられようとしていた。

政宗は律儀に夜明け前に起きて行水し、明るいうちは御座の間にすわっている。幕府の御上使は日に二回やってきて、政宗の容態をたずねる。医者はまめに診察し、薬も朝晩処方され、政宗はそれを飲む。

腹はあいかわらず膨れており、毎朝小姓たちが揉み療治をし、その周囲を測るのだが、三尺八寸五分（約一一七センチ）に達していた。毎日測っても、五、六分（約一・五センチ）増減するだけで、大きな変化はない。

ただ食事の量は日々細くなっていて、重湯《おもゆ》のようなものを飲み下すのがやっとになっていた。腹は膨れているが、足も胸も肉が落ち、骨に皮膚がはりついたようになっている。

それでも政宗は気丈で、「暇乞いの振る舞い」すなわち世話になった人々を招待する宴を開くと言いだした。五月十八日朝のことである。

政宗は、呼びあつめる人々の名と献立をみずから書き出し、小姓頭にわたした。

子息の忠宗、秀宗、宗泰らをはじめ、末娘の女婿である京極丹後守《きょうごくたんごのかみ》、医師の竹田法印《ほういん》など、親しい人々ばかりを招き、心おきなく話をしたいというのである。小姓や近習たちが、招待のためにほうぼうへ遣わされた。

急な呼び出しにもかかわらず、人々は昼前にはあつまってきた。みな政宗の病状を知って心がまえができていたのだろう。

御焼火の間にしつらえた座で、十人ほどが振る舞いにあずかる。政宗は最初から機嫌がよく、ひとりひとりに声をかけて近況を聞いたり思い出話をしたりした。

一方で奥に別の座をもうけ、小姓や近習から重臣まで、つねに近くで仕えてきた者たちをあつめて酒と肴を出した。

政宗は御焼火の間と行き来しつつ、くつろいで話に興じるのだった。

——なるほど、別れの盃か。

鉄五郎も末席につらなっている。肴の焼麩《やきふ》をかじりながら酒をいただき、政宗の心中を想像した。

江戸へのぼったころは、死を覚悟しているといってもまだ先が見えず、数ヶ月、あるいは半年、一年以上もあとのことと思っていたのではなかろうか。それがここにきて、もはや死は眼前に迫っていると悟ったのだろう。

振る舞いは夕刻までつづいた。最後に茶を喫した人々を送り出したあと、政宗は忠宗と重臣たちを招き、諸大名衆や幕閣に贈るみやげ物などをこまかく指図した。そしてひとつ大きく息をつくと言った。

「もはや暇明《ひまあ》きじゃ。いまより何ごとによらず、用事は忠宗に申すべし。忠宗の指図次第につかまつれ。わしはもうかまわぬ。くたびれたわ」

これまで保ってきた藩主の座を、忠宗に明け渡すと宣言したのである。

重臣たちのあいだで小さなどよめきが起きたが、それも一瞬で、すぐに座は静まった。政宗はゆっくりと立ち上がり、寝所へひきとった。

――跡継ぎが決まったわけだ。

もともと忠宗が跡継ぎとされていたが、いまの政宗のひと言でそれが確定したのである。庶子ながら長男である秀宗の逆転はなかったのだ。

これで殿の身辺が少しは静かになるだろうと鉄五郎は思った。

だがそうはならなかった。

二日後の夜、当直の鉄五郎は奥の控えの間でうたた寝をしていた。

不寝番の近習がひとり政宗の寝所の前にいて、おなじく小姓もひとりついている。鉄五郎が交替するまでにあと一刻ほどあった。

そろそろ梅雨がはじまるはずだが、今年は遅いのかまだ雨は降っていない。それどころか晴天がつづいて、日中は暑いほどだった。しかし夜中はさすがに涼しくなり、気持ちよくまどろむことができた。

どれほど時が流れただろうか。

鉄五郎は、不意に目覚めた。

静寂《しじま》を切り裂いて、叫び声と刃を打ち合う音が聞こえてきたのだ。

半身を起こし、耳をすます。鉄五郎の鍛えた耳に、ただならぬ声と数人の足音が聞こえてくる。

飛び起きて濡れ縁に出た。

暗いが月が出ていて、木々の影は見える。風はない。声と足音が聞こえてくるのは裏門の方角だ。「出会え」「曲者《くせもの》」という声も聞こえる。

一気に胸の鼓動が高まった。だが当直の最中である。軽々しく持ち場をはなれるわけにはいかない。まず不寝番のところへ行った。

「裏門のほうで騒ぎがおきたようだ。見に行ってくるから油断するな」

そっと声をかけると、小姓、近習ともに声をあげずにうなずいた。その奥の、政宗が寝ているはずの寝所は静まったままだ。

鉄五郎は、駆けた。

刀を打ち合う音が近くなり、荒い息づかいまで聞こえる。

投げ捨てられたのか、松明が地面で燃えていた。その明かりに照らされて、刀をかまえた者たちが見える。

背を向けている三人は、家中の侍だ。そのむこうに立つのも三人。足許を脛巾《はばき》でかため、黒い布で顔を覆っている。

「出会え、曲者じゃ、出会え！」

侍たちが声をあげる。みな息を弾ませている。

「曲者は、それか！」

奥勤めの最中だったため大刀をもっていない鉄五郎は、脇差を抜いて声をかけた。

「油断するな。手強いぞ」

ちらりとこちらを見た侍が言う。気がつけば、地面に横たわっている者がいる。身体ががくがくと震えているのは、たったいま斬られたばかりなのだろう。

鉄五郎は脇差を下段にかまえた。腕力には自信がある。剣も、幼いころから仕込まれ、鍛えてきた。

真剣での斬り合いにのぞむのは生まれて初めてだが、平常心で曲者と対していられた。こちらの人数が多いせいか。

人数がふえたのを見た侍たちが、じりじりと前に出る。鉄五郎も端のひとりに狙いをつけ、用心しながら距離をつめていった。

中段にかまえていた曲者の剣先があがり、八相のかまえになる。自分よりは小柄な男だ。鉄五郎も下段から中段へとかまえを変えた。

中央にいた侍が、鋭いかけ声とともに斬り込んでいった。

つられるように、ほかの三人も踏み込んでゆく。

鉄五郎が仕掛けた曲者は、打ち込みを避けずに強くはね返した。鉄五郎は手首に衝撃を感じ、体勢をくずした。あわてて大きく飛びすさる。

——これは手練《てだ》れだ。

よほど鍛錬を積んだ使い手だ。まともに斬り合ってはかなわない。

ほかの曲者も手練れとみえて、侍たちの斬り込みをふせぎ、逆に押し返している。

そこに背後から足音が聞こえてきた。

「おう、ここか」

「なにをしておる、斬りかかれ」

新たに数名が駆けつけてきたのだ。

曲者たちはさっそく反応した。中央のひとりが合図すると、端のふたりが裏門へ走った。追おうとした侍たちの前に、残ったひとりが立ち塞がって牽制する。裏門には縄が垂らしてあり、曲者ふたりはするすると登って裏門の屋根に達した。

牽制していたひとりも裏門に走る。侍たちが声をあげてどっと追ったが、そこで先頭のひとりが悲鳴をあげて膝をついた。ふたり目もなにか叫ぶと、顔を手で覆った。

侍たちはおどろいて立ち止まる。なにが起こったかわからぬようだったが、鉄五郎には見えていた。先に屋根にのぼった曲者たちが礫《つぶて》を投げ、それが侍の顔を直撃したのだ。

侍たちがひるんだ隙に、残りのひとりも裏門をのぼり、それを待っていたかのように三人とも姿を消した。

裏門が開けられ、侍たちがあとを追ったが、すでにどちらの方向へ逃げたのかもわからなくなっていた。

曲者たちが姿を消したあと、裏門前に侍たちが続々とあつまってきた。その数は数十名に達した。何が起きたのかとたずねる者、それを説明する者が、互いにわいわいと声をかけあっている。

鉄五郎は裏門を出て暗い通りをながめていたが、はっと気づいて門内にとって返した。小姓は、こんな時こそ殿のそばにいなくてはならない。

奥の控えの間にもどり、異状がないのをたしかめてから、そっと寝所の前へ向かった。

不寝番のふたりは、鉄五郎が声をかけたときのままの位置にすわっていた。

「大事ない。曲者は逃げた」

とささやき、横目で寝所を見た。

「お変わりはない」

と小姓が言う。政宗はなにも知らず眠っているようだ。耳をすませても、かすかに寝息が聞こえるだけだ。

「曲者の正体は？」

小姓に問われた。

「さあ、逃げたからわからない」

「なにが狙われたのか」

近習の問いにも、鉄五郎は首をふるしかなかった。いまのところ、なにもわからない。ただ屋敷に侵入し、警固の侍ひとりを斬り倒して逃げていった。物盗りにしては腕が立ちすぎるし、幕府の手先であれば智恵がなさすぎる。

その夜はじっと待つうちにすぎていった。

曲者たちの狙いがわかったのは、翌朝になってからだった。

「表の土蔵が、何者かにこじ開けられかけたらしい」

と半兵衛から教えられた。誰かがふたつの錠前を壊して表の扉を開け、中の扉についている錠前も壊されかかっていたという。手間取っているうちに、警固の侍に見つかって逃げたようだ。

「すると、物盗りですか」

「いや、あの土蔵には金銀などははいっておらん。刀や鎧、それに昔の書きものなどをいれてあった」

「では、狙いは……」

「裏門での騒ぎは、人目を引き付けるためだろうな。そのあいだに土蔵を荒らした。なにを盗もうとしたかだが、そこまではわからん」

「刀や鎧目当てではないでしょう」

「ああ。だが昔の書きものなど、盗んでも仕方あるまい」

昔の書きものとは、領地の草高を記した水帳《みずちょう》や検地の書状、家臣への宛行《あてが》い状の写し、諸大名とのやりとりの書状や将軍家から拝領の書状、などだという。

たしかにそれでは盗んでも意味がない。

「幕府の仕業でしょうか。あまりに間が抜けているように思えますが」

「ま、幕府とかぎったことではあるまい」

半兵衛も自信をなくしているようだ。

結局、盗られたものはなかった。あまりに不可解なことでもあり、またひとりが斬られて深《ふか》傷《で》を負ったため、外に漏れては伊達家の恥となるので、この件は一切、なかったこととされた。口外無用というのである。

ただし目付は調べをつづけるようだ。おそらく昨夜の門番や宿直の者が厳しく査問されるのだろう。ふと、父が表門の当番ではなかったかと思い当たった。父の失態となるかと、少し心配したが、表門が破られたわけではないので、問題あるまいと思い直した。

騒ぎに鉄五郎たちが気をとられているあいだに、奥では静かに変化が起こっていた。

上段の間の畳が起こされ、庭に持ちだされて職人が表替えをはじめている。

下屋敷から刀架けや大座布団が奥に持ちこまれてくる。ふだんは使われないものばかりだ。なにをしているのかと不思議に思っていると、伝助が耳打ちした。

「どうやら上様がおしのびでお成りになるらしい」

鉄五郎は思わず「えっ」と声を出し、手で口をふさいだ。

昨夜、曲者が忍び込んできたばかりなのに、将軍みずからがお成りになるとは。

昨夜の曲者は幕府の手先ではなかったのだろうか。

それとも、将軍と幕閣たちが考えていることは別で、将軍が政宗に疑いを抱いていない一方で、幕閣の誰かがつぎつぎに手を打ってきているのか。

いささか混乱しているうちに、

「今宵はそなたたちにお暇をくだされる。朝まではなれてよいぞ」

と半兵衛に言われた。これも意外だった。

「お成りの支度をしなくてもよろしいので」

と問うと、半兵衛は声をひそめて、

「おしのびのお成りゆえ、支度をするのを周りに知られてはまずい。そなたたちがうろうろしていては丸わかりじゃ。だから十三郎らだけでやる。そなたらは奥からはなれろ。誰にも漏らすな。ま、今宵は誰も襲ってはこないだろう。このところ根を詰めていたからな、少し休んでよいぞ」

と言う。ならば遠慮はいらないようだ。鉄五郎と伝助は奥からさがった。

三

開けて五月二十一日の朝。暗いうちから、政宗の身の回りの世話をするのに鉄五郎ら小姓衆は、忙殺された。

上様のお成りが確実になったので、政宗が月代《さかやき》を剃り行水をして身を清めたいと言いだしたのだ。

月代も髭も、今日はとくに念入りに剃れと命じられて、暗い中で蠟燭をつけての作業となった。これには加藤十三郎があたったが、鉄五郎も湯と水を用意し、手拭いをもってそばに控える役目を果たした。

行水をするにしても、このところひとりでは身動きが不自由になっているので、水を汲む者や体を支える者、身体を拭く者と三、四人がかりになる。せまい湯殿に大勢がはいっての行水はなかなか大変だったが、

「かまわぬ。わしがくたびれておろうと、いつもに増してきれいになるよう、念入りにやってくれ」

と政宗が命じるので、どうしても長い時間がかかってしまう。

これを聞いた医者衆が、

「病中であられるのは上様もおわかりゆえ、ほどほどになされませ」

と止めに来たが、

「もはや病で死ぬのは覚悟の上じゃ。それより上様に、年寄りはどうしても身汚なくなるものよ、などと思われるのも不本意じゃ。これはわが心のままにさせてくれ」

と言うので、医者衆も引き下がっていった。

それから装束をつけるのだが、政宗は裃に長袴をつけたいと言い張った。

「今日はこの身一代の最後のお成りとなろうゆえ、正装でお迎えしたいのじゃ」

だがいざ長袴をつけてみると、水がたまって膨れあがった腹には窮屈すぎた。しかも足腰が萎えているので、裾さばきがうまくできない。そこで何度かためしたあげく、やむなく半袴をつけることになった。

さらには脇差にもこだわり、いくつか手持ちの銘刀を持ってこさせたあと、貞宗の小脇差を差すと決めた。

裃に袴、腰に脇差と、とても瀕死の病人とは思えぬ姿でお成りを迎えることとなった。

「まるで合戦にのぞむようだな」

と鉄五郎は伝助に言った。ただの病気見舞いのはずなのに、命がけで会見しようという意気込みではないか。

「まことに。大将同士で一騎打ちをするつもりかな」

伝助も不思議そうだ。

「いや、案外そうかもしれぬぞ」

半兵衛が言う。

「おそらくは、伊達のお家が末永くつづくよう、上様にお願いをし、約束のお言葉を取りつけるつもりでおられるのじゃろう。そうして安心してこの世を去りたいと思い詰めておられるのじゃ。お家の浮沈をかける点では、まことに合戦とおなじよな」

そういうものだろうか。

それにしても、力が入りすぎているような気がするのだが。

政宗が身支度をしているあいだに土井大炊頭がやってきて、門前から表の廊下、御座の間まで、お成りの支度ができているかどうかを検分してゆく。

昨夜来、御座の間の上段に敷く厚畳の表替えをしたり、下屋敷から大房のついた御座布団や、葵の御紋のついた刀架や椀などを取り寄せるなど、急いで支度がすすめられていたので、検分されたときにはすでにみなととのっていた。

土井大炊頭が満足そうにもどったあと、今度は柳生但馬守があらわれ、いまや伊達家の主となった忠宗に上意を伝えた。

「上様は本日、品川の東海寺において、小堀遠州《こぼりえんしゅう》に茶の湯の亭主を仰せつけておられる。これにこと寄せて、ふと思いついたようにこちらにお成りになり、ご病体をご覧になられるとの御諚である。ついては常の寝間にお成りになるので、政宗どのご本人には直前まで伝えぬようになされよ。お成りを聞かれれば、政宗どのは病中なのに心遣いをなされるであろうから、返すも前もっては伝えぬように、との上意である」

とはいえ、すでに政宗はお成りの件を承知しており、夜明け前から支度をしているのである。当然、柳生但馬守もわかって言っているのだろう。

鉄五郎はいまさらながらに、家光と幕臣たちとのあいだに考え方のずれがあるのを感じた。つまり、家光は幕臣たちを抑え切れていないのだ。

身支度をととのえた政宗は、横になることもできず、表の御座の間でお成りを待った。小姓たちもお成りにそなえ、ある者は門前に、ある者は政宗の身近にと配置された。

鉄五郎は数名の小姓たちとともに、横の武者隠しにいるよう命じられた。家光に会見する政宗と障子一枚をへだてて、何かあればすぐ飛び出してゆける場所である。

息を殺して待っていたが、上様はなかなかあらわれない。

辰の刻、巳の刻と時がすぎてゆく。

なにしろおしのびで「ふと」たずねてくるのだから、いつになるのか、伊達家から尋ねるわけにもいかない。ひたすら待つしかないのである。

――合戦前の駆け引きかな。

鉄五郎はそんなことを思った。上様が伊達家を永続させる気でいても、幕閣の中には逆に伊達家を滅ぼそうという者もいるだろうから、小細工を仕掛けてくることはありうる。

上様のお成りと利八郎が殺されたこと、隠密の襲撃の三つは、どうつながっているのだろうか。

いまのところ、よく見えない。

おそらく殿さまはわかっているのだろう。わかっていて、ひとりで奮戦しているように見える。

半兵衛や重役の面々も、それぞれの立場で用心しているようだが。深いところはわかっていないような気がする。

――伊左衛門さんも、なかなか教えてくれないしな。

伊達家と幕府との関わりを、そもそもの始まりから知りたいと思っているのだが、伊左衛門は話が飛ぶのを好まないのか、昔から順々に話してゆくので、なかなか幕府の話に行き着かない。

そんなことを考えているうちに昼すぎとなり、ついに上様お成りの声がかかった。

屋敷中がにわかに騒がしくなり、小姓たちがひそむ武者隠しにも緊張が走る。足音と話し声で、上様が上段にすわるようすがわかった。次の間には老中たちが、そして廊下に伊達家の重臣たちが居ならんでいるはずだ。

ついで政宗が出御する番である。

政宗は杖をつかねば歩けぬようになっていたが、上様の前で杖は使えないので、廊下から上段の間にはいると立ち止まってしまった。次の間にいた土井大炊頭と酒井雅楽頭《うたのかみ》らがそれを見て立ち上がり、手を引き腰を抱えるようにして政宗を上段の前まですすめた。

「さてさて、加減は……」

という意外に若々しく高い声が聞こえた。上様だ。政宗のようすを見ておどろかれたようだった。

上様は上段からおりて、政宗のそばに歩み寄ったようだ。

「すぎし朔日《ついたち》に出仕ののちは……」

上様の声がしたが、そこで絶句してしまった。たがいに息をのむようすだった。ややあって、

「病気の体、聞いておるよりは見て安心したぞ。いまは養生第一の時じゃ。ゆめゆめ手抜かりあるべからず」

と聞こえた。ついで殿さまの声がする。

「いろいろとありがたき御事、とかく申しあげることもござりませぬ。その上、今日のお成りは家の誉れこれに過ぎず、かようにお目見え仕った上は、この世に思い残すこともござりませぬ。さりながら、むなしく御用にも立たず果てること……」

そのあとは涙声になり、聞きとれない。

「ゆめゆめさように思うことではないぞ」

これは上様の声だ。

聞きながら鉄五郎は、上様と殿さまはこれほど強い絆で結ばれていたのかと、おどろいていた。これはただの将軍と大名の結びつきではない。親子か師弟のようではないか。

さらにおどろいたことに、ここから上様は声をひそめたので、何を話しているのか、武者隠しにいても聞きとれなくなった。どうやら次の間にいた老中たちも、遠慮して退出したようだ。

上様と殿さまは、ふたりきりで密談をかわしはじめたのだ。

しかも密談は延々とつづく。小半刻（三十分）でも終わらず、ついには半刻（一時間）にもおよんだ。

いったい何を話しているのか。どうしてそんな必要があるのか。

鉄五郎にはまったくわからなかった。

しかし、ふたりはなにか重大なことを話し合っているのだ。しかも声の調子からすると、上様が殿さまに問いかけて、殿さまがぼそぼそと答えているようだ。声の調子は、上様が殿さまを責めているようでもある。ただ内容は、鉄五郎の耳をもってしても聞きとれない。わずかに南蛮とか船とかの言葉がわかっただけだ。

――これは、ただの思い出話であるはずがない。

鉄五郎は顔が熱くなるのを感じた。話されているのは伊達家の運命か、あるいは天下の一大事か。

将軍から問い詰められるだけのことを、やはり殿さまはしているのだと、鉄五郎は確信をもった。

第七章　殉死と語り部

一

その夜――。

「さあ、どこまで話したかな」

伊左衛門は唇をなめた。

鉄五郎は、また伝助とふたりで伊左衛門の部屋へ来ていた。

この屋敷でおもしろいことといったら、伊左衛門の話ほどのものはなかったし、またお役のために聞きたいこともあるのだ。

「ええと、朝鮮の陣に出るところまでです」

「朝鮮の陣か」

「ええ、そこで利八郎の亡骸《むくろ》が屋敷に運び込まれてきて、騒ぎになって中断したのですな」

「わかった。ああ、利八郎とやらは無念なことじゃった。なむあみだぶつ」

伊左衛門が手を合わせたので、鉄五郎と伝助もおなじように念仏を唱えた。

「そちらもやっかいじゃが、いまから話す朝鮮の陣もやっかいでな」

伊左衛門の声が沈んだ。

「さて、正月明けに岩出山の城を出陣したが、殿さまがひきいた兵は二千ばかりでな、五十八万石のあるじとしては少なかったな。なぜかといえば、朝鮮への出陣は九州四国中国の大名衆が主力になったゆえじゃ」

合戦にのぞんではいくさ場に近い衆が先導し、兵も多く出すという戦国の世の習いが、ここでも生きていたのである。

「九州の大名など、一万石につき五百、六百という兵を出すよう命じられたというのに、わが家に秀吉公から指図された兵数は、わずか五百じゃったと聞くぞ。一万石につき五百人ではない。総勢五百人じゃ。さすがにそれでは五十八万石の体面がたもてぬと、二千にしたのじゃがな」

そう言ってから伊左衛門は、遠くを見るような顔つきになり、ひとつため息をついてから言った。

「それにしても、きびしい旅じゃった。よくぞ生きて帰れたと、いまでも思うぞ」

伊達家の出陣のもようを伊左衛門は語りはじめた。

「京から出陣したのじゃが、その前に殿さまは軍勢に美々しく装わせなさってな、物見高い京衆を湧かせたものじゃ」

伊達勢の出で立ちは、まず紺地に金の日の丸を捺《お》した幟《のぼり》が三十。鉄砲百丁、弓五十張、槍百本。

足軽たちはみな唐国渡りの繻子《しゅす》でできた襦袢《じゅばん》を着て、黒地の前後に金の星を描いた胴丸をつけ、三尺もある金のとがり笠をかぶり、朱鞘の太刀と銀ののし付きの脇差と、奇抜で人目にたつ装束をまとっていた。

馬上侍衆はというと、黒の母衣《ほろ》に金の半月印をつけ、馬には豹、虎、熊の皮の鎧をかけて腰の太刀は黄金造りと、きらびやかなことこの上ない。

中には九尺（約二・七メートル）もの長さの金の木太刀を帯びた者——そのままでは引きずってしまうので、二ヶ所に糸をつけてつりあげてある——もいて、一条戻橋から大宮通へと伊達勢が通ると、見物の京衆から歓声があがったという。

「秀吉公のお召しで小田原へ出たときに、はじめて上方衆の服装を見て、自分たちの服装が貧しいと気づいてから二年ほどじゃ。殿さまはな、そのときのおどろきと悔しさを忘れておらなんだ。奥羽の田舎者と侮られまいとして、京で珍奇な装束をそろえたのよ。おかげでいまも伊達衆は派手好みと言われておるわい」

伊左衛門は皮肉っぽく言う。

「さて、そうして中国路をくだり、九州へ渡って名護屋《なごや》に着いた。名護屋はな、一年前には人家も畑もない荒れ地だったというが、われらが着いたときには、秀吉公のための大きなお城は建っておるわ、全国の大名衆が隙間もないほど屋敷を建てておるわ、船は何百、何千艘とあまっておるわと、もう大変なにぎわいじゃった。京でもこれほどの人はおらぬというほどで、まことに大きな町となっておったわ」

名護屋を拠点として、十万の兵が朝鮮へ渡っていったのである。第一陣が海を渡ったあとも、なお名護屋には数万の兵と、兵たちに米などを売る商人たちが残っていた。

「その年、われらはずっと名護屋にひかえておった」

最初に朝鮮に攻め込んだのは九州、四国など西国の軍勢であったが、連戦連勝でたちまち朝鮮の都を攻め落とし、明国との境まで攻め込んで、朝鮮の王子を虜《とりこ》にした。

「名護屋も喜びに湧いておってな、あとは秀吉公がいつ朝鮮へ渡るかが話題になっておった。そのときにわれらもいっしょに渡ると申し渡されておったので、いつかいつかと待っておったのじゃが」

ところがその後、朝鮮の情勢は一変した。

明国の大軍勢が押し寄せてきたのだ。

日本の軍勢は大軍に押し返された上に、朝鮮の内陸深くすすんでいたため、兵糧も行き届かなくなった。おまけに朝鮮の冬の寒さは思いもかけぬほどで、手足の指が凍ってそのまま腐り落ちる者が続出した。

さらには、一度患った者はまず助からないという悪い病まで流行《はや》りだし、大名によっては兵が半分にまで減るという、惨憺《さんたん》たるありさまになってしまう。

こうした情勢が明らかになるにつれ、秀吉の渡海は延期につぐ延期となり、ついには取りやめとなった。

その間、伊達勢ほか東国の軍勢はずっと名護屋に在陣したままである。

「名護屋では、奥州の大名衆はなかなか苦労しておった。どうしても上方衆の勢いが強くてな、奥州者は訛《なま》りが強くて言葉が通じにくいし、着ているものも一段劣る。からかわれて、居づらいという者が多かったの。しかも血気盛んな兵ばかり何万とあつまっておる。喧嘩も多くてな」

中でも有名なのは、徳川家と前田家が一触即発の事態にまで至ったことだった。

「どうもことの初めは、徳川家の陣場に近い清水を汲ませろ汲ませぬと足軽同士が揉めたことらしいがの、騒動が足軽だけで終わらず、侍たちも槍や弓鉄砲をもちだし、なにかあれば一戦におよぶ形になっておった」

最初は二、三十人の諍いが、最後には三千人にもおよぶ軍勢が、弓に矢をつがえ槍の鞘をはずして対峙するおおごとになっていた。

「そこで仲裁に乗りだしたのがわが殿さまでの、家老衆を出して、前田家の陣にいまにも鉄砲を撃ちかけようとした徳川家の者どもに、言葉をかけて鎮めておられたな」

そこは大大名の貫禄よ、と伊左衛門は言う。

「とはいえ、もし一戦におよべば、殿さまは徳川家に味方するつもりでおられたゆえ、われらも鉄砲を前田家に向けておったのじゃがな。このころすでに殿さまは徳川どのの器量を見抜いて、お味方すると決めておったのじゃ。いや、なにごともなしに済んでよかったが、危ういことじゃった」

そんな伊達勢に出陣の命令が下ったのは、年が明けてからだった。押し返された前線を支えるための出陣である。浅野長政の軍勢とともに三月に名護屋を出立し、四月半ばには釜山《ぷさん》に着いた。

「まず、船で渡るのからしてひと苦労での、風次第なのじゃ。それ順風じゃとて船に乗っても、途中で風が悪くなれば湊へもどらねばならぬ。名護屋から壱岐の風本《かざもと》、風本から対馬の府中をへて、それからやっと釜山に着くのじゃが、風本では出帆しても二度ばかり立ちもどり、府中では十四、五日も風待ちしたか。日和がよくてやっと海に乗りだしても、大きな船が木の葉のようにゆれてな、このまま海の藻屑になるのではと、それは恐ろしい船旅じゃった」

伊左衛門は、小さく首をふった。どうやら合戦で槍や刀を目の前にするのとは、別の恐さだったらしい。

「さて朝鮮では、まず蔚山《うるさん》というところに陣を据えた。朝鮮の軍勢は一度打ち破られておるゆえ、正面切っては向かって来ぬ。こちらの人数が少なしと見れば、どこからか湧くように兵が出てきて、多しと見れば逃げ散る。そうしたやっかいな敵でな、われらもほとほと手を焼いたものよ。殿さまは少ない兵を薪取りに出して敵をおびき出し、伏せておいた兵で討ちとって、手柄をあげたがな」

軍勢というより、土民の一揆のようなものか、と鉄五郎は想像した。

「それから晋州《ちんじゅ》というところの城も攻めたな。これは一年ほど前に、二万の兵で攻めて落とせなんだという堅い城でな、今度は宇喜多《うきた》中納言、加藤主計《かずえ》、黒田筑前など合わせて十万近い兵で攻めようという大がかりな話での」

十万の兵とは恐ろしい数である。

「小田原城を攻めたときのような感じでしょうか」

と伝助が訊く。

伊左衛門は首をふった。

「なんのなんの。あんなゆるい攻め方ではなかったぞ。小田原では城を囲んだだけで、あまり戦いもなかったが、晋州では城を囲むや、火が出るように攻めたてたてな」

兵たちは高い城壁にはしごをかけ、鉄砲の援護をうけて遮二無二のぼっていったという。さらに城壁より高い大井楼《おおせいろう》を組んで、城内を見下ろして鉄砲を撃ちかけたり、濠の水を近くの川に落として空堀にしてから攻め寄せるなど、あらゆる手を使って攻撃した。

「あれで七、八日ほどで落ちたかのう。手負い死人がずいぶんと出たがな」

そこだけはとくに淡々と、伊左衛門は語った。思い出すのも辛いような光景なのだろう、と鉄五郎は思った。

「それからしばらくして、日本へもどることになってな、釜山へうつったが、そのあいだも大変でな、病にかかる者が続出したのよ」

どうも朝鮮の水が合わなかったらしい、と伊左衛門は言う。

「病にかかると下り腹となって高熱を発してな、みるみる痩せてゆくのじゃ。そうなるともう、どんな薬も効かぬ。もっとも、兵糧すら届かぬのじゃ。薬などほとんどなかったがな。あれで兵たちばかりか、家老の原田左馬介まで倒れ、異国の土となったわ。かぞえてみると、どうも合戦よりも、病で死んだ者のほうがよほど多かった勘定になるな」

戦って討死したのであれば、遺族にはまだ褒賞が期待できるが、飢えや病で死んだのではそれもなく、まったくの無駄死である。飢えに苦しみ病に悩まされた朝鮮陣は、まことに辛いものだったという。

「そういえば、帰国の少し前に殿さまが、なにやら懸命に朝鮮みやげを探したことがあったな」

と伊左衛門は言う。

「みなが病や飢えで悩んでいるときにみやげ物の心配とは、と眉をひそめる者もいたが、聞けばお東の方さまから手紙が届いたとかで、その返報に添えるものを、とのことじゃった。結局は朝鮮木綿の織物を送られたようじゃが。なにやらずいぶん長い返報を書いておられたようじゃ。異国の地にきてご母堂の手紙を受けると、やはり心にしみるようじゃの」

「朝鮮まで手紙が届いたのですか！」

鉄五郎は思わず声を出した。そしてあることに思い当たり、つづけた。

「殿さまとお東の方さまとの諍いは、どうなったのでしょうか。お東の方さまがお城をお出になったとのことでしたが」

「おお、それよ。お東の方さまに毒を飼われたものの、殿さまは上方へ行かねばならなかったため、うわべを取りつくろって済ませたのじゃが」

伊左衛門は言う。

「やはり悪事は隠しても顕れるものでな、誰が漏らしたのか、お東の方さまのしたことが、家中の人々のあいだに広まっていったのじゃ。三年ほどすると、ついに多くの人がお東の方さまのしたことを知るようになった。小次郎どのかわいさのあまり、殿さまに毒を飼った、とな」

そうなると、お東の方さまも周囲の視線にいたたまれなくなる。ある日、伊達家から出奔してしまった。

「そのころ殿さまは朝鮮から帰国したものの、まだ京に留められて城に帰れずにおった。お東の方さまが出奔したのは、城の留守居役も不在になった折のことと申すが、よほどの覚悟よの。もっとも、殿さまに毒を飼うほどのことをなされたお方じゃ。城を出るくらい、何でもなかったかもしれんが」

城を出たあとは、実家の最上家に身を寄せた。

「お東の方さまは、最上家当主の出羽守義光どのの妹じゃ。兄さまにはかわいがられておって、実家の居心地は悪くなかったようじゃの。そののち三十年近くも山形におられた。しかし最上家は、お家騒動がたたって改易されてしもうての。いまから十数年前のことじゃが」

実家をなくして行き場がなくなったお東の方さまは、殿さまを頼って仙台に来た。寄る年波で目が見えなくなり、足も弱っていた。

「もちろん殿さまはこころよく迎え入れなさった。さぞほっとしたことじゃろう。ご母堂に実家に去られたままでは、外聞の悪いことじゃからな。しかし内心はどうかわからぬ。すでに心の内では許しておられたのか、それともこの鬼母め、と思っておられたのかも知れぬ。そのへんは他人にはわからぬことよ」

母を恨みながら生きるとは、なかなか苦しいことだっただろうと鉄五郎は思う。だが少々腑に落ちない点もある。自分に毒を飼った母親に、それでなくても大変な朝鮮の戦地で、みやげ物をさがすような真似をするだろうか。殿さまの胸の内がわからない。

鉄五郎の疑問を置き去りにして、伊左衛門は話をつづける。

「仙台へきて一年足らずで、お東の方さまは亡くなられた。御年は七十五か六だったはずじゃ。長生きされたものよ。ま、立派な最期と申すべきかな。派手に立ち回ったものの、ちゃんと最後の辻褄は合わせて逝きなさったでの」

伊左衛門の口調が皮肉っぽくなっているのは、仕方のないことだろう。

「おっと、脇道が長くなった。まあ朝鮮ではそんなことでな」

多くの犠牲者を出した末、半年ほどの在陣で伊達勢は日本へ帰ってきた。京を出た際の偉容は見る影もなく、くたびれ果てての帰国だった。

「朝鮮陣はまだつづいておったが、そちらは西国の大名衆の受け持ちじゃわ。日本へもどると、しばらく秀吉公に付き合って京にいることになってな、一年以上は京ですごしたかな。われらのような田舎者にはなかなかできぬ暮らしではあったな」

そこまで話してから、伊左衛門はすぱんと扇子で膝をたたいた。

「岩出山の城に帰ったのは、新緑が目にしみる美しい季節じゃった」

伊左衛門は、目を細めて語る。

「葛西・大崎の一揆を鎮めたあと、殿さまは落ち着く間もなく秀吉公のお召しをうけて京へのぼった。京からは名護屋、そこから朝鮮、そしてまた京へもどってと、まったく旅から旅への日々じゃった」

「旅から旅って、大変ですね」

鉄五郎といっしょに聞いていた伝助が、合いの手を入れる。

「そりゃそうよ。のう、考えてもみよ。奥州の田舎しか知らなかった者が、花の都へのぼったかと思えば、はるか南の果ての九州へ行き、さらには海を渡って異国で合戦までしたのじゃ。命がけの旅ではあったし、つらいといえばあれほどつらい日々もなかったな」

伊左衛門は目を細める。

「しかしな、おかげで見聞は広まったわい。旅は若いうちにしろとはよう言うたものでな、世の中を見る目が変わった。なんというか、広い世間を知って、一段高いところから世を見られるようになったのじゃわ」

伊左衛門は胸を張った。

「とはいえ、正直、疲れたわい。殿にずっとついていったわしも、かぞえてみれば三年ぶりの帰国での、家に着いたときは、それはもう、うれしいといったらなかったぞ」

「ああ、なんとなくわかりまする」

鉄五郎は思わず口をはさんだ。江戸の実家を出て仙台へ行き、また江戸へもどったときの気持ちを思い出したのだ。

「わかるか。それは結構」

伊左衛門はうなずき、さらに語った。

「しかしな、せっかく帰国しても、また三月ほどで上方へ取って返さねばならなんだ。京で大きな騒ぎが起きたのじゃ。秀次公が大変なことになってな。秀次公のこと、知っておるか」

「ええ。秀吉公の跡取りだったのに、咎《とが》めをうけて腹を召されたとか。殺生関白とも言われております」

　伝助が答える。さすがに鉄五郎より物知りだ。

「さよう。秀吉公の養子で跡取りとされておったお方じゃ。ところが秀吉公に実子ができたために、邪魔者として消されたのじゃ。その身は高野山に追われた挙げ句に切腹させられ、妻妾と子供たち三十人あまりは、京の三条河原で斬られてしもうた」

「かわいそうなお方ですね」

　伝助が言い、伊左衛門がつづける。

「まことに哀れなものじゃ。しかし、いまなら簡単にそう言えるが、秀吉公が健在じゃったあのころは大変じゃ。秀次公は謀叛《むほん》をくわだてておった、けしらかぬ咎人じゃと、そういうことになっておったでの。かわいそうなどと言おうものなら、身に災いが降りかかってきそうじゃった。秀次公の一家眷属《けんぞく》はおろか、親しく付き合いのあった大名衆まで、謀叛に加担したとの疑いがかかってしもうたほどでの」

「それに殿さまも引っかかったのですか」

「さよう。上方においた屋敷から早馬がきてな、秀次公の一件が報告されたのが七月の半ばであったか」

　それから毎日のように早馬がきたが、日を追うごとに状況が悪くなっていく。

「早く殿さまが上洛して秀吉公に申し開きを、と上方の重役どもからは矢の催促じゃ。たまらず上洛することになって、殿さまは十騎ばかりの供をつれただけで、七月の下旬には城を出た。しかしそのころにはもう、上洛したら殿さまは即刻切腹を命じられるじゃろうと、上方でもっぱらのうわさになっておったそうな」

「殿さまは一体、なにをなさったのですか」

伝助がきいた。

「何も悪いことはしておらん」

伊左衛門は首をふる。

「ただ、秀次公の側近にわが家の出身のものがおってな、それ、殿さまが弟の小次郎どのを手討ちにしたことを話したであろう。その小次郎どのの家来が上方へのぼり、秀次公に仕えておったのじゃ。その者を通じて殿さまは秀次公とは昵懇《じっこん》にされておった。それに京から岩出山に帰るとき、餞別《せんべつ》をいただいた。それだけのことじゃ」

「そんなことで、咎めをうけたのですか」

鉄五郎は思わず声をあげた。

「馬鹿馬鹿しいと思うじゃろう」

伊左衛門は言う。

「さよう、馬鹿馬鹿しい。しかしな、秀吉公とてわかってやっておるのじゃ。秀次公を討ったなら、後腐《あとくさ》れなきよう、関わった者どもも根絶やしにしようとの魂胆じゃな。それに、秀次公を謀叛を企てた悪人に仕立てるためもあって、ことを大袈裟にしたのかな。そうでなければ秀吉公は、安心できなかったのじゃ」

「それで多くの大名衆が咎められたのですか」

伝助がきく。

「おお、秀次公の家来衆は、ずいぶんと首を斬られたり切腹を命じられたりした。助かった者も領地をとりあげられ、遠島になったりしたわい。大名衆でも、浅野どのなどは能登《のと》に流され、細川どのも秀次公からの借金があったので、あわてたようじゃな。結局、金は家康公に融通してもらい、秀吉公に返したと聞くが。最上どのも、娘を側室に差し出したというので詰問されたそうな」

「しかし殿さまは、無事に済んだのでしょう」

「さよう。いろいろあったが、最後は申し開きが通ったのじゃな」

「どんな申し開きをしたのですか」

「これには上方においた重臣衆が走り回ったのじゃが……。まずは家康公に取りなしをお願いした。家康公は東国の大名衆のまとめ役をしておられたのでな、口添えを頼まれたのよ。そうしておいて、ご自身は大坂の施薬院全宗どのをたずねていった。施薬院どのは秀吉公のお気に入りで、殿さまとは小田原以来の仲じゃ。無実を訴えて、よしなにと願ったのじゃな」

「それだけで申し開きができたのですか」

「なんの。秀吉公からは詰問使がきたわい」

秀次公と謀叛の打合せをしたのではないか、と問い詰められたのだ。

「無論、そんなことはしておらん。殿さまは事実無根と告げられた。だがそれだけで納得されるわけがない。そこで殿さまはな、こう申しあげたのじゃ」

一拍おいて、伊左衛門は声を作った。

「いかにも秀次公には懇意にしていただいた。太閤さまのように賢きお方ですらお目がね違いであったのに、われのように片目しか見えぬ者が見損じたのは、道理と存ずる。その上、万事を秀次公に託してご隠居されると聞いたゆえ、秀次公へ取り入ったものじゃ。もしこれを咎と思し召すのなら、是非なきこと。わが首をはねられよ」

「ははあ。開き直ったわけですね」

「まあ、そういうことよ。殿さまは強きご性格であられるゆえ、道理を曲げてまで詫びを入れるようなことはなさらん。道理を主張して、通らねばそれまでとお考えのようじゃな。生き延びようとして見苦しく言い訳をするようなことは、せぬお方じゃ」

「それで、秀吉公はお聞き入れになったのですか」

「おお、お聞き入れになった」

伊左衛門はうなずいた。

「当初はな、切腹は免じられても、殿さまは隠居して、当時まだ兵五郎と名乗っておった長男の秀宗さまに家督を譲り、さらに伊予へ国替えとのうわさであった。そんな中、詰問使が帰ったあとで殿さまは大坂城の山里曲輪に呼び出された。いよいよ国替えか切腹かと思って大坂の屋敷の者どもが緊張しておったら、秀吉公から茶のふるまいを受けてねんごろに話をされたとかで、上機嫌で帰って来られた。お咎めなしになったのじゃ」

「家康公からのお取りなしも、効き目があったのでしょうか」

「それはわからん。誰も秀吉公の心の中は見透かせぬでな。しかしな、このとき殿さまが、家康公を頼もしいと思われたのはたしかじゃ。また細川どのや浅野どのら、お咎めを受けたり、受けそうになった大名衆も、みな家康公にお取りなしをたのまれたゆえ、ここで家康公との絆が生まれたようじゃの。それがのちの関ヶ原につながっておる」

伊左衛門の話は、さらにつづく。

二

「秀次公の騒ぎがあったあと、また朝鮮に出兵することとなった」

世にいう慶長の役である。

「西国の大名衆は大変じゃったが、殿さまはもうお役ご免で、兵を出すことはなかったな。上方で秀吉公の城普請の手伝いなどされておられた。ま、普請のお手伝いはお手伝いで、銭はかかるし大変じゃったがの」

西国の大名が朝鮮に出ているあいだ、東国の大名衆は普請のお手伝いをさせられた、ということのようだ。

「そのころかの。成実《しげざね》どのが出奔してしもうた。殿さまの若いころから忠臣の鑑《かがみ》のようじゃった成実どのじゃが、なんの不満があったのか、城も家臣も捨てて高野山に籠もってしもうての」

「亘理《わたり》の成実どのなら、いま屋敷に来ておられますが」

伝助が口をはさんだ。

伊達成実は仙台の南方にある亘理一帯を領し、また伊達家の重臣をつとめている。政宗危篤の急報を聞いて国許から飛んできたので、いまは屋敷にいる。

「ああ、一度は出奔したものの、関ヶ原の前にお家にもどってきたのじゃ。なにがあったのかは、いろいろ言われておって正確なところはわからん。ただ、長く侍奉公をしておると、誰しも一度くらいは奉公をやめたいと思うようじゃの。まあ、成実どのもその例にもれなんだってことよ」

伊左衛門は口をぬぐって先に進む。

「そうするうちに秀吉公が病で寝込まれて、半年もせずに亡くなってしもうた。さあ大変じゃ。秀次公に腹を切らせてしもうたゆえ、跡継ぎの秀頼公はまだ六歳の幼子じゃ。天下を治められるわけがない。大名衆はな、にわかにつぎの天下人をさがして右往左往しはじめた」

「で、関ヶ原の合戦につながるわけですか」

「そうじゃ。関ヶ原は存じておるな」

　鉄五郎と伝助はうなずいた。

「東西十五万の兵が美濃の関ヶ原で戦い、家康公が勝って天下を手にされました」

「そのとおりじゃ。ただしわが殿さまは、関ヶ原には出ておらん。国許で上杉勢と戦ったのじゃ。そもそも関ヶ原の合戦は、家康公と上杉勢との合戦から始まるはずであったこと、知っておるかな」

「はあ。薄々とは聞いておりますが……」

「なんじゃ、頼りないな。まあ無理もない。名高いいくさとはいえ、もう三十年以上前のことゆえ、はっきりと覚えておる者も少ない。ここでよく聞いてゆくがよい」

　ここで伊左衛門は姿勢を正したので、鉄五郎と伝助も背筋を伸ばした。

「当時、大身《たいしん》の大名といえば関東の家康公を筆頭に北国の前田家、会津の上杉家、中国の毛利家と宇喜多家でな、秀吉公亡きあとは、秀頼公が成人なさるまで、五家で天下のまつりごとを司ることになっておった」

　鉄五郎と伝助はうなずいた。

「その中で家康公が、上杉家に謀叛の疑いあり、と言いだしたのが関ヶ原のそもそものはじまりじゃ。上杉家はもちろん、謀叛などとんでもない言いがかりと否定した。そこで家康公と上杉家とのあいだにやりとりがあったが、どちらも引かぬ。ついには家康公が、上杉家討伐の兵を出すとお決めになった」

「わがお家はどうしていたのでしょうか」

「家康公のお味方になっておった。この少し前に天麟院《てんりんいん》さま、ほれ、いま仙台のお城の西館におられよう。殿さまと御上さまとの間に最初にお生まれになった姫さま、五郎八《いろは》さまのことじゃが、その天麟院さまと家康公の六男、忠輝さまとのあいだに婚約が成っておってな、殿さまも家康公の縁辺につらなっておったのじゃ。まことに殿さまの人を見る目はたしかじゃな。つぎは家康公の世と見抜いておられたのじゃ」

結果を見ればたしかに正しかったな、と鉄五郎は思った。

「殿さまは大坂城での軍議に出られ、それから国許へもどられた。軍議では、天下の兵をこぞって上杉家を攻めることになって、わがお家も国境から攻めることになった。当時、上杉家は会津、すなわちわがお家の旧領にいたでの、これを攻めるのはまたとない機会、と殿さまは張り切っておられたわ」

「上杉家を攻めて旧領を回復しようとしたのですか」

「そうじゃ。家康公にもその望みを話し、戦勝のあかつきには伊達、信夫、二本松など旧領をもらうことを約束してもらったそうじゃ。そのとき下された覚書が、まだお家に残っておるはずじゃ。家康公としても、上杉攻めに殿さまの味方なしには勝ちはおぼつかぬ、と思っておられたに違いないわ」

鉄五郎はうなずいた。父祖からの領地を回復したいとは、殿さまとしては至極当然な考え方だろう。

「旧領を回復すると、当時の領地と合わせれば百万石を超えるはずでの。まことであれば、伊達のお家はいまの前田家とならぶ大身大名になっておったがな」

「でも、なっていませんね」

伝助が言う。伊左衛門はにやりとした。

「待て。これには事情があってな。運が味方せず、またそこに殿さまの悪い癖が重なったのよ」

「悪い癖？」

「ああ。まあ聞け。大坂から国許へもどられた殿さまは、まず白石城を攻めた。江戸へのぼるときに休んだ、あの城じゃ。そのとき白石城は上杉領にあって、甘糟備後《あまかすびんご》という者が守っておった。葛西・大崎家の浪人衆も多くこもっておったが、わが勢は猛攻をかけて数日で攻め落とした。とまあ、そこまではよかった」

伊左衛門は淡々と語る。

「あれは七月の末じゃったか。家康公がちょうど下野《しもつけ》小山《おやま》に着かれたころじゃ。上方では西軍が伏見城を攻めておった。石田三成らが、大坂で家康公に対して兵を挙げたのじゃな。いよいよ戦乱のはじまりで、これからまた戦国の世にもどると、誰もが思うておった」

「でも、もどらなかった」

「さよう。しかしな、それはいまだから言えるので、あのころは誰も、すぐに決着がつくとは思うておらなんだ。なにしろ天下をふたつに割っての戦いじゃ。早くとも一年、二年とかかると思うておったのよ」

それはそうだろうなと鉄五郎も思う。関わる大名衆が多ければ多いほど合戦は複雑になり、決着がつくまで手間暇がかかる。あのときの争乱は天下のほとんどの大名が関わったのだから、すぐに終わるはずがないとは誰しも思うだろう。

「白石城を取り返したあとは、最上どのが上杉どのに攻められて助けをもとめてきたので、そちらにも将兵を割いてまわした。そして殿さまはといえば、軍勢の主力をひきいて福島の城を攻めようと、支度をしておったのじゃ」

「福島から会津へ攻め込もうとしたのでしょうか」

「さよう、おそらくな。おそらくというのは、実際はできなかったからじゃ。福島へ向けて進発しようとしたときに、上方の家康公から、関ヶ原での勝報がとどいたのじゃ。みなが知っておるように、関ヶ原の合戦はたった一日で終わってしもうたからな」

「ははあ、出陣しようとしたら、もうお味方が勝ってしまったわけですな」

「上方で家康公が勝ってしまえば、奥州で戦っても無駄じゃ。上杉方も、降参するに決まっておる。でなければ、天下の軍勢を一手に引きうけることになるでな。つまり、殿さまは手柄を立てそこねたのじゃ。ま、それでも一度は福島の城を攻めたが、落とす寸前で引き返しておる。おそらく上方から、止めろとの指図があったのじゃろうな」

「わが家は、あまり戦わずに終わったわけですね」

「さよう。殿さまにすれば旧領に攻め込んで、せめて半分くらいは攻め取った形にしたかったであろうにな。すぐに戦乱が終わってしもうた。運が味方しなかったというのは、そこよ」

なるほど、と鉄五郎はうなずいた。

「では殿さまの悪い癖とは、なんでしょうか」

「そなたたち、葛西・大崎の一揆をおぼえておるか」

伝助が突っ込む。

伊左衛門が問う。

「ええ。秀吉公が奥羽を平均《ひらなら》しされたあと、起きた一揆ですね」

「あれを殿さまが裏で指図していたというのは、話したな」

「ええ、そうらしいという……」

「殿さまはな、人一倍頭が回りなさる。そのせいかどうも謀略がお好きでな、裏でひそかに画策をなさる。それが思惑どおりにいけばいいが、露見してしまうと立場が悪くなる」

伊左衛門はふふっと忍び笑いをした。

「葛西・大崎一揆のときも、秀吉公に露見して危うく首が飛ぶところじゃったが、なんとか不問に付された。関ヶ原のときもおなじよ。不問になったものの、褒賞をなくした」

「……なにをされたのですか」

「和賀《わが》で一揆を起こしたのよ」

「和賀……。北の方ですね」

「さよう。わがお家の北にある南部家との境じゃ。和賀郡はもともと和賀家の領地じゃったが、小田原攻めのとき、当主が秀吉公の前に出頭しなかったゆえ、所領を没収されて南部家のものになっておった。そこに関ヶ原の戦乱じゃ。どさくさにまぎれて和賀郡をわがものにしようと、殿さまは和賀家の当主をけしかけ、鉄砲や兵糧を貸し与えて和賀郡に攻め込ませたのじゃ」

それはたしかに葛西・大崎一揆と似た展開だと、鉄五郎は思う。

「ところが南部家は強くてな。攻め込んだのに押し返されて、逆に和賀勢が攻められ、逃げ込んだ城をも落とされる羽目になってしもうた。和賀家の当主は殿さまの許へ逃げてくる。しかもその内情が、みな家康公の知るところとなってしもうた。みずからすすんで兵乱を起こしたとなれば、これは褒賞どころか、領地を没収される罪になってしまう。殿さまはあわてたと思うぞ」

「それで、どうしたのですか」

「その先は、どういう申し開きをしたのか、わしもくわしくは知らぬ。家康公が和賀家の当主を証人として江戸に差し出すようもとめたが、その者は死んでしもうてな、事情が不明になったのが大きかったかもしれん。結局、お咎めはなかった。ただし褒賞もなくなってしもうたがな。殿さまとしても、謀叛の疑いをかけられたままでは、家康公に約束を果たしてくれと迫れなかったのじゃろうな」

「……その和賀家の当主というのは、殺されたのですか」

伝助が問うが、伊左衛門は無言でにらみつけるだけで答えない。察せよというのだろう。つまり、伝助の問いはあたっているのだ。

鉄五郎は背筋が冷えるのを覚えた。

「ああ、褒賞はまったくなかったわけでもなく、白石のあたりなど二万石が認められたわ。そのあとも、五千石やら一万石やら細々と加増があって五十八万石が六十二万石となったが、百万石には到底届かぬ。それがわがお家のいまの所領よ」

家康公にしてみれば、領地を没収しなかっただけでも、ありがたいと思えというところだろう。

しかしそれでは、伊達家はあまり徳川家に恩をうけていないことになる。むしろ約束を反故《ほご》にされた恨みが残っているのではないだろうか。なのに殿さまは、徳川家には深い恩があるという。謎はまだ解けない。

「ま、これが関ヶ原の顚末じゃ。殿さまのもくろみがはずれて、わが家は骨折り損のくたびれもうけ。わずかな加増で終わったということよ」

伊左衛門は、膝をぱん、とたたいた。

「これで伊達家の武勇伝はほぼ終わりじゃ。関ヶ原のあとはもう、大坂の陣があるだけじゃでの。もっとも、あの殿さまのことじゃ。いくさがなくとも、お家が危うい目にあったことは、一度ならずじゃが」

「どんな目にあったのですか。教えてくだされ」

そこに謎を解く鍵があるのではと思い、鉄五郎が勢い込んで言うと、伊左衛門はにっこりと笑った。

「そのへんの話を聞きたくば、またここへ来るがよい。今日は遅くなった。そろそろ終わるとしよう。また明日は早いのじゃろう。小姓衆の奉公に差し障っては、わしが怒られるでな」

さあ、帰って寝るがよい、と伊左衛門に諭されて、ふたりはしぶしぶ部屋を出た。

三

将軍家光のお成りのあと、もう表には出ないと言っていた政宗だったが、翌二十三日の朝にはまた御焼火の間に出て行かざるを得なくなった。家光から鍼《はり》医が遣わされてきたのだ。

死期が近いとさとり、身辺の整理をすすめてきた政宗には無駄と感じられたようだが、「鍼はよく効くから、養生のために」との将軍の言葉を聞かされては、逆らうわけにもいかない。御焼火の間の真ん中に布団を敷き、その上に横になって鍼医の治療をうけた。

加藤十三郎や南次郎吉ら小姓衆が、布団をかけたり手足をさすったりと面倒をみているのはもちろん、跡取り息子の忠宗もきて、ふくれた腹をさすったり細くなった足を温めたりしている。

大名とは不思議なもので、父子とはいえ忠宗が政宗の体に触れるのは初めてのようだった。忠宗は感慨深い顔をして父のふくれた腹をさすっていた。

鉄五郎や伝助らは、前の廊下にひかえて用命を待っている。ただいつもと違って、鉄五郎も伝助もふところに書状を入れていた。

昨日あたりから、家臣より政宗あての書状の取次を頼まれるようになっていた。

なんとも悩み深そうな顔の家臣から手渡されるのは「殉死願」ともいうべきもので、政宗と自身の深い関わりを訴えて、死出の旅にお供する、つまり政宗の死後に腹を切る許しを乞う書状である。

鉄五郎は昨日はじめて頼まれたが、政宗の信頼が厚い加藤十三郎などはもう何十通と頼まれているだろう。

政宗はそうした書状を受けとると、必ず目を通して返信をしたためた。自分で筆をとれないときは右筆に書かせたが、自筆でないのは体調が悪いからで、そなたを軽く見てのことではない、と断りの文句を入れさせるほど気を遣っていた。

文字通り命がけの奉公だから、政宗としても慎重にあつかったのだろう。

そういえば葛西・大崎の一揆騒ぎのとき、先代輝宗公のために父が殉死をしたのに、とりたてて加増がなかったと恨んだ須田伯耆という家臣が、政宗に謀叛ありと蒲生氏郷に告げ口をし、それが秀吉公にまで伝わって政宗が危機に陥ったという事件もあった。

返信の多くは、そなたは忠宗を支えるのに必要だから奉公をつづけてくれという内容だった。つまり容易に殉死を許さなかったのだが、それでも死ぬ者は死ぬだろうと、小姓たちはうわさし合っている。

鍼療治が終わって鍼医が退出したあと、鉄五郎と伝助は御前にまかり出て、家臣からあずけられた書状を披露した。

政宗は書状を開くとじっと読んでいたが、やがて顔をあげて、

「武士の志《こころざし》よの」

と言って嘆息した。

「この者どもを先に立てて下知するならば、いくさでまたひと花咲かせられるものを。そう思えば、ここで無駄に死ぬのはなんとも口惜しきことぞ」

いくらかか細くなった声で言うので、居合わせた小姓たちは感に打たれた体で、いっせいに目を伏せた。

しかしひとり鉄五郎は醒めていた。

――殿さまは本気で言っているのか。

どうも引っかかるものを感じるのだ。

大坂の陣が終わってから二十年以上になる。いまやいくさなどどこにもない。それでも殿さまはいくさに執心している。死期が迫った老人が昔を懐かしんでいるだけだろうか。それとも他になにか思惑があるのか。あるとしたら……。

それが幕府の動きと関わるのではないか、と思った。泰平の世になって久しいのに、いまだ戦う心を失わない武将がいるとなれば、幕府としては警戒するのが当然だろう。

しばらくして鉄五郎が控えの間にしりぞくと、そこにいた半兵衛がつぶやいた。

「鍼は、もう断らねばならんな。しかし、どう断ったものか」

将軍の意向で派遣されてきただけに、断るのはむずかしい。

「まさか、間諜ではないでしょうね」

「それはなかろう。もはやこれ以上探ることもあるまい」

土井大炊頭や医師も毎日詰めている。そう多くの間諜は不要だろうと、鉄五郎も思う。

「公方さまと殿さまとは、因縁浅からぬ仲におわしてな、なまじ浅からぬ仲だけに、双方ともに思うところは数々あろうな」

　半兵衛はため息まじりに言う。

「好ましいと思うも憎いと思うも、出所はひとつ。どちらに転ぶかはわずかな差じゃ。いまは公方さまのご好意を得ておるが……」

「いまは、ということは昔はそうではなかったのですか」

　鉄五郎が問うと、半兵衛に横目でにらまれた。

「あまり波風の立つことをきくな」

「すみません」

「まあ、知っておいたほうがよかろうが……。いちいち面倒なやつだな」

　鉄五郎に頭を下げさせておいて、半兵衛はぼそぼそと語りだした。

　政宗と家光とのつながりは、家光が将軍宣下をうけるため京へのぼった十数年前までさかのぼる。

「何万というお供の軍勢が東海道を埋め尽くす中、われら伊達家は先駆けをつとめたのじゃ。先代の台徳院さま（秀忠）のときから、公方さま上京の折にはわれらが先駆けをつとめることになっておったゆえな。そののちも何度か公方さまのお供をして京へのぼっておるが、いつも先駆けを命じられておった。その上、台徳院さまや公方さまがこの屋敷にお成りになって、茶や能でもてなすことも再々でな」

いまではほかの外様大名衆では考えられないほど、幕府とのあいだはうまくいっているという。

「ただしそれは表向きじゃ。幕府がわれらに心を許していないのは、われらにもわかっておった。公方さまの供をして上京したとき、こんなこともあってな」

洛中に宿をとっていた政宗は、二条城に滞在中の秀忠から、茶の湯の席に正客として招待された。名誉なことであり、家中にも触れて支度をしていた。ところが前日の夕べに公家たちが政宗の宿所に押しかけてきて、酒宴となってしまった。相手をして飲みすごした政宗は、朝になっても起きられない。

しかし秀忠に向かって、二日酔いのため招待を断るとはいえない。やむなく、にわかの霍乱《かくらん》で虫気《むしけ》（腹痛）が出て出席できぬと老中へ届け出た。すると公方さまより即座に、やむを得ぬので日延べしようとの返事がきた。

やれやれと安心して寝ていたが、時は盛夏。洛中の暑さといったら奥州とは段違いで、とても寝ていられない。

そこで宿を抜け出し、下賀茂《しもがも》へ出張って朝餉をとった。さらに涼をもとめ、お供三、四十騎をひきつれて川沿いに上流へ向かった。八瀬《やせ》、大原とところどころで網をつかって川狩りを楽しんだあと、涼しい山陰に入ってひと休み。

と、なにやら三、四人が大汗をかきながら、道の人馬を払ってこちらへ来る。そのあとに籠を担いだ人足四人と、多くの供をつれた騎乗の人物が見えた。

人払いしながら通るということは、公方さまの使者であろう、どこへ行かれるのやらとうわさしつつ見ていると、こちらの山陰へきて馬を下りるではないか。その人物は、

「伊達どのへの上使としてまいった」

とのたまう。おどろいて政宗がそばに招くと、

「上意を申しあげる。政宗どの、霍乱にましますゆえ今朝のお茶の湯をお休みなされ、名残り惜しく思し召すところ、聞き及ぶには霍乱養生のため川風涼しきところに出給う由。京の夏は暑く耐えがたきこと、一段もっともに思し召されてござる。暑気あたりにて患わぬこと肝要ゆえ、何方へも遠慮なく出給うべし、ついては見舞いとしてこの瓜《うり》四籠をつかわす、との御諚なり」

と言うではないか。これには政宗も言葉がなかったとか。

「つまりな、幕府は片時も油断せず、われらを見張っておるのじゃ。そうでもなければ、大原までも追っては来ぬ」

半兵衛は言う。瓜四籠の贈り物は、政宗にとっては目の前に鉄砲を突きつけられたに等しいおどろきだっただろうと。

「いくらわれらが親しく奉公しても、幕府はわれらをいつかは謀叛するものと見ておる。権現さまから台徳院さま、そしていまの公方さまになっても、それは変わらぬ。徳川家がつづく限

り、変わらぬじゃろう」

「では、いま好意を得ているというのは？」

「殿さまは殿さまで、ずいぶんと幕府に気をつかっておるからな。贈り物は絶やさず、お手伝い普請もすすんで引きうけておる。命じられずとも妻子を江戸におき、自身は国許から江戸に一年おきに参勤する。関ヶ原のあと三十年あまり、幕府にへり下り、気をつかってやってきた。それゆえなんとか好意を得ておるのよ」

そうなのか。たしかに何があっても幕府には逆らわぬようにしているのは気づいていたが……。

「殿さまの幕府への奉公ぶりといったら、それは大変なものじゃぞ。昨年の正月など、われら小姓衆も大変だったわい。そなたはまだ奉公してなかったか」

昨年の正月というと鉄五郎は、まだ江戸屋敷で使い走りのようなことをしていた。

「ええ、お城にみなさま登られて、疲れた顔で帰って来られたのを覚えておりますが」

「さよう。あのときよ」

正月の二十八日、病がちな将軍家光の無聊《ぶりょう》を慰めるとして、江戸城西の丸で一席の茶を献じ、そのあと政宗と親しい諸大名衆が能を演じた。「高砂」を柳生但馬守、「江口」を毛利甲斐守、「道成寺」を永井日向守など、能役者に支えられながら、大名自身がそれぞれシテをつとめたのである。

政宗も「実盛《さねもり》」を受け持った。

シテは能の修行をつませた自分の小姓に演じさせ、みずからは太鼓を打つ算段だった。だが、ただ太鼓を打っただけではない。

萌葱《もえぎ》の地に金紗で大きく九曜の紋を縫った肩衣《かたぎぬ》と、細かい亀甲紋を浮かせた紫地に、これも金紗で大きな唐団扇《からうちわ》を縫いあげた長袴という、役者より派手な装束に身を包み、観世《かんぜ》流の囃子《はやし》方に太鼓をもたせて舞台に出ると、シテのように大仰に礼をし、観客の家光や大名らの喝采を浴びた。

それからの仕草がふるっている。いきなり短刀を抜き、周囲をぎょっとさせたのち、その短刀でゆうゆうと爪を切りはじめたのである。

舞台の上で爪を切る囃子方など見たこともない。あたりの笑いを誘ったのち、囃子方のひとりとして見事に太鼓を打った。そして終わるとバチを打ち捨て、シテとワキのあいだを通って――つまり堂々と舞台を横切って――家光の前に出ると、半間ほどへだてたところで平伏した。

家光の賛辞を強要したのである。

家光も大笑いし、「よき能役者を見つけたわい」とからかった。

ときに政宗は六十九歳。三十二歳の家光の機嫌を、そんな形でとったのだ。

その後は酒宴となる。政宗が家光の側にはべっていろいろな話で笑わせているうちに、舞台にまた囃子方があがった。つづいて出てきた者を見て、家光の顔色が変わった。

舞台の上には、色鮮やかな小袖を着た十五、六から二十歳前の、ととのった顔立ちの小姓ばかり七名。白鉢巻きをして金の扇を手に、

唐糸の真結びも打ち解けて、
語り語る夜はさて鳥もな鳴いそ

と妖艶な唄にあわせて踊りをはじめた。

家光は小姓ひとりひとりを食い入るように見詰めている。無理もない。家光はこの年齢まで女性を近づけず、もっぱら衆道を好んできた。若い男しか興味がないのである。

政宗の小姓衆のみならず、忠宗や宗泰付きの小姓たちの中からも選りすぐった、若い美男の小姓ばかりが踊っているのに、ほうっておけるはずがない。

二番目は、繻子の地に蔦《つた》を金銀であしらった小袖に、帯は白綸子《りんず》でそろえた小姓七名が出てきて、舟踊りを踊った。

三番はまた別の小姓衆が出てきて「なんそ踊り」。さらに木曾踊り、暦踊りと、二十名の若い小姓衆が美々しい衣装をかえて、かわるがわる五番の踊りを披露した。

「公方さまは上気した顔で、桟敷《さじき》から身を乗りだして見ておられたわ」

それから半兵衛はにやりと笑った。

「惜しかったな。あのころ奉公にあがっておれば、そなたの顔立ちなら踊り子のひとりに挙げられておったろうに。あの踊り子たちはみな、あとで公方さまから褒美として小袖二襲《かさね》をもらったぞ」

鉄五郎は首をふった。

「いや、それがしに踊りは無理にござります」

「無理もなにも、殿さまの命とあればやらぬわけにはまいるまい。木村百助などもいやがっておったが、立派につとめたぞ」

半兵衛は苦笑いしている。

「まあ、殿さまはそうして公方さまの機嫌をとったのよ。そこまでする者を、公方さまとて邪険にはできまい」

そう言われれば、そうかもしれない。

「公方さまがお小さいころは、殿さまを『仙台のじい』と呼んでおられたそうだからな。ただその一方では、衆道にうつつを抜かして跡取りをつくる務めを果たしておらぬ公方さまを、とぼけたやり方で揶揄したのではないかと眉をひそめた者も、幕閣にはいたようじゃが。なにしろ公方さまには、いまだひとりもお子がおられぬでな」

「はあ……」

政宗の頭の中はいくさで死ぬことばかりかと思っていたが、衆道の世話までするとは……。

公方さまの機嫌をとるためとしても、じつに手の打ちようが細かい。政宗の人柄がわからなくなってきた。

「ま、公方さまとはそうした間柄ゆえ、仕えるこちらも気苦労が絶えぬ。さてこれはどう考えればいいのかと、迷うことばかりよ」

半兵衛はそう言ってため息をついた。

四

その夜に宿直《とのい》があるので、鉄五郎は昼すぎに非番となった。もしやと思って伊左衛門をたずねてみると、長屋にいた。やはり今晩、宿直なのだそうだ。

「今日はひとりか。よかろう。ちと退屈しておったところじゃ。すわりなされ。ええと、そなたには関ヶ原まで話したのじゃったな」

あいかわらず機嫌がいい。

「ええ。でもそのあと、お家が危うき目にあったとか」

鉄五郎も、この老人の声を聞くとほっとするようになっていた。

「さよう。いろいろあった。なにしろ殿さまは今年で御歳七十におなりじゃが、関ヶ原のときは三十四歳。ご生涯のおよそ半分じゃでの。関ヶ原が終わっても、まだ先は長いぞ」

「はあ。その長い生涯ですが、今晩はあいだを飛ばして、最近の話をしていただけないでしょうか」

「近ごろの話か。どうかしたのかな。なぜさようなことを申すのじゃ」

「殿さまと幕府との関わりが気になります。殿さまは幕府からどう見られているのでしょうか。関ヶ原から今日までに、殿さまと幕府とのあいだで何があったのか、それを知りたいのです」

「ほう、幕府か。なるほど。たしかに近ごろの幕府の動きは気になるな」

伊左衛門はなぜかじろじろと鉄五郎の顔を見ていたが、すぐに視線をおさめると、

「さようか。ならば幕府と殿さまとの、弓矢を使わぬ合戦の話をするかの」

と言った。鉄五郎は面食らって聞き返した。

「弓矢を使わぬ合戦ですか」

「おお、合戦よ。なかなか玄妙なものじゃぞ」

殿さまは幕府と張り合っていたというのか。先ほどの半兵衛の、公方さまの機嫌をとってきたという話とは少しちがうようだ。どういうことだろうか。

「さて、となると……」

しばし首をかしげていた伊左衛門は、扇子でひとつ膝をたたき、思いついたように語りはじめた。

「幕府との関わりと申せば、上総介忠輝どのははずせまい。いま仙台におられる天麟院さまの

ご亭主じゃったお方よ」

上総介忠輝とは権現さまこと徳川家康の六男、松平忠輝《ただてる》のことである。

「わが娘を権現さまのせがれに嫁がせたのじゃ。これで殿さまも家康公と縁つづきとなって、まずはめでたいはずじゃった。ところがな、そうはうまく話が運ばぬ」

そもそも忠輝さまは、家康公からあまり目をかけられていなかった、と伊左衛門は言う。

「家康公には十一男五女がおありじゃったが、関ヶ原のあと七、八年もたつと、男子で残っておられたのは跡取りの秀忠公と忠輝さま、それに九男の義直さま、十男の頼宣さま、十一男の頼房さまと都合五人だけとなっておった」

男子が五人もいれば、さぞ心強いだろう。

「五人といっても義直さま以下三人はまだ幼い。であれば忠輝さまには大きな領地を授けてもよいはずじゃ。なのに信州川中島で十数万石を領していただけじゃった。まだ幼い義直さまらのほうが大きな領地を得ておったほどじゃ」

家康は生まれたときから忠輝を嫌っていたという。

理由は定かでないが、赤子のころの忠輝が色黒でまなじりが裂け、醜い容貌だったからとも、母の身分が低かったからともいわれる。

そのうえ忠輝はささいなことで家来を手討ちにするなど、ふだんから素行が悪く、一度は家老ら古くからの家臣から家康に対して、素行が改まらず家政が不安だと訴えられたほどだった。

その後、家康は考えをあらためたのか、忠輝は越後で三十万石を加増されてようやく四十五万石の大大名となった。しかし、そこで大きな事件に巻き込まれた。

大久保《おおくぼ》長安《ながやす》という幕府重臣が老齢で死んだあと、役職をかさにきて不正に蓄財をしていたとして、家康から糾弾されたのである。

調べが進んで事実と判明し、息子たちはすべて死罪、家は取り潰しという事件に発展する。長安は幕府の代官頭として幕領や金銀山を管理していたため、多くの手下の代官たちが追放され、疑いは大久保忠隣《ただちか》など幕閣の中にまでおよんだ。

その長安が、家康から忠輝に家老として付けられていたのである。

「これはうわさに過ぎぬが」

と伊左衛門は声をひそめる。

「長安の屋敷から書状が出てきたが、その中に、『秀忠公を討ち申し、忠輝さまが替わりに公方となって長安が老中、そして岳父である伊達政宗が後見役として天下を治める』といったことが書かれてあったとか」

まさか、と鉄五郎は思わず吹き出した。幕府の強大さを考えたら、とても実現するとは思えない。笑うしかない話だ。

「さよう。笑えてくる話でな、あくまでうわさに過ぎぬ。実際、長安の事件で忠輝さまもわが殿さまも、咎められることはなかった。しかしそのあとの忠輝さまの扱われようを見ておると、うわさもまんざら嘘でもないようにも思えてくるのじゃ」

嘘でもない？

伊左衛門は、おどろくべきことを淡々と語りつづける。

「大久保長安の一件は、殿さまにも何の咎もなく終わった。それですべては済んだように見えたが、じつは済んではおらなんだ。とんでもない縁ができてしまっていたのじゃ。それが何かわかるか」

「……いえ、見当もつきませぬ」

いきなり問いを発して鉄五郎をおどろかせておいて、伊左衛門はひと息入れた。

「……何でしょうか」

「あまり話したくはないが、まあ終わったことじゃでの」

「何でしょうか」

「キリシタンよ」

鉄五郎はえっと声をあげるところだった。

「忠輝さまが、権現さまの御曹司が、キリシタンだったのですか！」

「いや、そうではない。忠輝さまはキリシタンではないが、その家老であった大久保長安がキリシタンと交わりがあっての」

伊左衛門は鉄五郎の早とちりをやんわりと正し、話をつづけた。

「長安は金銀山を縄張りにしておったじゃろ。それゆえ多くの金銀を掘り出すのにキリシタンの、というか南蛮の技がほしかったのじゃ。金銀を多く産み出すやり方を南蛮吹き、というておったほどでの」

なるほど、それはわかる。

「それで長安にはキリシタンの知り合いがおった。そしてわが家中にも金山があるじゃろ。となればわがお家も、南蛮の技ほしさにキリシタンに近づくのは当然じゃ」

政宗も長安を通じて南蛮吹きという進んだ技術を知り、なんとか自領の金山に取り入れようとした。

そんな折りに南蛮人のほうから仙台をたずねてきた。

スペインの植民地であったメキシコから日本へきたビスカイノというスペイン人が、おなじくスペインの植民地であったフィリピンからメキシコへの航路中の寄港地をさがすために、奥州の湊を調べてまわっていたのだ。

フィリピンからメキシコへと大海原を渡って航海するには、西風が必要となる。

そのためフィリピンを出帆するといったん北上し、日本近海から東に針路を変える航路をとる。このあたりの海域に常に吹いている西風（偏西風）を利用するのだ。

また三ヵ月から半年にもおよぶ長い航海になるので、できれば途中で水や薪を補給し、台風の時には逃げ込める寄港地がほしい。

となると、仙台付近の湊が最適なのである。

ビスカイノと政宗とは、それ以前に江戸で一度、会っていた。新しいものが好きな政宗が、江戸市中を歩いていたビスカイノ一行に遭遇して声をかけ、一行がたずさえていた鉄砲の試射をさせてみたりしていたのだ。

仙台に来たビスカイノは幕府の朱印状をもっていたので――このころはまだ幕府もキリシタンを禁じてはいなかったし、そもそもビスカイノはスペイン王から幕府への使者として来航していた――、政宗は歓迎し、領地の海岸線を測量したいという申し出を受け入れた。

その上でキリシタンの布教を許し、できればスペインと交易したいと申し出る。

ビスカイノはこれを聞いたが、もともと日本との通商を開くのが目的ではなかったので、本国と相談するとして明確な返答はしなかった。

そうして湊の調査を終えたビスカイノは、自分の船で浦賀を出帆して帰国の途に就いた。

しかし途中で嵐にあって船が傷み、帆柱が折れた悲惨な状態で日本へもどってくる。

一方で政宗は、太平洋を渡る船を自力で建造しようとしていた。船があれば南蛮人に頼まなくても、自分の力で南蛮諸国と交易ができると考えたのだ。

といっても、日本の船大工が造る和船では太平洋は渡れない。

和船は船体の上部に甲板がなく、外海の荒波には耐えられないのである。対馬から朝鮮へ渡るわずか一、二日の航海さえ、波の静かなときを見はからっておそるおそる船を出していたほどなのだ。南蛮船のように、何十日も湊に寄らずに航海するなど考えられない。

その上、海上で船の位置を知って航路を決める航海術を知る日本人もいない。

「そこで殿さまはな、イスパニア（スペイン）人の宣教師に頼んで南蛮船を造ろうとしたのじゃ」

「ちょ、ちょっとお待ちを。よくわからないのですが……」

伊左衛門の話についてゆけず、鉄五郎の頭の中は混乱していた。これまでは政宗の武勇をたたえる合戦譚ばかりだったので聞き返すこともなかったが、今回は関ヶ原からいきなり南蛮と交易する話に飛んでいる。自分が望んだこととはいえ、もう少しそこへ至るまでの話をしてくれないと理解できない。

「殿さまは、異国と交易をしたことがあったのですか」

「いや、それはなかった。いまでもそうじゃが、なにしろ異国との交易は、長崎や平戸、それに堺などもっぱら西国でやっておったでの。奥州は蚊帳《かや》の外よ。殿さまとて九州の長崎までしゃしゃり出るわけにはいかぬ」

「それなのに殿さまは、南蛮船を造って遠い異国と交易しようとしたのですか」

ずいぶん飛躍があるように思える。

ふつうならば、まず近隣の国と交易をして経験を積み、さらに遠くの国と交易するために南蛮船を造る、という流れになるのではないか。

まったく交易の経験がないのに、誰も知らない遠くの国といきなり交易を始めようとするとは、大胆というより無謀である。

伊左衛門はうなずき、答えた。

「そこが殿さまの非凡なところでな。まだるっこしいことは飛ばして、ご自身のしたいことに真っ直ぐ向かうのじゃ。そして無理と思えることでも成し遂げてしまう。そうやってこれまで合戦を勝ち抜いてこられた」

そういうものなのか。

たしかにここまで政宗は、いくつもの合戦を勝ち抜いてきた。領内も治まり、幕府との関係も悪くない。非凡な腕前といわれればその通りである。

しかし合戦と交易はちがう。

合戦に強いからといって、交易もうまくできるとは限らないのではないか。いまの伊左衛門の話には説得力があるような、ないような。

鉄五郎の疑心を見透かしたのか、伊左衛門は語る。

「少し突飛な話に聞こえるかもしれんな。いきなり南蛮船を造って、南蛮まで船出させるとはな。しかもその南蛮船たるや、まことに大きなものでな、それこそ千石船の何倍もあったぞ」

「はあ。南蛮船とは大きなものだとは聞いたことがありますが……。しかし交易をしたことがない殿さまが、どうして初めからそんな大きな船をあやつる気になったのでしょうか。初めは試しにもっと小さな船から始めそうなものですが」

「さようじゃな。じゃがの、事情を知ればさほど突飛とも思わなくなるぞ。これにはな、幕府がからんでおったのじゃ」

「幕府が？　幕府はキリシタンを禁制にしたのではなかったのですか」

どうしてそこに幕府が出てくるのか。

また伊左衛門の話が見えにくくなった。

「さよう。キリシタンは禁じた。しかしな、幕府は南蛮との交易はしたかったのじゃ。日の本では手に入らぬ南蛮の文物も多いし、なにより南蛮船は生糸や絹の織物をたんともってくるでな。また金銀の南蛮吹きを広く行うためにも、南蛮人の助けがほしかったしな」

日本でも生糸はできるが、その量はわずかだし品質も悪い。京の公家や全国の上級武士が着る衣服に使う生糸は、明国や南方の国々で作られ、南蛮船が海を越えて日本に持ちこんでくるのだ。

日本の商人も、幕府から朱印をもらっては異国へ船を出してはいたが、まだ数としては少なかった。

「幕府も当初は南蛮との交易に乗り気でな、長崎や平戸だけでなく、江戸の近くの浦賀に南蛮船を寄こすよう、南蛮の国々にかけあったりしたそうな。しかしどうもうまくいかぬ」

「どうしてですか」

「それはわからん。南蛮の国々の都合じゃろう。どうも西国の湊のほうが何かと便利だったようじゃ」

昔から西国に来ていたからかな、と伊左衛門は首をひねる。

「いくら待っても東国へは南蛮船が来ぬ。そこで、こちらから船を仕立てて南蛮の国へ出て行こうとしたのじゃろうな。家康公も南蛮の船を二艘ばかり造っておるぞ。しかし家康公の船では、南蛮との交易はできなかったようじゃな。こちらも理由はわからぬが、さて、家康公には商才がなかったのかもしれん」

伊左衛門の話は予想外の方向へひろがってゆく。鉄五郎は懸命に理解しようとつとめた。

「その上、幕府はキリシタン禁教に踏み切った。なぜ禁教したのか、わかるか」

「わが国は神国なので、キリシタンの教えはふさわしくないという……」

「それもあろうが、表向きの話じゃ」

「はあ……」

「じつは南蛮の国々は、わが国のような異国にくるとまずキリシタンの教えを広め、信徒をふやしてから兵に仕立てて、国そのものを乗っ取るのだとわかったからじゃ」

「は？」

「そうしていくつもの国を乗っ取ってきたと、イギリスやオランダという紅毛の国の者が家康公に教えたようじゃ。それで禁教になった」

「………」

「ところが、南蛮の国々は交易とキリシタンの布教をいっしょに進めてくるでの、布教を禁じると交易も止めてしまう。キリシタンを禁じた幕府は、ますます南蛮との交易がやりにくくなった。しかし生糸はほしい。そこで殿さまが手をあげたのじゃ。殿さまが船を造り、表に立って南蛮と交易をする。そこに裏から幕府も一枚嚙むのじゃな」

だから南蛮船を造るにも、また南蛮へ船出するにも、幕府船奉行の向井将監《むかいしょうげん》から家人が派遣され、いっしょに作業した。つまり幕府と伊達家が共同して南蛮船を造り、南蛮へ船を出して交易する仕組みだったという。

幕府といっしょなら、初手から大きな船を造って交易をしようとしたのも、わからなくはない。

「それを殿さまが考えついたのですか」

政宗ならやりかねないと思いつつ問うと、意外や伊左衛門は小さく笑みを浮かべ、ついで首をふった。

「命じたのは殿さまじゃが、考えついて殿さまにすすめた者が別におる。ソテロと申す南蛮の坊主じゃ」

スペイン人のソテロはフィリピンで日本語を学んだのち来日した宣教師で、堪能な日本語を駆使して家康にも面会しており、当時は有名な者だったという。

「南蛮の、といっても坊主ならば神仏の教えを説くのが仕事でしょう。南蛮の坊主は商売もするのですか」

ますます話がわからなくなってゆく。

「さようじゃ。南蛮の坊主は教えを説くのと商売とを一体としておった。もちろん商売は別に商人がやるのじゃが、坊主が通詞をしたりして後押しするのよ」

政宗はソテロからキリシタンの教義を聞いて理解し、その上で南蛮と交易をするというソテロの提案にのったのだ。

「それは……、お家の重臣衆も賛成されたのですか」

「反対する者が多かったな。船を造るにも航海に出すにも、多くの銭がかかるゆえな。ソテロという見も知らぬ南蛮の坊主の言うことを信じて、多くの銭を費やした上に家中の者をそんな遠くまで出していいのかと、疑いの目で見る者ばかりじゃった。しかしな、殿さまは押し切ってしもうた」

政宗がこうと言いだせば、重臣衆にも止められない。どうやらほとんど政宗の独断ですすんだ話のようだ。

「そうして南蛮船ができあがり、出帆したのが大坂の陣の二年前のことじゃ。大久保長安の一族が咎をうけて滅ぼされたあと三、四ヶ月してからじゃの。キリシタンの禁教も厳しくなりかけておったが、まだ天下の隅々まで触れが回るほどではなかった。わが家中ではとくに禁じてもおらなんだ」

幕府の禁教令は最初、幕府領内にだけ出されていたが、その後しだいに範囲を広げ、内容も厳しくなっていった、という経緯がある。

家康の生前はそれほど徹底してはいなかったが、秀忠の代には取締りが厳しくなり、何度か宣教師や信徒をとらえ、一度に何十人と処刑している。

いまや幕府の禁教方針は徹底しており、宣教師を見つけて密告した者に銀三十枚を与える制度もあるほどだ。キリシタンが隠れる場所は天下のどこにもない状況になっている。

しかしそのころはまだ、幕府領内だけ禁教とされていたのである。

「さあ、仙台の北、月ノ浦という湊から出帆した南蛮船は立派に海を渡って、ノビスパニア（メキシコ）なる地に着いた。そしてそこから二手に分かれた。帰ってくる一団とさらに遠い奥南蛮（ヨーロッパ）に渡る者たちとじゃ。幕府船奉行、向井将監の家中の者たちはノビスパニアからただちに帰ってきた。ノビスパニアからさらに遠くへ旅立ったのが殿さまの使者で、支倉《はせくら》六右衛門《ろくえもん》と申す者の一行じゃ。案内役のソテロとともに、地の果てへ、唐天竺よりも遠い奥南蛮へ向かったのじゃ」

「はあ……」

「使者となった支倉六右衛門というのは、家中の使番衆《つかいばん》のひとりでの、葛西・大崎の一揆をはじめ朝鮮陣にもお供するなど、あちこちの陣に出た。度胸がすわって弁も立つ、使える男じゃった。見事にむずかしい使者の役をやってのけ、無事に帰ってきたが、惜しいことに帰国して一、二年で亡くなってしもうた。なんと、仙台にもどってきたのが出帆から七年後のことじゃからな。長い旅で、よほどくたびれたのじゃろう。それにソテロなる者も、禁制を犯してキリシタンの布教をして、最期は火あぶりの刑に処されたわ」

支倉六右衛門の姿を思い出したのか、伊左衛門は宙を仰ぎ、ついで合掌した。鉄五郎もあわてて従った。

「まあ、支倉の話はよい。それより困ったのは、先にノビスパニアからもどってきた向井将監の手の者たちじゃ。どうもこやつらが、殿さまが南蛮人と組んで幕府に謀叛を起こそうとしている、と訴えたようじゃ」

「……先には忠輝どのと大久保長安と組んで謀叛を起こすとうわさされ、今度は南蛮人と組んで謀叛ですか。殿さまもお忙しいことでございますな」

鉄五郎が言うと、伊左衛門はにやりとした。

「まあどちらも埒もないうわさじゃ。そんなことを人づてに聞いた、というだけでな、謀叛を証拠だてるものなど何もない。それゆえ幕府も一時は色めき立ったが、結局はただのうわさとして矛をおさめたのじゃ」

「幕府が色めき立ったとは、どういうことでしょうか」

「ああ。向井将監の手の者がノビスパニアから浦賀に帰ってきたのが、ちょうど大坂の陣が終わったころでの」

大久保長安の件が起きた翌年の冬、家康が天下の軍勢をひきいて大坂の豊臣家を攻めはじめた。世にいう大坂の陣である。

開戦の表向きの理由は世上いわれているように、豊臣家が建立した方広寺の鐘の銘に徳川家を呪う文言が入っていた、といったことだが、実情は、家康が豊臣家を潰すために仕掛けたいくさである。

冬の陣は小競り合いだけに終わったが、幕府は大坂城の惣堀を埋めることに成功。翌夏、また大坂方に謀叛の兆しありと理由をつけて、大坂へ大軍を送り込んだ。

堀すなわち防御力をなくした大坂城を見限って出陣した豊臣の軍勢と、天下の大名衆をこぞった幕府の軍勢は、河内の野で正面からぶつかって大いくさとなった。

「大坂の陣では、わが家はおおいに戦って後藤又兵衛という敵の大将を討ちとった。手柄をたてたのじゃ。しかし一方、婿どのの忠輝さまはどうもふるわぬ」

「また、忠輝さまが関わってくるのですか」

このとき忠輝は、家康から大和口の総大将をまかされたのに、陣に着くのが遅れて、まったくといっていいほど戦わなかった。そのため戦功がなかったどころか、自分の軍列を追い越した将軍秀忠の旗本衆を斬るなど勝手な振る舞いも見せて、家康の怒りをかってしまった。

そこで大坂の陣が終わったあと、家康は忠輝にお目見え差し止めを通告し、改易の一歩手前まで追い込んだ。

翌年の四月、七十五歳になっていた家康は駿府城で病死したが、死の床にあっても忠輝を許さなかった。そして家康のあとを継いだ秀忠によって、忠輝は領地を取りあげられて伊勢朝熊《あさま》に流されてしまう。

将軍の実の弟でありながら大名の地位を追われ、罪人に落とされたのだ。

「なぜ改易されたのか、下々の者にはっきりとはわからぬ。しかしな、よほどのことがない限り、家康公の子が罪に問われることはないはずじゃ。それゆえ謀叛の企みを抱いておったのを幕府が嗅ぎつけ、先手を打ったと世間では推量されておるのじゃな」

「推量……、だけですか」

そこが肝心なのだが、伊左衛門はあいまいにうなずいただけだった。

「それがちょうど、向井将監の手の者がノビスパニアから帰ってきたころじゃ。ノビスパニアからもたらされたうわさが、大久保長安のときに立ったうわさと重なって、真実に思えたのじゃろ。わが殿さまが兵を起こし、忠輝さまがうしろにつき、さらに南蛮の軍勢が加勢にくるとなれば、幕府とて安閑とはしていられまい」

「それで、幕府はどうしたのですか。殿さまも討とうとしたのですか」

「どうしたも何も、あれは家康公が病の床にあったときであったか。幕府が奥州出陣とて、陣触れを出す寸前にまでなっておると、江戸屋敷から注進があったわ」

なんと、幕府と伊達家との合戦になるというのか。

「するとわが家中は……」

「おお、ひと騒動あったとも。いくさ支度をしようとした」

大変な話なのに、伊左衛門はいつもと変わらぬ調子で話す。鉄五郎はあきれて聞いているばかりだ。

「もちろん殿さまも重臣衆も、謀叛など企《たくら》んでおらん。寝耳に水の話じゃったが、攻めてくるというものに手をこまねいていては武士の名折れじゃ。幕府の軍勢が来るのならひといくさ仕るべし、と重臣衆がいきり立ってな、殿さまを囲んで軍議よ」

そんなことがあったのかと、鉄五郎は息をのむ思いだった。家康の死の直前というと、いまから二十年以上前のことだ。

「……で、いくさはあったのですか」

鉄五郎が問うと、伊左衛門は首をふった。

「結局、幕府の軍勢は来なかった。さすがに、しかとした証拠もなしに謀叛とは決めつけられなかったと見えるの。台徳院（秀忠）さまが陣触れをしようとしたのを、家康公が止めたともいわれるな。伊達がさようなことをするものかと言ってな」

「うわさはうわさだけに終わった、ということですね」

「そういうことじゃな。その後、忠輝さまは改易されたが、幕府からわがお家への咎めは一切なかった。あるいは、忠輝さまさえ除いてしまえば、殿さまも謀叛など起こせまいと考えたのかもしれんの。家康公がいまわの際に殿さまを枕元に呼びよせて、謀叛をあきらめて幕府を支えるよう釘を刺したとも聞いておるが」

伊左衛門はあっさりと言った。

「天麟院さまはこのとき離縁なされ、仙台へ帰ってこられた。忠輝さまと伊達家との縁は切れ、忠輝さまの改易騒動と伊達家との関わりは終わった。それ以来、わがお家は幕府と仲よくしておる。幕府とわが家の関わりといえば、そういう話じゃ」

そこで伊左衛門はひと息つき、鉄五郎を見据えると、微笑みを浮かべながら言った。

「まだいくらか抜けはあるが、これでざっと殿さまの生涯を話した。さて、ここで頼みがある」

「は？　頼みと申されますると？」

「わしは語り部として、殿さまに関わるさまざまな話を聞きあつめておる。そなたも殿さまの身近に仕えておるのじゃから、興味深いことを見聞きすることもあろう。そうした話があれば、わしに教えてくれぬか」

伊左衛門は微笑みを絶やさずに言う。

「ま、礼はできぬが、後世に伝えたい話なら、わしに教えておいて損はないと思うぞ」

第八章　最後の夜と朝

一

夕方からカラスがしきりに鳴いて、屋敷の上を飛び交っている。

ふだんはこれほどあつまることはないのに、何の兆しかと人々は小声でうわさをし、顔を曇らせた。屋敷の中は陰鬱な空気が漂っている。

夜になって鉄五郎は宿直の役についた。

政宗は奥の部屋で横になり、眠っていた。小姓のつとめは特になく、静かに控えの間にすわって時をすごしていればよい。

頭の中では、さきほど伊左衛門から聞いた話を思い起こし、どこかおかしなところはないかと検討している。

――幕府は、ことに幕閣の幾人かは、二十年以上前の疑いをいまも解いていない。

それはわかった。実感とも合う。昔のことを知らないいまの公方さまは気にしていないが、当時幕政を司っていて、いまも幕府の中に残る者たちは忘れていないのだ。

しかしそうであるなら、政宗が死の床にあるいま、幕府が騒ぐ必要はない。政宗さえこの世からいなくなれば解決することである。

なのに幕府はここにきて焦っているように見える。

何を狙っているのだろうか。

考えを巡らせたが、わからない。あきらめて、いま自分にできることは政宗と屋敷を守ることだ、ならばこうして宿直の役目をつとめあげればよい、と踏ん切りをつけた。

そのとき、奥の部屋で人の足音と話し声が入り乱れた。どうしたのかと思ううちに、襖が開いて南次郎吉が顔を出す。

「医師を呼んでくれ。早く」

と小声で言う。

「どうされたのですか」

「息がお苦しいようだ」

それを聞いて、鉄五郎は医師の控え部屋へ向かった。宿直の医師をつれてくる。奥の部屋へ案内すると襖が開き、医師を迎え入れた。ちらりと、加藤十三郎が政宗に膝枕をしているのが見え、ひーっと息を吸う音が聞こえた。

――かなりお悪いのか。

気がかりだった。いつもは宿直でも交替で眠るのに、今夜は無理なようだと思いつつ、元通りの場所にすわった。

奥の部屋を気にしているうちに、今度は表のほうから足音と声が伝わってきた。こんな真夜中にどうしたのかと思っていると、曲者、という声が聞こえた。

宿直の相方の小姓と顔を見合わせた。

「ちょっと見てくる。奥へも伝えたほうがよかろう」

相方はそう言って、表のほうへ小走りに向かった。鉄五郎は奥の襖を小さく開き、近くにいた南次郎吉を目顔で誘いだした。

「たったいま表のほうが騒がしくなり、曲者という声が聞こえました」

小声で告げると、次郎吉の端正な顔がゆがんだ。

「こんな時になんてことだ。いま、忠宗さまをお呼びしようかと話し合っていたところだ。お息が絶え入りそうになっている」

なんと、危篤ということか。

そこへ表を見に行った相方がもどってきた。

「曲者が数名、屋敷に入り込んだようです。いま、警固の者が追っております」

「どこの者か」

「まだわかりません」

自然に声が大きくなる。

「ここも固めたほうがいい。近習衆を呼べ」

次郎吉に言われて、相方は走っていった。

その直後、奥から声がした。

「なにごとか」

というのは政宗に違いない。いくらか震えているが、しっかり耳を打つ声だった。

周囲の者はぎょっとしたが、それも一瞬の間で、次郎吉がすばやく枕元へ歩み寄り、なにやらささやいた。

「わかった。ここはわしが指図する。だれかひとり蔵へ走って、小姓衆の分の刀と弓矢をもってまいれ。それと次郎吉、外の様子を見て来てわしに教えよ」

加藤十三郎に支えられて夜具の上で半身を起こした姿勢で、政宗は指示を飛ばす。駆けつけてきた近習衆に、そなたは入り口を固めよ、そなたは外へまわれと、細くなった腕を振って持ち場を指図する。そのうちに非番の小姓たちもあつまってきた。

持ちこまれた刀を腰に差し、鉄五郎は政宗のそばに控えた。政宗は目を大きく見開き、開けはなった襖の向こうを凝視している。いまにも息絶えそうだったのに、敵が攻めてきたと聞いた途端、元気になってしまった。

――なんという老人か。

戦場でなく畳の上で死ぬのを悔しがっていたのは、言葉の遊びではなかったようだ。

あきれているうちに次郎吉がもどってきて、政宗に報告した。

「顔を隠したあやしの者が表の屋敷と蔵に入るところを警固の者が見つけ、斬り合いになったとか。いま逃げた者を追っておりますが、もう屋敷にはおらぬはずとのこと」

鉄五郎はおやと思った。前回とおなじ運びではないか。

政宗は吐き捨てた。

「ふん。どうせうつけ者の大炊の差し金よ。最後のいくさでひと花咲かせようと思うたが、あやつではそんな度胸はあるまい」

大炊。土井大炊頭のことか！

やはり政宗は幕府の仕業と知っているのだ。

「逃げたのではつまらぬ。みなに伝えよ。追うのはいい加減にして休むがよいとな」

そう言って政宗自身も横になった。屋敷の中はしだいに静かになっていったが、なぜか夜中というのにカラスが騒いでいる。政宗もそれに気づき、

「カラスどもが誘っても、まだ逝かぬぞ」

と誰に聞かせるともなくつぶやいた。

そのまま夜が明け、鉄五郎は宿直から解放された。

結局、ほとんど眠ることができなかった。少し体を休めようと思い、実家に帰ることにした。

するとと前後して、父も疲れた顔で帰ってきた。聞けばやはり宿直だったという。

「昨夜の騒ぎ、いかがでしたか。曲者が忍び込んだとか」

「さよう。五人が忍び込んだが、すぐ見張りの者に気づかれて、みな追われた。仕方のない者どもよ」

「殿さまも大変でした。わしが指図すると言われて、近習たちを奥の間のあちこちに配って……。わたくしも刀を帯びて備えました」

「ふん、殿さまも元気ではないか。けっこうなことよ」

どことなく突き放した言い方に、いつもと違う感じがした。父も疲れているのかと思った途端、気がついた。先日、曲者が忍び込んできたときも、父が宿直だったのではないか。

「しかし、父上が宿直のときばかり曲者がやってきますね。運が悪いというか……」

そう言うと父の表情が動いた。

「そなた、それを誰かに言ったか」

「いえ。いま気がついたばかりで、誰にも……」

一瞬、父は探るような目をした。そして、

「奥へ来い。話がある」

と鉄五郎を誘った。

奥といっても、さほど広くない家には板敷きの納戸があるだけだ。なにを話すのかと不思議に思いながら、鉄五郎はあとに従う。

納戸にはいると父は、鉄五郎の顔をじっと見つめて言った。

「いまこそおまえも知っておくがよい。わしのしていることをな」

それはおどろくべき話だった。

二

朝のうちは非番で務めはないにもかかわらず、鉄五郎は屋敷にもどった。小姓たちの控えの間に、なにくわぬ顔ですわる。どうしたと問う半兵衛には、

「家にいても騒がしいばかりで、やることがありませぬ」

と言ってごまかした。

眠いはずだが、頭が冴えて眠気はどこかへ吹き飛んでいってしまっている。

――これは夢かうつつか。どうなっているんだ、この世の中は。

父の言葉が頭の中で飛び交っている。聞いた途端、あまりの衝撃に天地がひっくり返ったような心持ちになった。いま控え室にすわっていても、まったく落ち着かない。目の前の景色に薄皮が一枚かかっているように見える。今日の世の中は、昨日までとは明らかにちがう。

政宗はいつものとおり、夜明けのころに起きて身支度をすませていた。もはやひとりでは歩けず、厠《かわや》へ行くにも小姓が左右から支えなくてはならない。それでも日中は横になることもなく、御座の間で脇息にもたれかかるようにしてすわっている。

控えの間まで初老の侍女がきて、半兵衛と話し込んでいる。聞いていると、御上さまの使者だった。御上さまが見舞いに来るのを許してほしいと訴えているのだ。

その話を半兵衛が政宗に取り次いだ。返事を聞いてもどった半兵衛は、

「もっともな話でございまするが、病でやつれた見苦しい姿でお目にかかるのはいかがか、と思し召しておられます。病がよくなったら当方から申しあげますので、それまでお待ちくだされ、とのお言葉にござりまする」

と丁寧に断ってしまった。

妻にさえ病気見舞いを許さないとは、あまりに非情なようだが、おそらくいまの政宗にはそんな余裕はないのだろうと、鉄五郎は察した。父の語ったことが正しければの話だが。

だが御上さまはだまっていない。しばらくするとまた侍女がきた。今度は上臈《じょうろう》ひとりと若く気の強そうな侍女ふたりだ。

御上さまがどうしても見舞いに来たいと言っているから、何とかしてくれと半兵衛をかき口説いている。老若とりまぜた三人の侍女に責められた半兵衛は、困惑の体で奥へはいっていった。

しばらくして出てきた半兵衛は、上臈ひとりを奥へ招き入れた。政宗がじきじきに話すというのだ。

奥から政宗をかき口説く上臈の声が聞こえてくる。

「御上さまのご心配、尋常ではありませぬ。これほどのご病気にお目にかかれぬとは、格別な子細があるのでしょうか。御上さまはどうしてもお会いしたいと願い、夕べも奥女中衆に頼み込んでお姿を忍び見ておられます。御病中にありますれば、常とちがう形でお会いになってもかまわぬではありませぬか」

ややあって、政宗の声が聞こえた。

「病気が少しでもよくなれば、そちらに出向いて話などしたいと思うておったが、昨日今日などとても無理であった。病中で取り乱した姿でお目にかかるも見苦しいことじゃ」

そこで喉が詰まったか、政宗はひとしきり咳きこんだ。やがてまた声が聞こえた。

「武士として、女子供を巻きあつめて死ぬのは本意ではないのでな。このままでお目にかかれなければ、それまでの縁と思し召されるよう伝えてくれ。家の母たる人じゃ。自分の気持ちだけで軽々しく振る舞うものではない、ともな」

臨終の場に妻子を呼ぶつもりはない、というのだ。馬上で死ねぬのが口惜しい、という口癖と符合する考えである。

上臈は威に打たれたように、下を向いて帰っていった。漏れ聞いた小姓や奥女中たちもその強い意志に感じ入り、みな粛然となった。

鉄五郎はやっと気づいた。

——殿さまは、合戦で死んでいった家来たちや敵の将士を気遣っているのではないか。政宗はこれまでの戦いで何千、何万という兵を死なせ、あるいは殺した。そんな生涯を送りながら自分だけが畳の上で、しかも妻子に看取られながら死ぬわけにはいかない、と考えているのだろう。せめてもの罪滅ぼしのつもりかと思う。

そして殉死を認めるのも、おなじ心根から出ているに違いない。主従が運命を共にする形にしたいのだ。ここがあたかも戦場であるかのように。

——となると、どんな死に方をするつもりなのか。

ちらりと気になった。だが鉄五郎もいまはそれどころではない。どうすれば父の命令を果たせるのか、考えねばならなかった。

この明け方、納戸の中で父は言った。

「幕府が何度もこの屋敷を襲ったのには、狙いがあるのじゃ。何かを奪おうというのではない。殿さまを追い込んであることをさせようと狙っておる」

なぜそんなことを知っているのかと不思議だったが、父は自信ありげだった。

「あることとは……？」

「それはな、態度を決めることよ」

「態度？　なんの態度でしょうか」

「あることを忠宗さまに継ぐかどうかじゃ」

「継ぐ？　もう殿さまはすべて忠宗さまにおまかせになっておられますが」

数日前に政宗は、いまからは何ごとも忠宗の意のままにせよと言ったのだ。それですべてを忠宗に譲り渡したのではなかったのか。

そう言うと父は首をふった。

「その話は聞いた。しかしひとつだけまだ終わっておらぬことがある」

ますますわからなくなった。どうして父がそんなことを知っているのか。

「なぜそれがわかるのですか」

「確証があるわけではないが、さまざまな話を突き合わせて考えるとそうなる。やはり殿さまはまだ手を付けておらん。おそらく迷いに迷って、いまだ決めかねておるのじゃろ」

「何を？」

父は小さく何度もうなずき、言った。

「南蛮の書状を、忠宗さまに継がせるかどうかよ」

「南蛮の？」

「殿さまが謀叛なさるとき、南蛮が助けに来るという約束の書状じゃ」

「はあ！」

思わず声が出た。何を言うのか。鉄五郎はまじまじと父の顔を見てしまった。

胡麻塩の無精髭を頬から顎に散らした父は表情を動かさず、いくらか血走った目を鉄五郎に向ける。

「殿さまはな、大坂の陣の前に南蛮へ船を出した。表向きは、幕府とともに南蛮との交易を開くための交渉に人を出したのじゃが、実はな、南蛮の王に援軍を出してもらう約束を結ぶのが真の狙いだったのよ」

伊左衛門の話を思い出した。たしかに殿さまは南蛮に向けて船を出している。そして支倉六右衛門という者が、はるばる奥南蛮まで行ってもどってきたのではなかったか。

「幕府も殿さまの動きは薄々と気づいておった。しかしそんな書状まで交わしていたとは、つい最近まで知らなかったようじゃ。いや、いまでもあるかどうか、はっきりとはしておらん。真実を知るのは殿さまのみじゃ」

「最近になってわかったのですか。どうやって？」

なにやら話の成り行きがおかしいと感じつつ、鉄五郎はたずねた。

「ある者が調べ出してきた。そやつは信用できる。どこまで書いてあるのか、中味まではわからぬが、おそらく何らかの書状はあるのじゃろ」

「それで、その書状を忠宗さまに渡せば……」

「お家は、これからも幕府を倒す機会を狙ってゆくことになる。機会がきたと思えば南蛮の国に連絡し、いまだ全国にいるキリシタンに蜂起を呼びかけ、幕府に向かって兵を挙げるのじゃ。強大な幕府が相手では、お家の兵だけでは蟷螂《とうろう》の斧じゃが、キリシタンと南蛮の軍勢を合わせればよい勝負になろう。忠宗さまが公方さまになられるのも、夢ではない」

鉄五郎は首をふった。

「……とても現実《うつつ》とは思えませぬが」

「さよう。信じがたい。しかしな、幕府は動いておる。幕閣の者たちは色めき立っておるが、なにしろ公方さまが殿さまに心を許し、伊達贔屓《びいき》になっておるゆえ、ただのうわさだけでは動けぬ。そこで書状を見つけ出し、これぞ謀叛の証拠として伊達のお家を取り潰すつもりじゃ」

「お家の一大事ではありませぬか！」

父は身じろぎもしない。

「その書状じゃが、どこにあるかわからぬ。在処《ありか》を知っているのは殿さまのみじゃ。そこで幕閣は揺さぶりをかけた。書状を忠宗さまに引き継ぐにせよ、謀叛の夢は殿さま一代で終わりとして焼き捨てるにせよ、一度は隠し場所から取り出すはずじゃ。ならば早くしろ、始末をつけぬのであれば、幕府がいずれは盗み出すぞ、とな。そうして殿さまが書状を取り出したならばそれを奪い、公方さまのお目にかけようというのじゃ」

「では……」

「さよう。幕府は狙っておる。おそらく殿さまも気づいておられるはずじゃ」

そこまで話を聞いて、ここ数日の幕府のおかしな動きに納得がいった。ということは、父の話は事実なのだ。少なくとも幕府の動きに関しては。

しかし、となるとひとつ疑問が浮かぶ。

「なぜ父上は幕府の動きをご存知なのですか。ほかの黒脛巾衆も知っていて動いているのでしょうか」

半兵衛は知っているように見えなかった。もちろん伝助も知らないだろう。知っていれば教えてくれるはずだ。

「なぜ知っているかと。よい問いじゃ」

父は盛んにまばたきをする。こんな癖があったかと訝《いぶか》しく思っていると、父は言った。

「それはな、幕府から聞いたからよ」

一瞬、意味が分からなくて「は？」と聞き返してしまった。

父は落ち着いて言う。

「わからぬか。わしは幕府と通じておるのじゃ」

「幕府と……、通じているとは……」

じわっと額に汗がにじみ出てきた。いま、大変なことを聞いたのではないか。

「わしは伊達家の黒脛巾組の者じゃが、そのままで幕府からも御用を承っておる。御用とは、伊達家中のさまざまなことを幕府に伝える役目じゃ」

「それは……、裏切りでは！」

「しっ、声が大きい。なあに、わかりはせぬ。幕府と伊達家、両方の御用をつとめて、両家が安泰につづくよう見張っておるのじゃ。そういう者がいたほうが、かえって世の中はうまくゆくのよ」

父の言葉にためらいはない。自分のやり方に自信をもっているようだ。

裏切り、寝返り、両天秤、とさまざまな言葉が鉄五郎の頭の中をぐるぐると回っている。武士として恥ずべきことではないのか……。

だが父にどう言ったらいいかわからない。

「そなたがもう少しお役になじんでから話すつもりでおったが、もはやそうも言っていられぬ。いいか、そなたも手伝え。まずは殿さまの側近くにいて、動きを伝えてこい。そのあとは追って下知するゆえ、その通りに動け」

それだけ言って、父はさっさと納戸を出ていった。


父からの指示のとおり、いま鉄五郎は政宗の側近くにいる。

政宗が動かなければ幕府も動けないはずだから、ここはまず静観ということになる。

政宗のいる奥の間には、また御上さまの侍女がきていた。

「嘆かわしきは女の愚痴。未練の心、恥じ入りましてござりまする」

と心得ちがいを詫びている。政宗は何も言わず、ただゆったりと会釈を返した。

侍女が去ったあと、政宗が動く。奥女中の中と小川《おがわ》を呼び、命じた。

「この座敷、隅から隅まできれいに掃き清めさせよ。物置の物も見分けて、いらぬ物は火にくべよ。臨終の際には思わぬ者も来たるものなれば、見苦しきものは残せぬ」

はっとした。どうやら身辺の整理にかかるつもりらしい。すると書状のことも、と思って耳をそばだてていると、つづけて命じる声が聞こえた。

「秘蔵箱、秘伝書箱とて、いろいろ人に見せられぬ書き物がはいった箱がある。表の蔵の奥に置いてあるゆえ、蔵奉行に命じて取り寄せよ。わしが中のものを見分ける」

三

父が言っていた通りになった。

まずは父に報せなければならない。といっても、これからすることを気取られてはならない。席を立っても不自然に見えぬよう、用を命じられるまでしばらく待ったが、そういうときに限って誰も何も命じてくれない。まだ非番なので遠慮しているのだろうか。

やむなくそっと立とうとしたとき、奥から声が聞こえてきた。

「今日からは身近に若い侍女はおかぬぞ。年寄りばかりにて世話をせよ」

はて、と思った。何をしたいのだろうか。若い侍女では行き届かぬというのか。

奥を出て、長い廊下を歩いて表へ。そして表御門そばの詰め所へ顔を出した。

父はそこにいた。

「どうした、鉄五郎」

父は静かにたずねる。

「非番ゆえ家にもどりますが、なにか用事はござりませぬか」

他人の耳もあるので、そんな言い方になった。

「そうさな、ああ、少し頼まれてもらうか。納戸の片づけものなどせねばならぬ」

そうしてゆっくりと立ち上がり、同僚たちに会釈した。

「しばし失礼いたす。このせがれは背丈ばかりは伸びたものの、いちいち言ってやらねば片づけもできぬ」

そう言って刀を腰に差しながら詰め所を出てきた。そのまま門からはなれて人気のない壁際へ歩く。鉄五郎はだまってついていった。

「殿さまが、秘蔵箱、秘伝書箱を蔵から取り寄せました。中のものを見分けるそうです」

小声で父に告げると、父はあたりに目を配りながら、口をほとんど動かさずにたずねた。

「これからか」

「ええ。まだ始まっておりませぬ。それと、若い侍女を使わず、年寄りばかりで世話をせよとも命じております。小姓衆はそのままのようで」

「年寄りの侍女というと……」

「中さまに小川さま」

「なるほど用心したか。しかし無駄なことよ」

あいかわらず無表情だが、口調は明るくなっている。

「そなたは中どのに近づけ。そして『父から手伝うように言われております』と告げよ。それで中どのはみなわかる。中どのは奥から出られぬからな。そなたが書状をもらって、わしのもとへ運んでこい」

「中どのに？　すると中どのも……」

「味方よ」

鉄五郎は目を瞠った。あの温厚そうな老女が幕府に通じているとは！

「すると、他にも味方が……」

父はうなずき、言った。

「そのほうがよいのじゃ。なまじ隠すより、内側からほどほどに知らせてやるほうが、幕府にも疑われぬ。お家のためよ」

そうなのだろうか。

「殿さまが上洛されたとき、公方さまの茶席への誘いを断って賀茂川で川遊びをされたのを、公方さまは瓜を贈ってたしなめたと聞いております。それも父上や仲間の方々が幕府に知らせたのでしょうか」

「そんなこともあったかもしれん。とにかく、お家はもう幕府にはかなわぬ。いくら暴れるつもりでも、お釈迦さまの掌の上で踊っているだけよ」

「……それは、殿さまはどこまでご存知なのですか」

「薄々はわかっておろう。だから若い侍女を近づけぬのではないかな。しかしはっきりとは知るまい」

勇猛をもって知られる伊達家の内情は、こんなにもろいものだったのか。

鉄五郎は、気になっていたことを問うた。

「あの、もしかして南蛮の王と殿さまとの書状があると調べだしてきたのは、伊左衛門どのでは……」

父はじろりと鋭い目をくれた。

「さようなことは知らずともよい」

「はあ……」

おそらく図星だ、と鉄五郎は感じた。語り部というのは、目くらましなのだ……。

「そうそう。中どのが怪訝に思うかも知れぬ。そのときのために合い言葉を憶えておけ。『松』と言ったら『松と桐』じゃ。さあ、あまり手間どっても怪しまれる。行け」

父に言われ、鉄五郎は奥へもどった。

奥では、御座の間の片づけや置かれた物の整理がはじまっていた。若い女は見えず、年齢のいった奥女中ばかりが立ちはたらいている。

そこに中を見つけると、鉄五郎は片づけものを手伝いながらそっと歩み寄り、

「父からよく手伝うようにと言われております」

とささやいた。たすき掛けをした中は一瞬、きょとんとした顔になったが、一瞬ののち、目が激しく動いた。そして、

「そなたの家には松があるかえ」

と問いかけてきた。なにをきくのかと鉄五郎はおどろいたが、すぐに気がつき、返答した。

「松と桐がございます」

「ほほ、それはめでたいこと」

中は笑って言い、

「そこの花瓶をぬぐってたもれ。落とさぬようにな」

と手伝いを言いつけつつ、目顔でうなずいた。これで意は伝わった。

正面で脇息にもたれている政宗の前に、高さと奥行きが一尺、長さ二尺ほどの頑丈そうな木箱がふたつ運び込まれてきた。四隅を金具で補強してあり、大きな錠前がついている。蔵奉行配下の侍が錠前をはずした。蓋が開かれる。政宗に命じられて中が歩み寄った。書状を一通ず

つとりだして見せるようにと言われ、そのとおりにする。

「捨てよ」

「そのままに」

書状をちらりと見ただけで判断するかと思えば、手にとってじっくり読む場合もあった。

中は政宗の指示のとおり書状をおいてゆく。箱の外に書状の山がふたつ、作られていった。

鉄五郎はそのようすを横目で見ながら、奥女中たちにまじって床の間をぬぐったり、屏風を物置へ片づけたりしていた。

――あれでは中どのも手が出せぬのではないか。

鉄五郎はそう見ていた。政宗の目の前では、書状を検分したり隠したりするわけにはいかない。

となると、南蛮の王とかわした書状を奪う算段も無に帰す。奥から出られぬ中どのから書状をもらいうけ、父に渡すという鉄五郎の役目も、なくなることになる。

いくらかほっとしていた。南蛮の書状が手に入れば、伊達家を裏切るのか父に逆らうのか、ふたつにひとつを迫られる事態になるところだった。やれやれである。

書状を見終わると、政宗は床の間に掛けてある刀の下げ緒を、新しいものに替えるよう指図した。ここへ多くの人がはいることを想定して、掃除を徹底させているのだ。

ふだんは余の者を入れない奥の御座所が多くの人の目に触れるのは、政宗の死のあとになる。

政宗は跡を濁さずにこの世を去るつもりなのだろう。

いま掃除をしているということは、今日明日にも……。

本当にお別れなのだと思うと目頭が熱くなり、あやうく涙をこぼすところだった。

政宗の小姓になってまだ一年にもならない。直に言葉をかわしたのは、かぞえるほどしかない。しかし伊左衛門の語りで政宗の一生をなぞってきたいまでは、ずっと政宗の側に寄り添ってきたような気になっている。

その一生を眺めてみれば、たいした男だと思うと同時に、悲しい男だとも思う。

幾多の合戦をくぐり抜け、日本でも指折りの大大名として生き残った。その勇敢な戦いぶりや変幻自在の生き方、敵を翻弄した権謀術数の手並みは、まさに武士の鑑といえる。

しかし家庭の人としてみると、これほど悲しい目にあった人もいないのではないか。

敵に捕らわれた父を捨てざるを得ず、母には毒を飼われて殺されそうになった。弟はみずからの手で殺した。父は別として、母と兄弟は敵になってしまったのだ。

多くの妻妾をもち、子も多く成したが、妻子の誰も死の床には呼ばないという。

冷え冷えとした家庭に育った政宗は、長じておなじような氷の家庭を築いたのだ。

大名とは、いや武士とは悲しいものだと思う。

しばらくして、中庭には古い紙が山と積まれた。政宗が捨てよと指示した書状だ。

「まことによろしゅうございますか」

「かまわぬ。焼き捨てよ」

政宗とそんなやりとりをしたあと、中と小川が火を付けた。

橙色の炎がおどり、薄い煙が立ちのぼった。古い書状が灰になってゆく。

これで物騒な南蛮の王の書状も消え、鉄五郎にとって気の重い役目もなくなった。

父は何というかわからないが、鉄五郎のせいではない。政宗が一枚上手で、幕閣の者――土井大炊頭だと政宗は言っていたが――のたくらみを封じたのである。

ほどなく書状は灰になり、中と小川はその灰を土の中に埋めた。

「苦労であった」

政宗が中に言葉をかけると、中は慈愛に満ちた笑みで応じた。

「かような折りに身の回りを掃き清めて、お心も涼やかにおなりでしょう。はばかり多きことなれど、何にしても思し召すことがあれば、いまのうちに仰せ置かれてはいかがでしょうか。かえってよき思い出になりましょう」

そんなことを言う中は、政宗に遺言を残せとうながしているのだ。なぜ、と思う間もなく政宗が答えた。

「よくぞ申したるものかな。されど何も言い置かぬ。そのわけを聞きなされ。上様へは暇乞いを申しあげ、思うところを物語って伊達の家の面目は立った。そのうえ忠宗という息子もあって、あとに申し置くことなどない。伊達の家のつづくかぎり幕府に忠節を尽くせとは、申し置くまでもない。ただ何ごとも忠宗のはからい次第よ」

そう言って少し考えていたが、中の顔を見て気づいたというように付け加えた。

「そうそう。忠宗が言い出しにくいであろうから言っておく。奥にて召し使っている者どもは、もはや用がなくなる。暇をとらせて上方なり国元なり江戸なり、好きなところへ行かせよ。あるいは親族のもとへ遣わすべし。身寄りのない者には命繋《つな》ぎの扶持をとらせるがよい。といっても、これも忠宗次第だがな」

政宗は、鉄五郎のみならず数人の小姓がいる前でそう言った。

そうか、これが政宗の遺言になるのか、と鉄五郎は気づいた。

伊達家の行く末については、なにも言い残すことはない。すべて処置してある。そう言ったのだ。

遺言は、自分の身の回りの世話をする者に暇を出せと、ただそれだけだった。

南蛮の王の書状など、ひと言も触れていない。やはり忠宗に継がせる気はないのだ。

それはそれでいいだろう。物騒な話は消えてお家は安泰だ。父の、いや幕閣のたくらみもむなしく消えてしまう。

「人は、年老いて朽ちぬうちに死ぬほうがよい。人に惜しまれずとも、な」

ひとりごとのように言う政宗に、中は鋭い目を向けていた。

その日の昼下がりから、政宗は末娘からの書状に返事を書いたり、御上さまへ渡す香木や書画の巻物などの品々を見繕ったりしてすごした。御上さまへの使者は奥女中の小川である。政宗は小川に御上さまへの言伝として、家をよく見守ってくれ、忠宗を引き立ててくれなどと長々と言い含めた。

夕方になると、政宗は行水をした。行水の世話をするのは小姓たちである。南次郎吉と加藤十三郎が湯殿へ政宗をつれていった。

政宗がいなくなった奥では、小姓や奥女中たちがいくらかほっとした顔で、束の間の休息をとっていた。

鉄五郎も伝助ら小姓仲間と夕餉の膳を囲んだ。

夕餉を終えて厠へゆき、北側の廊下を歩いていると、そこに中が立っていた。

目が合い、小さく手招きされた。

ここで中に誘われるとは、どういうことか。

——まさか……。

やむなく歩み寄ると、中は周囲を見ながら、鉄五郎と顔を合わせずに言った。

「これをお父上に」

細くたたんだ書状を、鉄五郎の左のたもとへ落とし込む。

「お父上のさがしていたものじゃ。よしなに言うておいてたもれ」

「どこでこれを……」

「燃やす前に拾いあげるなど、造作もないこと」

と中は言う。

「どうしようか迷ったが、奥勤めの者に暇を出せと遺言したのを聞いて心が決まったわ。この歳でお家を出てどこへ行けというのじゃ。なんとも腹の立つこと。つれないあるじに、情けは無用じゃ」

ずいぶんな剣幕である。

「まったく身内ばかり大切にして！　自分の母や弟にはさんざん気を遣ったのに、下働きの者はどうとでもなれというのじゃ」

母や弟に気を遣った？　そうは聞いていないが……。不思議なことを言うものだと鉄五郎が小首をかしげると、

「ふん。知らぬのか。ご母堂には毒を盛られ、弟ぎみを刺し殺したと信じ込んでいるのじゃな」

「ちがうのですか？」

「まあよい。とにかく託したぞえ」

それだけ言うと、中はさっさと行ってしまった。伊左衛門の話が間違っているというのだろうか。

ちょっと戸惑ったが、いまはそれより書状だ。気を散らされてはいけない。

——つれないあるじに情けは無用、とは……。

その割り切りぶりにあきれながら、鉄五郎は書状の価値を考えた。

この書状を幕府に差しだせば、伊達家によくないことが起きる、というわけだ。謀叛の罪で、おそらくお家は取り潰し。忠宗ら政宗の一族は切腹か、よくて流罪。この書状一枚が伊達家の運命をにぎっている……。

左のたもとがずっしりと重くなった。

戦国の世を泳ぎ渡り、今日まで家をながらえた政宗も、最後の最後でしくじったようだ。遺言のひとことが家を潰すことになるとは、思いもよらなかっただろう。

多くの家臣が殉死をのぞむかと思えば、政宗を憎んで裏切る者もまた数多くいる。味方も敵も多い。そういう人生を政宗は送ってきたのだ。

表情を殺して控えの間にもどったが、政宗はまだ湯殿から出ていなかった。行水にいつもより長くかかっているようだ。

——これからどうする。こんなものは、すぐに父へ渡してしまいたいが……。

しかし伊達の家を潰してどうするのか。幕府に通じているという父らは、おそらくつぎの奉公のあてがあるのだろうが、ほかの何千という家臣は浪人する羽目になる。伝助も半兵衛も、禄を失って世の中にほうり出されるのだ。

それでいいのか。

考え迷っているうちに、政宗が湯殿から出てきた。浴衣をはおり、髪も洗ったのかざんばらになっている。加藤十三郎と南次郎吉が両側から支えて御座の間にはいると、そこにいた小姓たちがあとを引きうけた。

政宗はすぐにはすわらず、床の間に立てかけてあった長刀《なぎなた》を手にとった。鞘をはずして投げ捨てると、両手で二、三度ふりまわした。

「こんな身になってもむざと敵にやられはせぬ。この長刀も名残惜しきことよ」

振りまわして力が尽きたのか、しばらく長刀を杖にしていたが、やがて、

「元通りにしておけ」

と小姓に手渡した。

まずは着替えである。鉄五郎も政宗のそばに歩み寄り、着替えを手伝う。

「下帯は、紅《くれない》の締め込みに」

と十三郎が申し送りしたので、いつもの紐のついた下帯のかわりに紅色の羽二重《はぶたえ》の締め込みをした。

髷を結い、月代と髭も剃った。着物もいつもよりきちんとし、帯もきつく締めた。部屋を掃き清めたあとは、自分の身もきれいに整えたのだ。

「さあて、あとは待つばかりじゃな」

政宗のひと言で、御座の間に緊張がはしる。何を待つというのか、みなが瞬時にわかったか

らだ。

人の死は、引き潮のときが多いという。

いま政宗が待つというのは、引き潮の時だろう。

こうなると、小姓も近習も政宗のそばから離れられない。みな夜を徹して政宗の死に付き合うことになった。

鉄五郎にとってはありがたくもあり、迷惑でもあった。引き潮のとき――おそらく夜明けのころ――まではこの場を動けず、したがって左のたもとにある書状を父に渡せないのだ。

書状をどうすべきか、じっくりと考える時間ができたのだが、それは一晩中悩まねばならない、ということでもある。

寝床に横になった政宗は、しばらく寝入ったようだった。しかし半刻ばかりで起きあがると、

「いま何時か」

と声を出した。小姓が答えると、

「今宵は百夜を明かすよりも長いわ」

と嘆息した。

「繰り言になるが、若い時分に死ぬべきところをたびたび逃れて来て、年老いて床の上にてかように成り果てるとは思わなんだ。口惜しきこと限りないわ」

小さな声でぼそぼそと言う。

「公方さまより先陣をたまわって、子供たちにいくさの手だてを教えつつ死ぬのなら、どれほどうれしいことか。なのに無念の死にようよな。これ、腰の物を近くにおけ」

小姓が刀を枕元におくと、政宗は柄をさわりながらすすり泣きをはじめた。

四

いまにも黄泉路《よみじ》へ旅立とうとしている政宗のまわりに、妻子眷属はひとりもいない。かわりに小姓、近習はみな政宗のまわりにあつまっている。さながら戦場の本陣である。

そんな中からひとりだけ抜け出すわけにもいかず、鉄五郎は左のたもとに伊達家をゆるがす書状を入れたまま、御座の間前の廊下にひかえていた。

寝所は暗いが、控えの間からは明かりが漏れている。廊下には月明かりもさして、人々の姿はわかる。

政宗は、うとうとしたと思うと体を動かし、小声で繰り言をのべはじめる。そのたびに周囲ははっとして政宗に注目する。しかし、もはやなにを言っているかわからない。

昨夜もろくに寝ていない鉄五郎は、夜が更けるにつれて瞼が重くなり、すわったまま舟を漕ぐようになった。

――いかん。寝ている場合ではない。

鉄五郎は自分を叱咤した。書状の始末をどうするか、考えねばならない。このまま父に渡していいのだろうか。

父に渡せば幕府の手にはいり、伊達家が改易されるのは目に見えている。自分の手で何千という家臣を路頭に迷わせることになる。それは耐えがたい。

しかしもしこの書状を渡さねば、いずれは父が幕閣から咎められるだろう。伊達家を取り潰す絶好の機会がきたのに、最後の最後で裏切ったことになるから、腹を立てた幕閣から追われ、殺されるかもしれない。

そこまで考えて、鉄五郎は腹が底まで冷える思いを味わい、慄然とした。

どちらにしても、ただでは済まないではないか。父か仲間の家臣か、いずれかを不幸にする。この、左のたもとに一枚の書状があるばかりに。

――どうして……。

わけがわからなかった。いつの間にこんなことになったのだろうか。

黒脛巾組だからか。

父は黒脛巾組のひとりとして幕府のようすを探るうちに、幕府に取りこまれてしまったのだろう。おそらく幕府内部のようすを知る者――幕閣に連なる者本人か、その近臣――に接触し、幕府内部の動きを知るために、対価としてこちらのお家のようすも少しずつ知らせていたのかもしれない。そうしなければ、なかなか相手がこちらの知りたいことを教えてはくれないものだ、と聞いたことがある。

そのうちに幕府側から高額な報酬か地位をちらつかされて、伊達のお家より幕府に尽くすようなってしまったのではないか。

裏切りといえば裏切りだが、父を咎める気にはなれない。政宗に忠実につとめたとしても、政宗がその忠誠に報いるとはかぎらないからだ。伊左衛門の話の端々に、そうした例があったではないか。

お家へ忠誠を尽くすのは、何らかの形で報いられると信じているからだ。それが疑わしくなれば、忠臣が裏切り者に変じても非難はできないだろう。

夜が更けるにつれ、目が冴えてきた。

「ちと雪隠へ」

ひとこと断って、鉄五郎は席を立った。

人気のない雪隠で、書状を読もうとした。いったいどんなことが書いてあるのか。六十二万石の伊達家を潰す書状とは……。

異国の文字が書いてあるのかと思いきや、どうやら漢字とひらがなのようだった。

だが月明かりだけでは、それ以上読むのはむずかしい。明かりのあるところで読もうかと少し迷ったが、人に感づかれたら大変だ。あきらめて廊下へもどった。

左のたもとは以前よりも重くなってしまった。

また眠れぬ夜がつづく。小姓、近習衆はみな政宗のほうに顔を向けて静かにすわっている。しかし、長い夜もそろそろ終わりのようだ。

「いま何時か」

政宗が問うと、誰かが、

「はや明け方近く」

と答えた。すると政宗は言った。

「されば起こしてくれ。知死期《ちしご》（陰陽道でいう人が死ぬ時刻）の時がきたようじゃ」

それまでの朦朧《もうろう》とした言葉とちがい、はっきりとした口調だった。明るい響きさえ感じられる。早く死にたいのか、と胸を衝かれた。武士として生きてきた政宗には、病床にあってじっと死を待つのは耐えられないことなのだろう。

さっそく加藤十三郎と南次郎吉が寝床から政宗を起こした。

「鬢《びん》をかき直せ。衿も直してくれ」

十三郎らが言われたとおりにすると、さらに床の間の刀をとれと言う。大刀と脇差を渡すと、手にとってていねいに拝み、脇差を寝床の横において、大刀をまた床の間にかけさせた。

「雪隠へゆく。手を貸してくれ」

もはや起きあがるのも難儀なようだった。十三郎と次郎吉が助け起こし、両脇から支えて雪隠へと歩いた。政宗専用の雪隠は寝所のすぐ横にある。廊下へ出ると、控えている小姓や近習衆がいっせいに頭を垂れた。鉄五郎もまた手をついて平伏した。

ゆっくりと雪隠を往復した政宗だったが、もどるときに次郎吉に向かって、

「このほどは骨折りじゃ。さぞ眠かろうが、しばし待て。いまこそ身まかる時よ」

と上機嫌で言った。これから死ぬぞ、というのだ。それも楽しそうに。

冗談なのか本気なのか見当がつかず、誰もなんとも言い返せないでいると、途端に政宗ががくりと膝を折った。

「これを見よ。人は足より弱るものじゃ。さあ、どうにかして寝床までつれていってくれ」

左右から支えていたふたりの小姓は、少々あわてたようだった。政宗を歩かせようとしてもたついている。

「どうした、重いか。ならば誰かある。引けや引け。えいさら、えいさら」

節をつけて狂言の台詞のように言う政宗に、そばにいた小姓数人が立ち上がってその手足をとり、抱きあげるようにして寝床の前まで運び込んだ。伝助も鉄五郎もうしろから腰を支えた。

寝床の前についた政宗は、呪文のような言葉を唱えて膝をつき、そこにあった脇差を床の間にもどすように言った。そして寝床の上にすわり、背筋を伸ばすと、

「わしの死後でも、ここには多くの者を入れるな」

と命じ、胸の前で合掌して目を閉じ、祈りの姿勢になった。

政宗はいまから自分の意志で、あの世へ旅立とうとしているのだ。

小姓たちはどうしたらいいのかわからず、みな無言で見ている。

政宗はしばらくその姿のままでいたが、やがてゆっくりと前に倒れかかった。奥女中たちが声をあげてそばへ寄ろうとしたが、その時まるで邪魔するなとでもいうように、政宗がかっと目を見開いて睨んだので、だれも近寄れなかった。

ひと息ののち、政宗は音もなくうつぶせに倒れた。

そのまま動かない。

ここに至って、

「医師を呼べ！」

「若殿さまに知らせよ！」

という声があがり、小姓たちがそれぞれ呼びに走った。

医師があわてて駆け入ってくる。倒れた政宗を膝の上に抱きかかえ、

「いかがなされた。お心が遠くなられ給うや！」

と耳に口をあてて大声で呼びかけると、政宗は目を大きく開き、ひと言発した。

なにを言ったのか、ほとんどの者は聞きとれなかったようだが、鍛えた耳を持つ鉄五郎にはわかった。

――ああ、そうだったのか。

あまりに意外なひと言だった。政宗を見る目が変わってしまうほどである。

そのまま医師の膝の上で、政宗は七十年の波乱に満ちた生涯を終えた。

あちこちからすすり泣きの声が聞こえる。

鉄五郎は外を見た。夜がしらじらと明けかけていて、薄紫色の闇の下に庭の植え込みがぼんやりと見えた。

五

五月二十四日の朝。

政宗があの世へ逝っても、鉄五郎たちはまだ休めない。

妻が子が、つぎつぎにやってきては寝床に横たえられた亡骸に別れを告げる。江戸城から上使も悔やみをのべにやってくる。その世話をしなければならなかった。

応対に追われるうちに僧侶がきた。枕経をあげると、すでに用意してあった棺桶に政宗の亡骸を入れ、朱と水銀《みずかね》、石灰《いしばい》、塩で満たす。防腐のためである。

そこまで終わった昼前になって、小姓たちはやっと解放され、短い休みがとれた。

だが葬儀は仙台で行われると決まっているので、これから亡骸を運ばねばならない。夏の盛りでもあり、腐らぬよう一日でも早く運ぶ必要があって、夕刻には出立するという。もちろん小姓たちも同行する。とても寝てはいられない。

しかも殉死を願う者たちはふた組に分けられ、最初の組は八つ時（午後二時）に出立するという。側近く仕えた者の殉死志願者は夜に出立する予定だった。南次郎吉と加藤十三郎はそちらの組にはいるので、もう小姓としての仕事をしていない。

鉄五郎は、ふらふらと屋敷の表へ足を運んだ。ともあれ父に会うつもりだった。

父は、門前の詰め所にいた。

顔を見るなり、

「仙台へお供するのか」

とたずねてきた。はいと返事をすると、

「では家にもどって支度するがよい。それくらいの暇はあろう」

と言う。だれにも邪魔されない家でゆっくり成果を聞こうというのだろう。

「はい、そういたします」

丸一日以上、控えの間に詰めていたし、もはや小姓の当番非番の区別もなくなっていて、屋敷を離れたとて咎められることもない。とりあえず家に帰ることにした。

「もうし」

裏門を出たところで、鉄五郎は若い僧侶に呼び止められた。

「このお屋敷のお方とお見かけする。ちと尋ねますするが、お屋敷でなにかありましたかな。さきほど門番のお方に取次をお願いしたら、取りこんでいるゆえ、取次はならぬとのことでな、断られてしもうた。なにか……」

たしかに重大なことがあったのだが、見ず知らずの僧侶に答えることではない。

「急ぐので、失礼」

と振り切って行こうとした。

「あいや、お待ちを」

と、今度は若い僧侶のうしろにいた、笠をかぶった僧侶に止められた。手の皺を見ると、かなり年配のようだ。

「頼み入りまする。教えてくだされ。われらはあやしい者ではない、多摩の大悲願寺の者じゃ。太守どのになにかあったのかな」

そう言いながら、僧侶は笠をとった。

その顔を見て、鉄五郎は声をあげそうになった。

張り出した額、高く形のよい鼻、大きな目と薄い唇――。

いくらか若いだけで、政宗とそっくりではないか。これほど似ているということは……。

「……未明に、殿さまが遠行《えんこう》されました」

気圧されて、つい言ってしまった。

「やはりそうであったか」

僧侶は嘆息し、天を仰いだ。

「やむを得ぬ。しばらく待ってから取次を願おう」

「あの……、ここでは何もいたしませぬ。夕刻には仙台へ向けて出立いたしまするゆえ、道端で見送られるしかないかと……」

そう言うと、僧侶は悲しそうな顔でうなずいた。

――もしやお坊さまは……。

喉元まで出かかった言葉を、鉄五郎は呑み込んだ。そして足早に僧侶からはなれた。すでに頭の中には絵解きができあがっている。昨日、中どのが漏らした話は、そういうことだったのかと思う。たしかにお東の方さまと小次郎さまに関する伊左衛門の話は、どこか釈然としないものがあった。

しかし言ってはいけないのだ。秘密のままにしておくべきことなのだ。

歩いて家に着くと、追いかけるように父も帰ってきた。

「夕べは眠れたか」

「いえ、ほとんど寝ておりませぬ」

「それは苦労じゃ。さ、話を聞こうか。それから寝るがよい。出発まで一刻ほどは眠れるであろう」

「はい、では」

鉄五郎は言われる前に納戸にはいる。父と向かい合うと、父から先に問いかけてきた。

「中どのからは、なにか渡されたか」

「ええ、書状を一通」

「でかした。それこそ狙っていたものじゃろう。さ、見せてくれ」

「その前に、お聞きしとうござる」

鉄五郎が父を正面からにらみつけると、父は目を大きく見開いた。

「なんじゃ、急に」

「書状を渡すと、われらはどうなりますか」

「われらとはわが家か。心配はない」

父は笑顔になった。

「書状が謀叛の証左であれば伊達のお家は潰れ、家臣は浪人となるじゃろうが、わが家は幕府にひろわれ、旗本に任じられる。そういう約束になっておる」

「やはり、そういう話ですか」

「手柄をたてたなら、恩賞があるのは当然」

父はまじめな顔で言う。

「伊達のお家を裏切って、恩賞をいただくのですね」

「これ。裏切るとは人聞きの悪いことを。公方さまに忠節を尽くすのじゃ。殿さまは公方さまの家臣。ならばわれらは公方さまの又家来《またげらい》ということになる。殿さまより上の主君に忠節を尽くして、なにが悪い——

父の口調が荒くなる。鉄五郎はため息をついた。

政宗の死後、鉄五郎は隙をみて、中どのから渡された書状を読んでみた。

それは原本ではなく、政宗が出した書状の控えだった。宛先は「はつははうろ様」とあった。おそらく南蛮人の王の名前（当時の教皇パウエル五世）だろう。日付は慶長十八年九月四日。支倉六右衛門が南蛮船で海を渡ったときに、奥南蛮へ持参した書状の写しと想像できる。

「さんふらんしすこの御門派（聖フランシスコ教会）」とか「えすはんやの大帝皇とんひりつへ（イスパニア国王ドン・フェリペ）」など、不思議な名前がいくつも出てきて理解しにくいところもあったが、総じてみると政宗が南蛮人に対して願い事をしており、そのために領国で「でうすの御法をひろめる」ことを約束し、政宗自身もキリシタンになりたいと願っていると書かれている。

一瞬ぞっとした。やはり政宗はイスパニアの軍勢を引き込んでの蜂起をくわだてていたのか。だが肝心な政宗の南蛮の王への願い事そのものは、使者のソテロと支倉六右衛門が口頭で伝えることになっていて、書かれていない。

それまでのうわさが真実を言いあてているのなら、南蛮の王に日本への出兵を要請したものと思われるが、書面上では確かめられない。

だからこの書状は、政宗がたくらんでいた謀叛がいかなるものか匂わせてはいるが、確たる証拠とはならない。

しかも願い事の内容を知るソテロ、支倉六右衛門、政宗の三人が死んでしまったいま、訊問して不明な点を明らかにすることもできない。願い事とはなんなのか、永遠にわからなくなっている。

——こんなもの、面倒を引き起こすだけだろう。

幕府に渡したところで疑惑がふくらむだけで、謀叛をくわだてているという決め手にはならない。幕府は伊達家を突っつき回すだろうが、証拠は出てこず、たがいに不信感をつのらせるだけに終わる。鉄五郎にはそう思えてならない。

用心深い政宗は、謀叛の疑いをかわすことに紙一重で成功したのだ。秀吉の疑心を二度もかわしたように、今回も……。

父に会う前に、すでに鉄五郎の腹は決まっていた。

「昔はともかく、近ごろの殿さまが謀叛を考えていたとは、とても思えないのですが」

父に言うと、たちまち反論が返ってきた。

「昔であっても謀叛をくわだてていたとすれば、重罪じゃ。それなりの沙汰があるじゃろう。さようなことはわれらが考えずともよい。ただ命じられたことをすればよいのじゃ。それに、謀叛をくわだてていなかったなど、どうしてわかる」

わかるのだ。側近くに仕え、政宗の最期の声を聞いたから。

「さあ、早く書状を渡せ。早く」

父が手を出す。

そんな父がひどく小さく見えた。死の間際まで戦場を駆けることを夢に見、最期は妻子さえ寄せつけず、武士としておのれを厳しく律して死んでいった政宗にくらべれば、いまの父は自分の利しか考えていない。なんと卑小なことか。

――あるいは……。

鉄五郎は思う。父を「捨てた」政宗も、こんな心境だったのかもしれない。敵の虜になるというぶざまな姿をさらし、長い道のりを引き回され、自分で自分をどうすることもできなくなった父を、政宗は「武士らしくなく、見るに耐えぬ醜いもの」として、目の前から消し去りたくなったのではないか。

「なにをしておる。さあ、早く！」

言葉を強める父に、ますます反感が大きくなる。

「ですから、謀叛の証拠などにはなりませぬ」

「そんなことはそなたには分からぬ。ただ命じられたとおりに、書状を受け渡せばよい。よけいなことを考えるな！」

「父上こそ、もっとお家のことを、仲間たちのことを考えたほうがよろしゅうございましょう！」

「なにを！　逆らうか」

父が膝立ちになった。つかみかかってくる気か。

鉄五郎は動かなかった。すわったまま、冷静に父を見つめて言った。

「殿さまは、死の間際に医師に抱えられて、ひと言だけ漏らされました。なんと言ったか、わかりますか」

「そんなもの、わかるわけがなかろう」

「殿さまは、こう言ったのです」

鉄五郎の耳に政宗の声が甦った。

「『母上』と」

たしかにそう言った。鉄五郎は聞き逃さなかった。

伊左衛門の話によれば、政宗は母親から毒を飼われて殺されそうになったはずだ。そんな母親でも、死の間際には恋しくなるものなのだろうか。

いや、ちがう。そもそもお東の方さまは、毒など飼っていない。

おそらくあのころ、伊達家は殿さまを支持する者と弟の小次郎さまを支持する者とが対立し、ふたつに割れていたのだ。そんな中で殿さまが小田原へ行くために城を空けると、小次郎さまを擁する者たちが謀叛を起こすかもしれなかった。

そこで殿さまはお東の方さまと相談し、小次郎さまを殺したことにして、いっしょに小田原へ連れだした。そして誰かに託し、僧侶として関東の寺に入れたのだ。小次郎さまも、母と兄に口説かれては従わざるを得なかったのだろう。

小次郎さまを「殺す」には理由が必要だったが、小次郎さまがみずから謀叛に動いたことにすると、多くの家臣を絡めねばならず、証拠が作りにくい。そこでお東の方さまが小次郎さまをひいきするあまり、殿さまを殺そうとしたため、小次郎さまを殺して禍根を断った、という話を作りあげ、うわさとして家中に流した。

なにしろ毒を飼われたのは殿さま自身、そして小次郎さまを殺したのも殿さま自身というのだから、真相を知るのは殿さまだけで、だれも話を否定できない。

みずからの手で弟を殺したという悪名が流れるのは、殿さまにとっても決して悪いことではない。「果断で、何をするかわからない恐い男」という評判につながり、家来や敵をおそれさせられるからだ。

そう。殿さまは芝居がうまいのだ。まんまと家中の者たちをだましおおせた。おそらく奥女中の中のようにごく側近の者にしか、真相は知られていなかったのだろう。

今日、道端で出会ったあの僧侶は、小次郎さまの出家した姿だったのだ。

そう考えれば、殿さまがお東の方さまを恨んでおらず、せっせと戦場から文を出したのも、お東の方さまが平然と城にいたのも納得がゆく。

だが、でっちあげたうわさに押されてお東の方さまが出奔しなければならなくなるとまでは、殿さまも考えていなかった。お東の方さまが長く家をはなれていたのは、殿さまの作りあげたうそが明かされぬようにし、伊達家を守るためだったのだ。

自分の至らぬ智恵で母に迷惑をかけてしまったのだから、殿さまの母恋しさは人一倍だったろう。

生涯をつうじて高潔な武士たらんとした政宗だったが、最後の最後だけただの子供にもどったのだ。

「未練な言葉を残した者が、謀叛を起こすほどの気力があったとは思えませぬ」

そう言ってからふと気がついた。

この南蛮の王への手紙も、殿さまの芝居ではなかったか。

戦場を踏んだこともない若い公方さまの機嫌をとらねばならぬ自分に厭気がさすものの、力では幕府にかなわない。それでも自分には幕府を倒す力があると信じていたい。つまり「荒ぶる大名」を演じていたかったのではないか。それによって殿さまは、心の釣合をとっていたのだ。

しばし間があいた。

父は呆気にとられたようだった。だがその表情は険しく、まだ書状をあきらめていないと見えた。

「それゆえ、いらぬ騒動を引き起こす書状は無用でござりましょう。かくなれば」

鉄五郎は左のたもとから書状をとりだした。畳んであったそれをひろげると、ふたつに引き裂いた。

「あっ、なにをする！」

止めようとする父に背を向け、ふたつの紙を丸めると、自分の口に押し込んだ。

苦みが口いっぱいにひろがり、黴《かび》くさい臭いが鼻に抜ける。

無理矢理呑み込んだ。

「こらっ、なんと馬鹿なことを！」

父の罵声を浴びるあいだに、紙の塊は喉から胸へと落ちてゆく。

ふう、と鉄五郎は大きく息をついた。

これで伊達のお家は安泰だ。

父は口をあけたまま、信じられぬという顔でこちらを見ている。

「父上」

鉄五郎は言った。

「悲しゅうござります」

顔を伏せると目頭が熱くなり、目の前の景色がにじんだ。自分は家を去ることになるだろうと思った。寂しいことだが、父と斬り合いになるよりはましだろう。

父はうめくように、

「お中どのを口止めせぬと、幕府が怪しむ。下手をするとこちらが咎められるわい」

と言う。

父の困惑も鉄五郎の心には響かない。もはや父は父、自分は自分。なるようになるだけだと思う。

鉄五郎は涙をぬぐうと立ちあがった。仙台へ向かう行列に加わるつもりだった。

それはただ小姓のつとめを果たすためではない。あたかも能役者のように「荒ぶる大名」の面をつけて、華やかだが過酷な一生を精一杯演じ終えた政宗に心惹かれるものをおぼえ、もう少しだけ付き合っていたいと思うからだ。

鉄五郎は父に一礼すると家を出た。


（了）

［参考図書］

本書の執筆にあたっては、主として以下の図書を参考にしました。紙面を借りまして御礼申しあげます。

『伊達政宗、最期の日々』小林千草著　講談社
『伊達政宗言行禄　木村宇右衛門覚書』小井川百合子編　新人物往来社
『伊達史料集（上）、（下）』校注　小林清治　人物往来社
『奥羽永慶軍記（上）』校注　今村義孝　人物往来社
『仙台市史　通史編3　近世1』、『仙台市史　資料編12』仙台市史編さん委員会編　仙台市
『素顔の伊達政宗　「筆まめ」戦国大名の生き様』佐藤憲一著　洋泉社
『伊達政宗』小林清治著　吉川弘文館
『伊達政宗の手紙』佐藤憲一著　新潮社
『伊達政宗のすべて』高橋富雄編　新人物往来社
『史伝　伊達政宗』小和田哲男著　学習研究社
『暴かれた伊達政宗「幕府転覆計画」』大泉光一著　文藝春秋
『政宗の夢　常長の現』濱田直嗣著　河北新報出版センター

本書は、月刊『武道』二〇一六年四月号から二〇一八年三月号に連載されたものに、加筆修正しました。

著者紹介

岩井三四二（いわい・みよじ）

1958年岐阜県生れ。一橋大学卒業。'96年「一所懸命」で小説現代新人賞を受賞しデビュー。'98年『簒奪者』で歴史群像大賞、2003年『月ノ浦惣庄公事置書』で松本清張賞、'04年『村を助くは誰ぞ』で歴史文学賞、'08年『清佑、ただいま在庄』で中山義秀賞、'14年『異国合戦　蒙古襲来異聞』で本屋が選ぶ時代小説大賞2014を受賞。『三成の不思議なる条々』『太閤の巨いなる遺命』『情け深くあれ』『家康の遠き道』『絢爛たる奔流』など著書多数。

政宗《まさむね》の遺言《ゆいごん》

2018年8月5日初版第1刷発行

著者　岩井三四二
編集人　熊谷弘之
発行人　稲瀬治夫
発行所　株式会社エイチアンドアイ
〒101－0047　東京都千代田区内神田2-12-6 内神田OSビル3F
電話 03-3255-5291（代表）　Fax 03-5296-7516
URL http://www.h-and-i.co.jp/
編集　HI-Story 編集部
図版·DTP　野澤敏夫
印刷·製本　中央精版印刷株式会社

乱丁本・落丁本は小社にてお取り替えいたします。

ISBN978-4-908110-08-5　¥1800E